Robert Richardson

Sherlock Holmes im Tresor

Kriminalroman

Aus dem Englischen von
Reinhard Ulbrich

Verlag
Volk & Welt
Berlin

Titel der englischen Originalausgabe
The Book of the Dead

Erschienen bei Victor Gollancz Ltd, London 1989

Für Colin und 'Titia

Entschuldigung des Autors

Wer mit Schriftstellern befreundet ist, sollte darauf vorbereitet sein, daß sie sich ihr Milieu, das Dorf oder sogar ein fremdes Haus als Schauplatz für ein Buch ausborgen. Im vorliegenden Fall sind alle drei betroffen. Es muß deshalb betont werden, daß wir es hier nicht mit wirklichen Personen oder tatsächlichen Ereignissen zu tun haben, sondern mit erdachter Boshaftigkeit, wie sie zu einem überraschenden Auftreten Sherlock Holmes' gehört. Das einzig Reale ist die als Hintergrund dienende Ortschaft im Lake District, Attwater allerdings existiert nicht unter diesem Namen.

Erstes Kapitel

Das bleierne Oktoberlicht erstarb über der Küstenebene von Lancashire, und ein bedrohlicher Walkürenhimmel drängte von der See herein, mit pechschwarzen Wolkengebilden, die aus einem Kessel von grellem Schwefelgelb hervorschossen. Während er auf der M 6 nach Norden fuhr, beobachtete Augustus Maltravers eine halbe Stunde lang besorgt, wie sich das Unwetter näherte, bis es dann gleich hinter Lancaster über ihm losbrach. Der Motor fing an auszusetzen, als ein Regenschauer glänzende Flittermuster auf die Windschutzscheibe warf, und fast im gleichen Augenblick wurde der Wagen von einem prasselnden Wolkenbruch verschlungen. Die Silberstrahlen seiner Scheinwerfer ließen erkennen, wie die reißende Flut vorn auf die Autobahn hämmerte und heftig zurückprallte. Zuversichtlich übersah er, was immer Ursache des kurzen Stotterns gewesen sein mochte, und fuhr weiter. Die Scheibenwischer klickten in wildem Bogen hin und her. Das Trommelkonzert auf dem Wagendach wurde von einem dröhnenden Donnergrollen am Himmel übertönt, der Motor stockte abermals. Bis er jenen Landstrich erreichte, den er in Gedanken noch immer Westmorland nannte, obwohl er seinen alten Namen Cumbria wiedererhalten hatte, starrte er in die triefend nasse Dunkelheit, und die Zustände unter der Kühlerhaube wurden kritisch.

Unter ständigem Bocken ruckelte der Wagen über die Ausfahrt nach Kendal hinaus und gab schließlich auf einem unbeleuchteten Stück Landstraße zwischen zwei Dörfern seinen Geist auf. Maltravers fluchte ausgiebig und schaute düster aus dem Fenster. Auf der rechten Seite verlor sich der Höhenzug eines Hügels in einer Regenwand, und auf der linken erstreckte sich ein Feld von dunkler, nasser Leere bis hinter eine der für die Gegend charakteristischen Steinmauern. Die anfängliche Heftigkeit des Sturzregens hatte sich gelegt, aber es goß so unerbittlich weiter, daß womöglich die Aktien der Archenindustrie steigen würden. Soweit er es abschätzen konnte, befand er sich gute sechs Kilometer von Brook Cottage entfernt. Jede Werkstatt, die noch geöffnet war, hatte ihre Mechaniker bestimmt nach Hause geschickt, und die Automobile Association anzurufen – eine Pannenhilfe, ohne deren Schutz er sich nicht aus dem Haus wagte, egal auf welcher Straße – würde eine unbestimmte und wahrscheinlich lange Warterei bedeuten.

Ihm blieb nichts anderes übrig, als zu dem Dorf in einiger Entfernung zu laufen, wo es sicherlich ein Telefon gab, von dem aus er Malcolm anrufen und ihn bitten könnte, zu seiner Rettung zu kommen. Als er ausstieg, strengte sich der Regen unnötigerweise besonders an, und ihm war, als stünde er unter einer Hochdruckdusche, während er herumtastete, um etwas aus dem Kofferraum zu holen. Bis er den Regenmantel gefunden hatte, war der Rücken seiner Jacke bis auf das Hemd durchgeweicht, und das kurze braune Haar klebte ihm am Kopf wie Seetang an einem wellenumspülten Felsbrocken. Er zerrte Aktentasche und Schirm heraus, schlug den Kofferraum zu und hielt dann inne, um sich den Regen aus dem schmalen Gesicht zu wischen. Es hätte möglicherweise ganz gut ausgesehen, wenn da nicht diese schiefe griechische Nase gewesen wäre. Die klaren kornblumenblauen Augen blinzelten voll philosophischer Resignation, als er in Richtung Dorf losstapfte, eine große, leicht lächerliche Gestalt in der Nacht.

Nach ein paar Minuten näherte sich von hinten ein Auto, und er hob mitleidheischend den Schirm. Aber der Wagen rauschte vorüber und zischte durch eine Pfütze, die zur halbkreisförmigen Kaskade anschwoll und ihn von den Knien bis zu den Knöcheln durchnäßte. Deprimiert schaute Maltravers auf seine klitschnassen Hosen und fragte sich seufzend, ob der Heilige Christophorus heute nacht wohl frei hatte. In dem langen Gras am Straßenrand entdeckte er einen alten Meilenstein und hockte sich hin, um die eingemeißelte Inschrift zu lesen: *Attwater 5 Kilometer.* Wenigstens kam davor noch das Dorf, obwohl nichts darauf hindeutete, daß er sich auch nur in dessen Nähe befand. Er richtete sich auf und trottete triefnaß weiter. Egal, ob er nun auch noch auf einen Fluß stoßen würde, der zu durchqueren war – nasser konnte er nicht mehr werden.

Noch zwei weitere Autos fuhren vorbei, ohne ihn zu beachten, bis sich dann, als die Straße in eine Linkskurve ging, eine hohe Mauer aus der Dunkelheit abzeichnete. Er folgte ihr bis zu einem Eisentor; am Mauerwerk war ein Messingschild mit dem Namen *Carwelton Hall* angeschraubt. Es sah nicht gerade so aus, als wäre das, was sich als altes Herrenhaus darstellte, nun die Zentrale des Elektrizitätswerks oder von etwas ähnlichem. In den Räumen des Erdgeschosses, zehn Meter hinter dem Tor, schimmerten Lichter. Solch ein Anwesen mußte auf jeden Fall ein Telefon haben, und sicherlich waren die Bewohner davon zu überzeugen, daß er ernsthaft Hilfe benötigte und kein geistesgestörter Mörder auf Durchreise war. Ein Torflügel quietschte, als er ihn öffnete und gleich wieder hinter sich schloß. Dann patschte er die Auffahrt entlang und zehn breite geschwungene Stufen hinauf. Die Haustür sah aus, als wäre sie mindestens hundert Jahre alt, aber der Klingelknopf, der ein durchdringendes Läuten hören ließ, als er ihn betätigte, war modern.

Während er wartete, beschworen die wilde Nacht und die nachgeahmte gotische Architektur in seiner Phantasie mehrere Möglichkeiten der eventuellen Begrüßung herauf. Eine alte, krumme, eindeutig verrückte Frau, die dem Leichnam ihres Mannes, starr mit Stehkragen und Gehrock in seinem Sessel am kerzenbeleuchteten Eßtisch, noch immer Mahlzeiten serviert. Ein furchterregender Butler, der ihn, begleitet von einem scharfen Hund, erst unsicher anstarrt, um dann hysterisch loszuschreien, der junge Herr sei zurückgekehrt. Eine unheimliche Gestalt in voller Abendgarderobe, die ihm mit der Versicherung auf die Nerven fällt, er werde bereits erwartet und müsse unbedingt das Faß Amontillado im Keller sehen. Maltravers' zarte schriftstellerische Phantasie war in seiner Jugend mit einem endlosen Angebot klassischer Horrorstories gefüttert und gemästet worden.

Dann öffnete sich die Tür, und vor ihm stand eine schlanke Rothaarige, die Designerjeans und ein cremefarbenes Seidenhemd trug, dazu ein klobiges Halsband aus eichelgroßen Holzperlen. Sie sah ihn einen Augenblick an und lächelte mitfühlend.

»Du liebe Zeit, Sie sind aber wirklich naß, was?«

»Sehr«, erwiderte er, »und das trocken zu sagen ist auch wirklich fast alles, was ich unter diesen Umständen noch schaffe. Es tut mir leid, Sie zu behelligen, aber ich habe eine Panne und möchte die Leute anrufen, die ich besuchen will, damit sie mich abholen können. Dürfte ich vielleicht Ihr Telefon benutzen?«

»Wer ist es, Jennifer?« Die Männerstimme kam aus einer offenen Tür in der hellerleuchteten Diele.

»Jemand, der telefonieren muß«, rief sie zurück. »Sein Auto hat den Geist aufgegeben.« Sie lächelte Maltravers wieder an. »Am besten, Sie kommen rein.«

Maltravers ließ den tropfenden Schirm und die Tasche unter dem Vordach zurück, ging hinein und trat sich die durchgeweichten Schuhe auf der Fußmatte ab, als der Mann erschien. Er wirkte ungefähr wie sechzig, das Haar war in schwarzglänzenden Wellen von der Stirn nach hinten gekämmt, und über dem energischen, offenen Gesicht mit den hervortretenden Muskeln lag ein Anflug von blaugrauen abendlichen Bartstoppeln. Die meisten Männer seines Alters hätten mit aufgeknöpftem Hemdkragen, legeren Hosen und Espadrilles albern ausgesehen, er aber hatte sich eine jugendliche Ausstrahlung bewahrt, die einen darüber hinwegsehen ließ.

»Kein Abend, um sich draußen herumzutreiben, was?« Seine fuchsbraunen Augen schimmerten mitfühlend.

»Keiner, den ich mir ausgesucht hätte, wenn's nach mir gegangen wäre«, stimmte Maltravers zu. »Es ist sehr freundlich von Ihnen, daß Sie mir helfen. Meine Freunde wohnen gleich in Attwater, so daß sie in ein paar Minuten hier sein können.«

»Attwater?« Der Mann schien interessiert. »Wir kennen da verschiedene Leute. Wo denn genau?«

»Brook Cottage. Malcolm und Lucinda Stapleton.«

»Malcolm und Lucinda?« Aus der Wiederholung klang ein unerwartetes Erkennen. »Sie sind doch nicht etwa Augustus Maltravers?«

Maltravers machte vor Überraschung große Augen. »Ja, aber woher wissen Sie das? Oder weiß hier auf dem Lande jeder, wer Besuch bekommt?«

»Nein, aber Sie sind morgen unser Gast beim Abendessen.« Er lächelte, als er sah, wie Maltravers weiter verwirrt dreinschaute. »Malcolm hat mir von Ihrem Besuch erzählt, und ich habe darauf bestanden, daß Sie alle kommen. Ich glaube, ich kenne jede Zeile, die Sie geschrieben haben, und ich wollte Sie schon immer mal kennenlernen.«

»Vielen Dank«, sagte Maltravers. »Der lange Arm des Zufalls, nehme ich an.«

»So was ähnliches.« Der Mann streckte ihm die Hand entgegen. »Ich bin Charles Carrington, und das ist meine Frau Jennifer.«

Als sie sich die Hände schüttelten, warf Maltravers ganz mechanisch noch einen Blick auf das Mädchen. Im vollen Licht der Diele sah sie bemerkenswert attraktiv aus, ein Elfengesicht mit schmalen Lippen in kräftigem Pink, umrahmt von glänzendem kupferfarbenem Haar, das in der Mitte geteilt war und ihr bis auf die Schultern fiel. Sie war bestimmt nicht älter, als er zuerst vermutet hatte, also beträchtlich jünger als ihr Mann.

»Meine zweite Frau«, fügte Carrington hinzu, als er den Ausdruck bemerkte, der über Maltravers' Gesicht huschte. »Die meisten Leute sind überrascht.« Maltravers fühlte sich unbehaglich. »Tut mir leid, ich hatte angenommen ...«

»Daß sie vielleicht meine Tochter ist?« unterbrach Carrington. »Sie müssen sich nicht entschuldigen. Daran bin ich gewöhnt. Aber wie auch immer, es ist nicht nötig, Malcolm an einem solchen Abend herauszuholen. Ich kann Sie zum Brook Cottage fahren.«

»Das wäre nun wirklich zuviel Mühe für Sie ...«, protestierte Maltravers.

»Überhaupt nicht«, beharrte Carrington. »Warten Sie hier, ich hole den Landrover. Wir würden Ihnen einen Drink anbieten, aber wahrscheinlich wollen Sie lieber gleich zum Cottage und sich umziehen.«

Er verschwand durch eine Tür, die zum Hof führte, und ließ Maltravers mit der zweiten Mrs. Carrington allein. Er sah sich in der getäfelten Diele um, die von einer massiven Treppe mit riesigen Familienporträts über den Mahagoni-Geländern beherrscht wurde. Die Regency-Tapete in zartem Zitronengelb und eine weiß gestrichene Decke milderten das düstere Dunkelbraun der Holzteile. Die Lampen waren modern, aber man hatte die glänzenden Messingleuchten mit Geschmack ausgewählt, damit sie zu ihrer Umgebung paßten.

»Sie haben ein schönes Haus«, bemerkte er. »Wohnen Sie schon lange hier?«

»Charles' Familie ist schon immer hier gewesen«, antwortete sie. »Aber ich bin hier erst zu Hause, seit wir vor anderthalb Jahren geheiratet haben. Sie hätten es sehen sollen, als ich ankam. Ich hatte meinen Spaß daran, es ein bißchen heiterer zu machen.«

»Es sieht aus, als ob hier eine Mrs. Danvers auf Gäste gelauert haben könnte«, bemerkte Maltravers ironisch.

Jennifer Carrington lachte. »Nein, aber es war wie eine Gruft. Ich wollte einfach wieder ein bißchen Leben reinbringen.«

»Tatsächlich? Warum war denn das Leben raus?«

»Hier ist zuviel gestorben worden.« Sie sah ihn entschuldigend an. »O Gott, das klingt nun wirklich melodramatisch. Aber Sie wollen ja keine Familienhistorie hören. Sind Sie hier auf Urlaub?«

»Teilweise, obwohl ich auch beauftragt bin, ein Interview mit einer pensionierten Schauspielerin für den ›Independent‹ zu machen. Das heißt, ich bekomme die Fahrtkosten erstattet«, antwortete er. »Dann muß ich noch ein neues Stück fertig schreiben, um den Termin meines Agenten einzuhalten. Danach ist es Urlaub.«

»Charles hat sich wirklich darauf gefreut, Sie kennenzulernen. Er war ganz entzückt, als Malcolm ihm erzählte, daß Sie ein Freund von ihnen sind.«

»Ich fühle mich immer geschmeichelt, wenn ich auf Fans stoße. Sie sind rar und ...« Maltravers wurde vom Geräusch eines Fahrzeugs draußen auf dem Kies unterbrochen. Jennifer Carrington öffnete wieder die Tür. Am Fuße der Stufen wartete ein Landrover, auf dessen Segeltuchverdeck im Lichte der Diele Regentropfen glitzerten.

»Ich werde Brook Cottage anrufen und sagen, daß ihr unterwegs seid«, versprach sie. »Ich bin sicher, Sie werden trockener sein, wenn Sie morgen kommen.«

»Das wird mir nicht schwerfallen.« Maltravers schaute auf die kleine Pfütze aus Regenwasser, die sich um seine Füße auf dem Parkettboden angesammelt hatte. »Tut mir leid. Vielen Dank, und ich freue mich darauf, Sie wiederzusehen.«

Er schob Tasche und Schirm hinten in den Wagen, kletterte hinein und setzte sich neben Carrington.

»Wo haben Sie Ihr Auto stehengelassen?« fragte der und fuhr durch ein anderes Tor auf die Straße, das zu einer modernen Doppelgarage neben dem Herrenhaus führte.

»Ungefähr anderthalb Kilometer oder so in Richtung Autobahn«, sagte Maltravers. »Ich werde morgen früh einen Mechaniker anrufen. Wahrscheinlich ist es gar nichts Ernstes, aber über Autos weiß ich nur, daß an einem Ende Benzin hineingehört und am anderen ein Zündschlüssel.«

Nach ein paar Minuten wischte Carrington die beschlagene Frontscheibe von innen mit der Rückseite seines Handschuhs ab und versuchte angestrengt, in dem Regen und der Dunkelheit den Wegweiser zum Dorf zu erkennen, der in der Kurve kurz vor Brook Cottage stand. Dann sah er ihn, fuhr vorbei und drehte das Lenkrad herum. Der Landrover schaukelte über einen Hof zu einem winzigen, nicht gekennzeichneten Feldweg, den kein Fremder gefunden hätte. Als sie hügelauf zu der Häusergruppe in einer Senke fuhren, streiften die über Steinmauern hinwegfegenden Zweige tropfnasser Hekken am Wagen entlang. Carrington hielt bei einer kreisförmigen Grünfläche an, in deren Mitte, umrahmt von einer niedrigen Hecke, Pampasgras wuchs. Gegenüber stand die weiße Rauhputzmauer von Brook Cottage, ein schmaler Streifen Vorgarten bildete die Grenze zum Weg. Am Vordach über der Tür leuchtete eine Lampe.

»Übrigens, ich habe da etwas, das ich Ihnen morgen abend zeigen möchte«, sagte er, als Maltravers ihm dankte und sich anschickte auszusteigen. »Malcolm hat mir erzählt, daß Sie ein großer Fan von Detektivromanen sind. Sicherlich interessieren Sie sich für eine Sherlock-Holmes-Story von Conan Doyle, die Sie noch nie gelesen haben.«

Maltravers, der hinten nach seiner Tasche und dem Schirm langte, hielt inne und sah ihn überrascht an.

»Und ob, ich wäre verblüfft. Ich habe sie nämlich alle gelesen.«

»Diese nicht«, sagte Carrington überzeugt. »Damit hat es seine besondere Bewandtnis. Aber egal, da ist Malcolm. Bis morgen.«

Maltravers stieg aus, blieb stehen und sah den Landrover wieder den Feldweg hinunterrollen und verschwinden. Die Rücklichter flammten rubinrot auf, als Carrington vor der Kurve bremste. Ein neuer Sherlock Holmes ...?

»Nun bist du so weit gekommen, da wirst du die letzten fünf Meter auch noch schaffen«, rief Malcolm aus der hellerleuchteten Tür. »Schon als du das letzte Mal hier warst, habe ich dir gesagt, daß es Zeit ist, dir ein anderes Auto anzuschaffen.«

Maltravers suchte sich zwischen den Pfützen hindurch einen Weg – in seinem Zustand eine rein akademische Übung. Lucinda tauchte hinter ihrem Mann auf, in der Hand ein Glas, das sie ihm entgegenhielt.

»Heißer Grog, und wir haben auch gleich das Badewasser einlaufen lassen, als Jennifer anrief.«

Maltravers nahm das Getränk und beugte seinen tropfenden Oberkörper vorsichtig nach vorn, um sie zu küssen.

»Gott segne Sie, meine Dame«, sagte er. »Sie haben soeben das Leben eines unbedeutenden literarischen Talents gerettet, und das ist nur gut so, denn ich habe meine gesammelten Werke noch nicht vollendet.«

Eine Dreiviertelstunde später, nachdem er gebadet und sich umgezogen hatte, ging Maltravers nach unten in das niedrige, quadratisch geschnittene Wohnzimmer. Draußen hatte der Wind neue Kräfte gesammelt, der Regen schlug ohnmächtig gegen die drei Fuß dicken Granitmauern, denen auch ein Hurrikan nichts hätte anhaben können. Doppellampen mit rotem Schirm, deren Messingarme an dem rauhen weißen Putz befestigt waren, verbreiteten ein warmes Licht, und auf dem eisernen Rost des offenen Kamins prasselten Holzscheite. Hin und wieder blies der Sturm Wolken braunen Rauches zurück, der sich durch den schmiedeeisernen Schlot nach oben kräuselte. Zur Einrichtung gehörten ein Stutzflügel, in dessen geöffnetem Deckel sich das Licht spiegelte, ein plumpes Chesterfield-Sofa und passende Sessel mit cremefarbenen, blattgemusterten Schonbezügen sowie ein Kapitänsstuhl aus polierter Eiche, der es Maltravers insgeheim angetan hatte. Läufer schwammen wie dunkelbemooste, rostige Inseln auf dem grauen Meer des gefliesten Fußbodens. Malcolm nahm sein leeres Glas und ging zu dem tiefen, gut gefüllten Barschrank, der in eine Wand eingelassen war.

»Das erste war für die Gesundheit«, sagte er und gab das Glas zurück. »Dieses ist für die Geselligkeit. Schön, euch wiederzusehen.«

Das einzige, was Maltravers an seinen Gastgebern auszusetzen hatte, war, daß sie zu weit von London entfernt wohnten, weshalb er ihre ständige Einladung, sie zu besuchen, nicht öfter wahrnehmen konnte. Er kannte Malcolm Stapleton von seiner journalistischen Arbeit, als er Reporter im Büro der »Daily Mail« in Manchester war. Man hatte Malcolm schon damals mehrfach einen Job in der Fleet Street angeboten, aber er zog es vor, im heimatlichen Nordengland zu bleiben, wo er Herausgeber der Wochenzeitung »Cumbrian Chronicle« in Kendal wurde. Er war stämmig und hatte einen Haarschopf, der so dicht stand wie die Borsten einer neuen Bürste. Sein kantiges, vergnügtes Gesicht war immer von Bergwanderungen wettergegerbt. Er war auch der begabteste Amateurpianist, den Maltravers kannte. Lucinda und er hatten zwei erwachsene Söhne, den angehenden Künstler Adrian, der am College Möbel-Design studierte, und Simon, der zum Manager einer Bausparkasse ausgebildet wurde.

»Es ist schön, hier zu sein.« Maltravers hob im Laufen kurz das Glas und stellte sich ans Feuer. »Obwohl ich schon angenehmere Fahrten erlebt habe.«

»Merkwürdig, daß du gerade bei Carwelton Hall angehalten hast«, sagte Malcolm. »Hat Charles erwähnt, daß wir morgen abend dorthin gehen?«

»Ja. Aber ihr habt nie von ihnen erzählt, und ich dachte, ich würde die meisten eurer Freunde hier oben kennen.«

»Wir haben Charles und Jennifer erst vor ungefähr einem Jahr kennengelernt.« Lucinda erschien am oberen Ende der drei flachen Stufen, die vom Wohnzimmer zur Küche führten, wo sie einen Lancashire-Fleischtopf und Pellkartoffeln zubereitet hatte. »Es wird dir nicht entgangen sein, daß sie kein Durchschnittsehepaar sind.«

Maltravers lächelte über den Unterton in ihrer Stimme. Lucinda Stapleton, Tochter eines erfolgreichen

Geschäftsmannes aus Manchester, verband die Pfiffigkeit eines Stadtkindes mit dem gesunden Menschenverstand des ländlichen Lebens. Eine Teilzeitarbeit als Lehrerin, die Mitwirkung bei zahllosen Veranstaltungen im Dorf und die gesellschaftlichen Verpflichtungen als Gattin eines Herausgebers wären für jede schwächere Frau zuviel gewesen. Sie aber sah mit ihrem aschblonden Haar, das über dem frischen, intelligenten Gesicht wie ein Vogelflügel zurückgeschlagen war, und in ihrem Samtrock mit der geblümten Bluse aus, als sei sie in der Lage, noch zu einer Zehn-Meilen-Wanderung aufzubrechen oder eine spontane Dinner-Party für ein Dutzend unangemeldeter Gäste zu arrangieren.

»Das ist mir nicht entgangen, es war schwerlich zu übersehen«, erwiderte er. »Sie muß – na, wieviel – wenigstens dreißig Jahre jünger sein als er.«

»Plus Mehrwertsteuer«, sagte Lucinda. »Komm, das Abendessen ist fertig. Wir erzählen dir beim Essen von ihnen.«

Maltravers hatte den Verdacht, daß in dem Fleischtopf mindestens eine halbe Kuh und die Ernte eines kleinen Gemüsebeets steckte. Vor dem starken Appetit des Nordens mußte er immer kapitulieren, und er lehnte einen Nachschlag ab, nachdem er sich mit Mühe durch die erste Portion gearbeitet und dabei mehr über Charles Carrington erfahren hatte. Seine erste Frau war vor einigen Jahren gestorben, Auftakt einer niederschmetternden Serie persönlicher Tragödien. Sein Sohn kam weniger als ein Jahr nach dem Tod der Mutter beim Bergsteigen in den Cairngorms um Leben. Dann war noch seine Tochter nach Manchester gezogen, wo sie in der Drogenszene untertauchte. Zweimal war sie eingesperrt worden; unaufhaltsam kam sie erst von Cannabis auf Kokain und fixte dann Heroin. Sie starb an einer Überdosis, und ihr vergifteter Körper war schon eine ganze Woche lang in einer dreckigen Wohnung der Moss Side verwest, bis man ihn fand.

Carrington hatte seine Tochter nach Hause geholt, nachdem sie das erste Mal aus dem Gefängnis entlassen worden war. Aber als sie wieder weglief und auf den Trip ging, wollte er nichts mehr mit ihr zu tun haben. Das letzte Mal hatte er sie bei der Identifizierung ihres Leichnams gesehen, aber der Körper im Leichenschauhaus der Polizei war für ihn nicht Gillian. Es war eine Fremde, ohne jede Verbindung zu dem Kind, das er geliebt hatte. Dank seiner Verbindungen zur Justiz gab sich der Untersuchungsbeamte mit einer schriftlichen Zeugenaussage zufrieden, so daß er nicht noch bei der gerichtlichen Anhörung zum Tode einer Person dabeisein mußte, die er aufgehört hatte zu kennen. Er hatte nie das Bedürfnis gehabt, den Urteilsspruch zu erfahren.

Verbittert durch ihr Verhalten nach den beiden Todesfällen, die ihn beinahe zum gebrochenen Mann gemacht hatten, vertiefte er sich wie besessen in seine Arbeit als Anwalt. Fast wäre er auf Carwelton Hall, wo seine Familie seit über drei Jahrhunderten wohnte, zum Eremiten geworden. Aber dann trat ein Mädchen namens Jennifer Lloyd in sein Leben.

»Das war natürlich, bevor wir ihn kennenlernten«, sagte Lucinda und servierte eine Auswahl von Baisers und Bakewell-Torte als Nachtisch. Maltravers konnte nicht einmal hinsehen. »Er hat uns erzählt, daß sie sehr mitfühlend und verständnisvoll war, und innerhalb von sechs Monaten haben sie geheiratet.«

»Alles sehr romantisch«, fand Maltravers. »Aber kann denn ein griesgrämiger Alter mit so einem jungen Ding zusammenleben?«

»Er ist nicht *so* alt«, korrigierte Lucinda. »Für runde sechzig hat er sich sogar sehr gut gehalten. Aber ... na ja, es gibt Gerede.«

»Das gäbe es ohnehin«, sagte Maltravers verdrießlich, »egal, ob etwas dran ist.«

»Tja, aber es ist etwas dran ...« Lucinda warf ihrem Mann über den Tisch hinweg einen Blick zu. »Nicht wahr?«

»Ich fürchte schon«, bestätigte Malcolm. »Jennifer hat ein Verhältnis.«

»Wirklich?« Maltravers hob energisch die Brauen. »Wie langweilig und durchschaubar. Wißt ihr, mit wem?«

»Mit einem Menschen, der Duggie Lydden heißt«, sagte Lucinda. »Er führt ein nicht besonders erfolgreiches Unternehmen für Innenarchitektur in Kendal. Das heißt, wenn er neben seinen Freundinnen dafür noch Zeit erübrigen kann. Er rennt hinter allem her, was einen Rock anhat.«

»Dann sollte er Schottland meiden«, bemerkte Maltravers. »Was glaubt ihr denn, wie lange das schon geht?«

»Ich war mir erstmals vor drei Monaten sicher, aber möglicherweise dauert es schon länger. Jemand, den ich kenne, meint, es hat schon ziemlich bald nach der Hochzeit angefangen.« Lucinda stand auf. »Kommt, wir trinken den Kaffee im anderen Zimmer.«

Während sie hinübergingen, überlegte Maltravers, daß ihm Charles Carrington bei der kurzen Begegnung den Eindruck eines anständigen Mannes gemacht hatte.

Nach dem, was er jetzt wußte, hatte er einiges durchgemacht und wahrlich etwas Besseres verdient als eine Frau, die bei der erstbesten Gelegenheit mit einem Liebhaber ins Bett sprang.

»Weiß Carrington, was los ist?« Er warf einen kurzen Blick zu dem Kendal-Minzkuchen auf dem Tisch neben ihm, als Lucinda ihm seine Tasse reichte.

»Ich bin mir nicht sicher.« Sie setzte sich neben Malcolm auf das Chesterfield-Sofa, wippte ihre Schuhe weg und streckte die Beine lang aus. »Ehemänner können in solchen Sachen furchtbar begriffsstutzig sein. Eine von Duggies anderen Liebesaffären hat ewig gedauert.«

Maltravers nippte an seinem Kaffee. »Weißt du, eigentlich zerstörst du meinen Glauben an die Unschuld des Landlebens. Es gibt durchaus genug von derartigen Dingen in London, da muß es hier nicht auch noch anfangen.«

»Sei nicht albern«, sagte Malcolm zu ihm. »Ich wette, du kannst zitieren, was Sherlock Holmes dazu zu sagen hatte.«

»Ich glaube daran, Watson, und dieser Glaube gründet sich auf Erfahrung, daß die gemeinsten und elendsten Gassen Londons kein scheußlicheres Sündenregister aufweisen als dieser fröhliche und herrliche Landstrich«, sagte Maltravers aufs Stichwort. »Aus den ›Blutbuchen‹ ... Da fällt mir was ein: Als er mich absetzte, sagte Charles irgend etwas über eine Holmes-Story von Conan Doyle, die ich noch nie gelesen hätte. Wißt ihr, was er meinte?«

»O ja«, sagte Malcolm. »Du wirst es nicht glauben. Sie stammt aus der Zeit, als Conan Doyle Holmes zeitweilig hatte sterben lassen. Du weißt wahrscheinlich die Daten.«

»Die Geschichte, wo er und Moriarty in gegenseitiger Umklammerung angeblich in die Reichenbach-Fälle stürzen, wurde 1893 veröffentlicht. Ich kann mich nicht an die genaue Unterbrechung erinnern, aber es war ungefähr zehn Jahre später, als Doyle ihn von den Toten wiedererweckte. Aber du hast die Frage immer noch nicht beantwortet.«

»Mach dich auf was gefaßt«, warnte ihn Malcolm. »Conan Doyle war ein enger Freund von Dr. Samuel Carrington, Charles' Großvater. Sie hatten sich als Medizinstudenten kennengelernt, und er war oft auf Carwelton Hall zu Besuch. 1894 stand er Pate für Dr. Carringtons Sohn, der später Charles' Vater wurde, und sein Taufgeschenk war eine nagelneue Holmes-Story. Zehn Exemplare, privat gebunden. Sie ist nie veröffentlicht worden.«

»Was ...?« Maltravers prustete unter einem Hustenanfall, weil ihm der Kaffee in die falsche Kehle gekommen war. Malcolm sah amüsiert zu, wie er nach Luft rang und ihn ungläubig anstarrte, als habe er eben beiläufig erwähnt, er sei beim Kirchentrödelmarkt auf Van Goghs echte »Sonnenblumen« gestoßen und bei den Japanern hänge bloß eine Dreiundzwanzig-Millionen-Pfund-Reproduktion an der Wand.

»Klopfe ihm mal lieber den Rücken«, sagte er zu seiner Frau.

Lucinda stand auf und schlug Maltravers mit solcher Wucht zwischen die Schulterblätter, daß davon selbst Metall verbeult worden wäre.

»Genug!« keuchte er. »Auf welche Art wollt ihr mich

denn nun umbringen? Durch Schock oder gebrochenes Rückgrat?«

Er fiel zurück in seinen Sessel und schluckte, bis er sich erholt hatte.

»Jetzt aber noch mal genau«, sagte er schließlich. »Der Mann, der mich heute abend hierhergefahren hat, besitzt eine noch unbekannte Sherlock-Holmes-Story, geschrieben von Conan Doyle persönlich. Herrgott noch mal! Das ist, als ob einer sagt, die ›Titanic‹ habe gerade sicher in New York angelegt!«

»Nun komm, Gus«, wandte Lucinda ein. »Es ist nur ein Buch – und als solches sogar ziemlich kurz.«

»Es ist nur ein Buch, so wie der Everest nur ein großer Berg ist«, hielt er ihr entgegen. »Verleger würden einen Mord begehen, um da heranzukommen. Es hat einen Wert von ... ach Gott, es kann dafür gar keinen Preis geben. Warum ist es denn nie veröffentlicht worden?«

»Conan Doyle wollte es nicht«, erklärte Malcolm. »Charles' Großvater hatte es ihm sogar vorgeschlagen, nachdem er Holmes hatte wiederauferstehen lassen, aber er bestand darauf, daß es ein privates Geschenk für seinen Patensohn und die Familie sein solle.«

»Kann Carrington denn die Echtheit beweisen?«

»Jedes Exemplar ist von Doyle signiert, und der erste Band enthält eine persönliche Botschaft an seinen Patensohn«, erzählte ihm Malcolm. »Dazu der Briefwechsel, den die Familie mit ihm hatte, als sie wegen der Veröffentlichung bei ihm anfragten und er darauf beharrte, daß es nur für sie sein solle. Erstaunlich, was?«

»Es ist ein Wunder, zum Teufel!« sagte Maltravers in einer Gefühlsaufwallung. »Aber Doyle ist 1930 gestorben, Charles Carrington kann ihn höchstens gesehen haben, als er selbst noch ein Kind war, wenn er ihm überhaupt jemals begegnet ist. Warum fühlt er sich noch immer an etwas gebunden, was vor fast hundert Jahren gesagt worden ist?«

»Charles ist Doyle ganz sicher begegnet!« bestätigte Malcolm. »Er hat uns ein Foto gezeigt, auf dem er als Kleinkind bei ihm auf dem Schoß sitzt. Das einzige, woran er sich erinnern kann, ist ein sehr alter Mann mit einem dicken Schnurrbart. Und was ihn selbst betrifft, so meint er, Doyle habe gesagt, das Buch sei nur für die Familie, und damit hat sich's. Das Wort eines Gentleman und all das Zeug.«

Maltravers schüttelte verwundert den Kopf, während er, unfähig zu irgendeiner passenden Bemerkung, ins Feuer starrte. In dem Haus, das er vor ein paar Stunden verlassen hatte, befand sich das Pendant der Kriminalliteratur zu einer neuen Mozart-Symphonie oder zu einem unentdeckten Roman von Jane Austen. Und sein Eigentümer hielt es zurück, nicht aus Habgier, sondern aus Respekt vor den Wünschen eines Mannes, der schon seit mehr als fünfzig Jahren tot war; seine Frau aber legte ein ganz anderes Benehmen an den Tag.

Zweites Kapitel

Der Spätherbst hatte Frost an die Küsten Cumbrias gebracht, und nicht mehr lange, dann würde der Winter die höheren Lagen ähnlich einer Nonnenhaube mit Schnee überziehen. Inmitten von Laubbäumen, deren Blätter alle Farbschattierungen zwischen weinrot und gelb aufwiesen, standen große Gruppen dunkelgrüner Koniferen. Weit unterhalb der Stelle, wo Maltravers an einem Holztor lehnte, spiegelten sich im Windermere-See blaue, regenpralle Wolken. Das Wasser wirkte in dem tiefen Bergeinschnitt wie roher Schiefer. Weit im Westen erhoben sich die Gipfel von Harrison Stickle und Pike o'Stickle aus dem Dunst über dem Langdale-Tal. Das einzige Geräusch war das schwache, zitternde Blöken eines Schafes, welches hinter ihm den Berg herabkam. Es gab tatsächlich eine Zeitung in der lauten und widerwärtigen City Road, die ihn dafür bezahlte, daß er hierherkommen konnte und eines der unterhaltsamsten Interviews seines Lebens machte. Er beschloß, sich dafür erkenntlich zu zeigen, indem er die erste Regel des Journalismus außer acht ließ und nur die tatsächlichen Reisekosten in Rechnung stellte.

Maltravers hatte einen wunderbaren Vormittag in Gesellschaft der hochdekorierten Ethel Simister zugebracht. Sie war die überragende *grande dame* des englischen Theaters und verbrachte ihr siebentes Lebensjahrzehnt nun in einem kleinen Hotel. Voll ungetrübter und gewitzt-frecher Erinnerungen, hatte sie ihn mit einem Feuerwerk von Skandalanekdoten und bissigen Kommentaren unterhalten. Ein ganzer Teil wäre wohl unter den Verleumdungsparagraphen gefallen, aber er hatte genug für seinen Text, und es war auch noch etwas übrig, das er mit Vergnügen in privater Runde zum besten geben konnte. Er lachte laut, als er sich eine bestimmte Geschichte noch einmal ins Gedächtnis rief, während er gleichzeitig einen Turmfalken beobachtete, der mit schwirrenden Flügeln über dem Feld vor ihm verharrte. Es gab erheblich schlechtere Arten, seinen Lebensunterhalt zu bestreiten. Ein Windstoß blies ihm etwas Regen ins Gesicht, und er ging zum Wagen, um nach Brook Cottage zurückzufahren. Die Probleme der letzten Nacht waren auf abgenutzte Unterbrecherkontakte zurückzuführen gewesen. Es hing mit irgendwelchen Spitzen zusammen, so hatte man ihm mitgeteilt, und er fand, es klang wie das Leiden eines indisponierten Ballettänzers.

Als er davonfuhr, senkte der Falke seinen Schnabel und stürzte geräuschlos herab. Im Gras gab es einen kleinen Tod.

Sie waren die letzten, die an diesem Abend auf Carwelton Hall ankamen. Maltravers stellte seinen Wagen ans Ende einer Reihe von Fahrzeugen, die in der Auffahrt vor dem Haus einen Halbkreis bildeten. Charles Carrington öffnete die Tür und führte sie in den Salon, wo die anderen Gäste schon versammelt waren. Maltravers hörte, wie Lucinda tief Luft holte, als sie den Raum betraten.

»Ich glaube, ihr beide kennt alle«, sagte Carrington.

»Aber vorstellen muß ich noch ... Gus, nicht wahr? Schön.« Er wandte sich der Gruppe zu, die um den offenen Kamin herum saß. »Dies ist Gus Maltravers, der Schriftsteller, von dem ich euch erzählt habe. Mein Geschäftspartner Stephen Campbell und seine Frau Sophie, Charlotte Quinn, Alan Morris, unser Pfarrer, und Duggie Lydden.«

Maltravers begriff sofort Lucindas Reaktion, Carrington fuhr fort. »Und das ist Geoffrey Howard, ein alter Freund von Jennifer, der gerade erst aus Nigeria zurückgekommen ist.«

Campbell hatte einen vollkommen kahlen Kopf, und seine weiche Haut wirkte im Gesicht ebenso straffgezogen wie über der Rundung seines Schädels. Nur wenn er die Augenbrauen hob, was er häufig tat, erschien auf seiner Stirn ein Netzmuster aus tiefen, parallelen Falten. Er war für den Anlaß ziemlich feierlich angezogen, auf seiner Weste funkelten die goldenen Glieder einer Uhrkette. Mit ihrer Dauerwelle, der Strähne Henna und zuviel Rouge im listigen Gesicht sah seine Frau aus wie eine Bardame, die eine gute Partie gemacht hatte. Howard war groß und kräftig, er trug einen schwarzen Vollbart und einen Schnauzer im Marinestil, über seinem rechten Auge drückte eine sichelförmige Narbe das Fleisch herunter. Reverend Morris, ohne Kragen, hatte die Armut einer Kirchenmaus erkennbar hinter sich gelassen. Jeder Stich seines teuren Anzugs ließ die Gediegenheit der Londoner Savile Row erkennen. Sein Gesicht war lang und ästhetisch, die Augen standen eng beieinander und blickten durchdringend, über der hohen Stirn liefen Haarsträhnen fein wie Bleistiftstriche nach hinten. Er war Anfang fünfzig und sah aus, als gehörte er nicht in diese Zeit, wie der jüngere Sohn einer adligen Familie aus dem neunzehnten Jahrhundert, der in den Kirchendienst mehr wegen der traditionell geeigneten Tätigkeit für einen Gentleman eingetreten war als aus Berufung. Charlotte Quinn war gutaussehend und elegant, sie trug ein burgunderfarbenes Cocktailkleid, schwarzgemusterte Strumpfhosen und flache Lacklederschuhe mit schimmerndem Goldmetall an den Absätzen. Maltravers nickte allen zu, während er vorgestellt wurde, und beobachtete dann Lydden genauer, als er sich setzte.

Als Liebhaber wirkte er wenig gewinnend. Ohnehin von unterdurchschnittlicher Größe, verlieh ihm nun ein schleichendes Übergewicht auch noch Fülle, was sein zweireihiger perlgrauer Anzug allerdings teilweise verhüllte. Eine auffallend grüne Krawatte biß sich heftig mit dem blauen Hemd, und Maltravers fiel ein, daß Lucinda gesagt hatte, seine Geschäfte gingen nicht besonders gut: Wenn dies als Beispiel für seinen Farbsinn dienen sollte, war es kein Wunder. Das Gesicht zeigte mehr Gerissenheit als Intelligenz, ein paar Anzeichen darin ließen noch ahnen, daß es in früheren Jahren einmal gut ausgesehen haben mochte. Die blaßgelben Haare waren nach vorn gekämmt, um so ihren fortgeschrittenen Ausfall zu verbergen. Für einen Dinnergast beim Ehemann einer seiner Geliebten bewegte er sich vollkommen ungezwungen. Mißmutig bewunderte Maltravers die Frechheit des Mannes und empfand zugleich, daß Jennifer Carrington einen besseren Geschmack hätte zeigen können. Sie betrat den Raum, als ihm Carrington seinen Drink reichte; ihr aprikosenfarbenes Kleid paßte zur lodernden Haarfarbe. Lyddens Blicke schossen kurz, aber begierig zu ihr hinüber, um sich an dem Anblick zu weiden; Maltravers schaute fragend zu Lucinda, die ihren Mund zu einem spöttischen Schmollen verzog.

»Hallo«, sagte Jennifer Carrington. »Sind denn alle da? Das Dinner ist gleich fertig. Trinkt aus, und dann können wir essen.«

Sie nahm zwischen Maltravers und Geoffrey Howard Platz.

»Sie sehen erheblich besser aus als gestern abend«, begann sie. »Ich hoffe, Sie haben sich nicht erkältet, oder so etwas.«

»Bis jetzt nicht«, erwiderte Maltravers. »Und noch einmal vielen Dank dafür, daß Sie mir geholfen haben. Ich wage gar nicht daran zu denken, um wieviel schlimmer es hätte kommen können.«

»Sie kennen Geoffrey noch nicht, oder?« sagte sie. »Wir haben uns vor Jahren kennengelernt, und er ist eben aus heiterem Himmel wieder aufgetaucht.« Sie rückte ihren Sessel etwas zurück, damit die beiden Männer miteinander sprechen konnten.

»Aus dem heiteren Himmel Nigerias«, bemerkte Maltravers.

»Ja, ich bin Bauingenieur und habe an einem Staudammprojekt gearbeitet«, entgegnete Howard. »Ich bin erst vor einigen Wochen zurückgekommen und habe mich entschlossen, ein paar alte Freunde zu besuchen. Irgend jemand hat mir erzählt, wen Jennifer geheiratet hat, und ich habe angerufen und bin zum Abendessen eingeladen worden.«

»Sind Sie heute abend von weither gekommen?«

»Aus der Gegend von Manchester, aber man braucht nur eine Stunde oder so auf der M 6«, sagte Howard. »Charles hat uns alles über Sie erzählt, aber ich muß gestehen, daß ich nie etwas von Ihnen gelesen habe. Tut mir leid.«

»Sie müssen sich nicht entschuldigen«, sagte Maltravers zu ihm. »Sie gehören zur großen Mehrheit. Ich produziere keine Fünfhundert-Seiten-Epen, in denen regelmäßig Mieder heruntergerissen werden, und auch keine Spionageromane oder Krimis; da bleibt nicht viel Publikum übrig. Wie ist es denn so beim Staudammbau in Afrika?«

Maltravers gab sich den Anschein, als hörte er Howard zu, obwohl er von dem Thema weder etwas verstand noch Interesse dafür hegte. Aber er bekam dadurch Gelegenheit, von Zeit zu Zeit Lydden genauer zu beobachten. Charles Carrington saß neben ihm, und während sie sich unterhielten, ging Jennifer hinüber, setzte sich auf die Armlehne vom Sessel ihres Mannes und legte ihm die Hand auf die Schulter. Maltravers überlegte gerade, ob dies ein weiteres Täuschungsmanöver war oder vielleicht doch eine versteckte Mitteilung an Lydden, daß sie ihrer Affäre langsam überdrüssig wurde, da sah er, wie Carrington ihre Hand wegschob, ohne aufzuschauen. Es gab dafür keinen erkennbaren Grund, und Jennifer wirkte einen Augenblick lang erschrocken. Betroffen blickte sie ihren Mann an, bis sie dann abrupt aufstand und bekanntgab, daß das Essen fertig sei. Maltravers dachte noch immer über den Zwischenfall und seine mögliche Bedeutung nach, als sie den Salon durchquerten und zum Eßzimmer gingen. Es war hoch und sehr kultiviert, die dunkelbraune, spiegelglatte Oberfläche eines langen Rosenholztisches reflektierte das Licht vierarmiger Silberleuchter. Schimmerndes Silberbesteck lag auf graugrünen Lederuntersetzern, die in der Mitte ein goldgeprägtes Wappen trugen. Maltravers wurde zwischen Morris und Charlotte Quinn plaziert. Sie war schon vierzig, aber ihre Figur in dem weinroten Kleid mit dem Perlenring am Hals wirkte noch immer wie die einer jungen Frau, und ihr weiches rotbraunes Haar zeigte nur ganz leichte Spuren von Grau. Er bemerkte einen Ehering, aber sie trug ihn an der falschen Hand.

»Wir hatten bisher noch nicht die Gelegenheit, miteinander zu sprechen«, sagte er und rückte ihr den Stuhl mit der Lederlehne zum Essen zurecht. »Ich erinnere mich noch an Ihren Namen, aber ich weiß nicht mehr, was Sie machen, und gar nichts.«

»Ich habe ein Geschäft für Geschenkartikel am Stricklandgate in Kendal«, antwortete sie. »Es ist mir fast peinlich zu sagen, daß ich es Quintessence genannt habe.«

»Aufrichtig, aber Sie hätten Quinquereme nehmen können«, erwiderte Maltravers, indem er sich neben sie setzte. »Obwohl die Affen und die Pfauen im Lagerraum vielleicht dagegen gewesen wären.«

Sie lachte in einer tiefen Tonlage, die zu ihrer Altstimme paßte.

»Sie sind schlagfertig, sehr clever. Vielleicht nehme ich es für den neuen Laden, den ich in Keswick plane. Hätten Sie was dagegen?«

»Nicht im geringsten, ich wäre geschmeichelt«, antwortete er, als sie ihm die Schüssel mit dem geriebenen Parmesan reichte. »Ich nehme an, Sie verkaufen die üblichen Souvenirs?«

»Du lieber Gott, nein!« erwiderte sie entschieden. »Es gibt genug zweitklassigen Kram für Touristen, als daß ich auch noch welchen anbieten müßte. Die Lakeland-Teewärmer und Wordsworths leidige ›Narzissen‹, gedruckt auf Geschirrtücher Made in Taiwan, überlasse ich den anderen. Sie müssen mal vorbeikommen und es sich selbst ansehen.«

»Das werde ich tun«, versprach er. »Ist es Ihr eigenes Geschäft?«

»Ja. Nachdem mein Mann mich verlassen hatte, borgte mir Charles das Geld, um es einrichten zu können. Ich bin froh, daß ich es ihm mittlerweile zurückzahlen konnte.«

Maltravers begann, den Käse über seine Minestrone zu streuen.

»Ich dachte mir schon beim Anblick Ihres Eherings, daß Sie geschieden sind. Ich habe das auch hinter mir, allerdings waren davon nur ich und meine Frau betroffen. Haben Sie Kinder?«

Als er sich ihr beiläufig wieder zuwandte und in den undurchdringlichen pechschwarzen Augen die Anspannung schmerzlicher Erinnerung wahrnahm, wurde ihm klar, daß er einen Fehler gemacht hatte. Ihre dunkelroten Lippen, auf denen noch Augenblicke zuvor ein Lächeln gespielt hatte, wurden schmal, als müsse sie sich sehr beherrschen.

»Meine beiden Kinder sind noch vor ihrem zwölften Lebensjahr an einer angeborenen Herzkrankheit gestorben«, sagte sie. »Mein Mann lief drei Monate nach der Beerdigung unserer Töchter mit einer Person davon, die ich für meine Freundin gehalten hatte.«

»O Gott ...« Maltravers blickte entschuldigend drein. »Tut mir leid. Das war sehr taktlos von mir.«

»Sie konnten es ja nicht wissen«, sagte sie. »Ich fürchte, Sie haben mich vollkommen überrumpelt, meine Zurückhaltung läßt zu wünschen übrig. Normalerweise bin ich vorsichtiger, wenn mich Unbekannte so etwas fragen, denn ich weiß, in welch peinliche Lage sie das bringen kann.«

Sie berührte seinen Arm in einer Geste der Versöhnung. »Egal, es ist nun schon lange her, und es war mir auch lieber, die Kinder zu haben und sie verlieren, als wenn ich ganz ohne sie geblieben wäre.«

Maltravers fiel nichts ein, das er hätte sagen können, ohne gönnerhaft oder belanglos zu klingen, dann aber wurde die Situation durch einen unpassenden Ausbruch von Gelächter am anderen Ende der Tafel entspannt.

»Gus kennt noch einen besseren«, sagte Malcolm. »Erzähle ihnen doch mal von dem Abgeordneten, den du interviewt hast. Der mit dem sprechenden Papagei.«

Für eine Weile gab es am Tisch eine allgemeine Unterhaltung, dann zerfiel sie wieder in kleinere Gruppen, und Maltravers begann, mit Alan Morris zu sprechen. So weltläufig und kultiviert der verwitwete Pfarrer von Attwater als Gast bei einer Dinnerparty auftrat, so wenig verspürte er offenbar die Neigung, seine Sakristei den Armen zu öffnen. Wenn denn tatsächlich die Church of England so etwas wie die Tory Party beim Beten vorstellte, so war Morris genau der richtige Geistliche, um die Predigt zu halten: Er bot die Versicherung, daß ein Reicher ohne Schwierigkeiten ins Himmelreich gelangen konnte, auch wenn der Schöpfer als Warnung etwas Gegenteiliges behauptet hatte. Seine Äußerungen waren höchst weltlich, und wenn das Gespräch auf Literatur kam, so stellte er eine Vertrautheit mit Büchern unter Beweis, deren Inhalt jeder Bischof mißbilligt hätte. Maltravers hatte keine Illusionen in bezug auf den geistlichen Stand, der automatische Bekehrungen im Stile von

Thomas Becket beförderte. Wäre er seinem Beruf nachgegangen, als Carwelton Hall erbaut wurde, hätte Morris bestimmt einen klassischen Pluralisten und einen wortreichen Verfechter des Allmächtigen abgegeben. Schließlich entzog sich Maltravers aber doch dieser unterhaltsamen Gesellschaft, um wieder mit Charlotte Quinn zu sprechen.

»Wie ich höre, hat Duggie Lydden auch ein Geschäft in Kendal«, sagte er. »Irgendwo in Ihrer Nähe?«

»Zwei Häuser weiter«, antwortete sie, und ihm fiel eine unverhüllte Feindseligkeit in ihrer Stimme auf. »Zumindest war es noch da, als ich heute abend losging. Ich rechne damit, daß es jeden Moment pleite geht. Wenn man sich nur dieses Hemd und den Schlips ansieht, was kann man da schon erwarten.«

»Es ist eine recht ausgefallene Farbkombination«, stimmte Maltravers zu. Er war von ihrem so plötzlich zutage getretenen Abscheu fasziniert. »Sie sind ... nicht unbedingt die besten Freunde – sehe ich das richtig?«

»Von Duggie Lydden würde doch kein Hund einen Knochen nehmen«, sagte sie geradeheraus und lächelte höflich. »Beantwortet das Ihre Frage?«

»Ich glaube, ich verstehe, was Sie meinen«, entgegnete Maltravers beschwichtigend. »Es scheint, als ob ich zu Ihnen immer das Falsche sage, was?«

»Seien Sie unbesorgt. Ich habe eine Lebensphase erreicht, in der ich mich nicht mehr darum kümmere, was ich sage oder was jemand darüber denkt. Das schockiert manche Leute, aber Sie sehen aus, als ob Sie damit klarkommen.« Sie lächelte entschuldigend. »Nein, tut mir leid. Ich habe wohl heute abend etwas zuviel getrunken, und da kommt einem manches in den Sinn.«

Maltravers sah, wie sie Jennifer Carrington einen angewiderten Blick zuwarf.

»Ich bin etwas langsam, nicht wahr?« bemerkte er vorsichtig. »Wie lange sind Sie schon mit Charles befreundet?«

Charlotte Quinn zog eine Braue hoch und schaute ihn respektvoll, aber auch warnend an.

»Na, jetzt wollen Sie aber zu clever sein. Sie sind so schneidig, daß Sie sich selbst wehtun können, wie meine Großmutter immer sagte.«

»Ganz so clever ja nun auch nicht«, widersprach er. »Sie machen aus Ihrem Herzen keine Mördergrube.«

Es bedurfte keiner besonderen Intelligenz, Charlotte Quinns Gefühle zu durchschauen. Er war im Begriff, noch etwas hinzuzufügen, als Carrington aufstand und mit seiner Frau sprach.

»Geoffrey hat mich gebeten, ihm das Haus zu zeigen«, sagte er. »Könntest du die anderen Gäste wieder in den Salon bringen? Es sei denn, jemand möchte an der Führung teilnehmen.«

»Eigentlich habe ich das Anwesen noch nie richtig gesehen«, meinte Malcolm.

»Haben Sie vielleicht Lust, uns zu begleiten?« fragte Carrington Maltravers. »Es gibt da etwas in der Bibliothek, das Sie bestimmt gern sehen würden.«

Auch Duggie Lydden und Reverend Morris kamen mit. Campbell und seine Frau schlossen sich dagegen den anderen drei Damen an, während Carrington die Gruppe durch seinen Familienbesitz führte. Das Haus war im neunzehnten Jahrhundert wiedererbaut worden, aber seine Fundamente stammten noch aus der Periode der Restauration. Es war ein schönes Architekturbeispiel seiner Zeit, doch Maltravers hatte für den viktorianischen Stil wenig übrig. Die allgegenwärtige Bedeutungsschwere erschien ihm immer nur als Ausdruck der Selbstgerechtigkeit einer privilegierten Gesellschaftsschicht, die davon überzeugt war, daß Gott ein Engländer sein müsse und sein Volk auserwählt, die Welt auf ewig zu regieren. Dementsprechend hatten sie Häuser und Möbel wie Denkmäler gebaut: solide, kompromißlos und dauerhaft. Nur aus Höflichkeit interessierte er sich für das, was Carrington ihnen zeigte. Allerdings war es mehr, als Lydden tat. Howard schien dagegen höchst beeindruckt und gut informiert, Malcolm und Morris gaben geistreiche Kommentare ab. Aber Maltravers' Interesse nahm beträchtlich zu, als Carrington auf dem Wege nach unten die Bibliothek erwähnte, und er folgte den anderen durch eine weitere Tür hinaus aus der Diele. Um den Anschluß nicht zu verlieren, betrat er hastig den nächsten Raum und stieß sich dabei schmerzhaft den Kopf am Deckensturz.

»Das tut mir leid, ich hätte Sie warnen sollen«, entschuldigte sich Carrington. »Diese Tür ist furchtbar niedrig. Aber das hier wird Sie auf andere Gedanken bringen.«

Er ging hinüber zu einem Möbelstück, das neben den Bücherregalen stand und wie ein Schrank aussah. Aber hinter der Holztür verbarg sich ein Wandsafe mit Zahlenschloß. Carrington stellte die Kombination ein und öffnete ihn dann. Maltravers sah, daß darinnen ein Stapel identischer Bücher und ein paar Papiere lagen. Carrington nahm einen der schmalen Bände heraus und drehte sich um, damit er ihn Maltravers zeigen konnte.

»Bitte sehr«, sagte er lächelnd. Maltravers griff zu und

las den goldgeprägten Titel auf dem Buchrücken: *Die Feuerhexe von Attwater*. Darunter stand der Name Arthur Conan Doyle sowie die römische Ziffer I. Er schlug es mit beinahe ehrfürchtiger Vorsicht auf und las die verblassenden Züge der handgeschriebenen Widmung auf dem Vorsatzblatt: »Für meinen Patensohn William Redmond Carrington zu seiner Taufe am 18. Dezember 1894. Von seinem liebevollen Patenonkel in der Hoffnung, daß er in späteren Jahren Freude daran haben wird, das letzte Abenteuer von Sherlock Holmes und Dr. John Watson zu lesen.« Es folgte Conan Doyles Unterschrift. Maltravers blätterte um und sah den Titel des ersten Kapitels – *Eine Begegnung bei Bushells* –, dann schloß er den Band widerstrebend und entschieden zugleich.

»Ich bin versucht, gleich loszulesen, aber dann könnte ich wohl nicht mehr aufhören«, sagte er und reichte das Buch zurück. »Aber besten Dank dafür, daß ich es mir ansehen durfte. Ich kann es noch immer kaum glauben, wie Sie dazu gekommen sind. Malcolm hat mir gestern abend alles erzählt.«

»So unhöflich bin ich nicht, daß ich es Ihnen bloß zeigen würde.« Carrington nahm das Buch und legte es zurück in den Safe. »Nach dem, was mir Malcolm über Ihre Begeisterung für Detektivgeschichten erzählt hat, wäre das unverzeihlich. Ich leihe Ihnen gern die Fotokopie, die ich von dem Text gemacht habe. Allerdings kann ich das nicht gleich tun, denn es gibt nur diese eine Kopie und die ist im Moment bei einem großen Sherlockianer. Aber in ein, zwei Tagen werde ich sie wohl wiederbekommen. Das einzige, worum ich bitten möchte, ist, daß Sie sie zurückbringen oder per Einschreiben schicken, bevor Sie abreisen.«

Maltravers runzelte die Stirn. »Sie verborgen eine Kopie? Es könnte doch jemand damit zu einem Verlag rennen!«

»Ich überlege mir schon genau, wem ich sie gebe«, erwiderte Carrington. »Und ich bin sicher, daß ich Ihnen ebenso vertrauen kann wie den anderen. Ohne die Briefe von Conan Doyle, die auch dort in dem Safe liegen, wäre das Ganze sowieso nicht viel mehr wert als eine gute Fälschung. Also es kann niemand mit irgend etwas davonrennen.«

Morris, der neben Maltravers stand, stieß ihn an.

»Die Geschichte wird Ihnen bestimmt gefallen, das können Sie mir glauben«, sagte er. »Ich gehöre ebenfalls zu den wenigen Auserwählten, die sie gelesen haben. Du auch, nicht wahr, Duggie?«

»Was?« Lydden hörte auf, in dem Buch zu blättern, das er aus einem Regal an der gegenüberliegenden Seite des Raumes genommen hatte. »O ja, sie ist recht gut.«

»Recht gut«, echote Carrington leicht sarkastisch. Er lächelte Maltravers an und trat dann zu Malcolm und Geoffrey, die einige Aquarelle von Borrowdale über dem Kaminsims betrachteten. Jennifer Carrington betrat den Raum.

»Euer Kaffee wird eiskalt«, sagte sie. »Seid ihr denn noch nicht fertig?«

»Wir kommen sofort«, antwortete Carrington, aber Maltravers sah, daß er seine Frau nicht anschaute. Im selben Augenblick, als sie erschien, hatte er sich sofort Lydden zugewandt. »Das heißt, falls Duggie sich von dem Buch trennen kann.«

»Was?« Lydden schreckte hoch. »O ja, es sind bloß

Gedichte von einem Burschen namens Herrick. Der war doch einer von den Lakeland-Dichtern, oder?«

»Kaum«, korrigierte ihn Carrington. »Zwei Jahrhunderte früher.«

»War sowieso nie scharf auf Lyrik«, sagte Lydden gleichgültig und stellte das Buch wieder ins Regal. »Ich dachte bloß, er war von hier.«

Maltravers fand diese Unwissenheit eines Durchschnittsengländers über sein eigenes Literaturerbe zwar innerlich zum Verzweifeln, aber er interessierte sich doch mehr für Carringtons Reaktion, als Jennifer gekommen war. Zusammen mit dem Zwischenfall vor dem Abendessen war er sich jetzt sicher, daß Carrington erheblich mehr wußte, als Lydden und vielleicht auch seine Frau glaubten. Lydden hatte sich nicht umgeschaut, bevor Carrington ihn ansprach, so mochte er vielleicht überhaupt nichts mitbekommen haben. Aber Jennifer konnte es kaum entgangen sein. Sie hatte sich abgewandt und den Raum fast im gleichen Augenblick verlassen, als Carrington sprach. Maltravers wunderte sich, wer auf die Idee gekommen war, Lydden einzuladen. Wenn es Carrington selbst gewesen sein sollte, dann vielleicht nur, um bei dieser Gelegenheit seinen Verdacht bestätigt zu finden. Aber ohne irgendeinen konkreten Anhaltspunkt hätte er das wohl kaum getan. Maltravers überlegte, was wohl geschehen würde, wenn er denn wirkliche Beweise hätte.

Sie waren wieder im Salon, Linda und Charlotte sahen erleichtert aus, als sie zurückkamen. Campbell erzählte gerade eine müde und lange Geschichte aus der Rechtspraxis, die er offenbar für urkomisch hielt. Seine Frau lächelte angespannt, ähnlich einer Mutter, die zuhört, wie ihr Kind für den Besuch ein Klavierstück schlecht und recht herunterklimpert.

»Hat Charles Ihnen das berühmte Sherlock-Holmes-Buch gezeigt?« fragte Jennifer und reichte Maltravers seinen Kaffee. »Wahrscheinlich müßte ich es auch irgendwann mal lesen.«

»Das haben Sie noch nicht?«

»Ich versuche es ihr immer wieder nahezubringen, aber sie mag nicht.« Carrington, der neben Maltravers saß, lächelte etwas herablassend über seine Frau. »Jennifer steht auf diese unglaublich langen Historienromane.«

»Nun, ganz abgesehen von der literarischen Bedeutung, ist dieses Buch sicherlich das Wertvollste, was Ihr Mann besitzt«, sagte Maltravers zu ihr und wandte sich dann an Carrington. »Würden Sie denn nicht einmal heute einwilligen, daß es verlegt wird?«

Carrington schüttelte entschieden den Kopf. »Unter keinen Umständen. Conan Doyle wollte es nicht, und damit ist alles gesagt.«

»Ganz egal, wieviel man Ihnen bieten würde?« fragte Maltravers. »Es heißt, jeder Mann habe seinen Preis.«

»Das kommt darauf an, was Sie kaufen wollen«, erwiderte Carrington einfach, »oder zumindest sollte es das.«

In einer Welt, die alles auf seinen eventuellen Geldwert hin abschätzte, in der Menschen ständig die Moral über den Haufen warfen oder persönliches Vertrauen enttäuschten, um ans schnelle Geld zu kommen, in einer solchen Welt mußte Carringtons Haltung lächerlich wirken. Aber Maltravers fand es beruhigend, daß es noch ein paar Menschen gab, die nicht käuflich waren.

»Bleibt immer noch der literarische Wert«, fuhr er

fort. »Sie bringen Millionen Leser um ihr Vergnügen. Das ist sehr egoistisch.«

Carrington zuckte die Schultern. »Dann muß Conan Doyle der Egoist gewesen sein, ich kann daran nichts ändern. Sie sind nicht der erste, der es auf diese Art versucht, Gus, aber Sie werden mich nicht umstimmen.«

»Und was passiert, wenn Sie sterben?« bohrte Maltravers weiter. »Welche Garantien gibt es denn dafür, daß die möglichen Erben auch so ... moralisch gefestigt sind wie sie?«

Carrington zögerte, unentschlossen, ob er etwas sagen sollte.

»Ich habe bestimmte Vorkehrungen getroffen«, lächelte er schließlich. »Sonst noch Fragen, Herr Journalist?«

»Jetzt nur noch Gelegenheits-Journalist«, korrigierte Maltravers, »aber schlechte Angewohnheiten sind hartnäckig. Aus der Sicht des Reporters würde ich mir überlegen, wie sicher Ihr Safe unter diesen Umständen ist.«

»Er hat ein Vierer-Kombinationsschloß mit hundert Zahlen zur Auswahl«, entgegnete Carrington. »Das ergibt einhundert Millionen verschiedene Möglichkeiten, falls jemand versuchen sollte, die richtige Folge durch Zufall herauszufinden. Wenn man zu oft etwas Falsches einstellt, wird bei der Firma, die ihn geliefert hat, automatisch Alarm ausgelöst, und die holen dann die Polizei. Ich bin der einzige, der die richtigen Zahlen kennt.«

»Hat er auch ein Nötigungs-Signal?« forschte Maltravers weiter. Carrington schaute ihn beeindruckt an.

»Ja ... es gibt nur wenige Leute, die davon schon mal gehört haben.«

»Ich auch nur, weil ein besonders wohlhabender

Freund von mir in London einen Safe mit so etwas besitzt. Er wollte mich ebenfalls dazu überreden, aber dann wäre das Wertvollste in meinem Haus der Safe gewesen. Es hätte sich kaum gelohnt.«

»Hier lohnt es sich schon.« Carrington stand auf. »Entschuldigen Sie mich, ich habe die Drinks vergessen.«

Maltravers beobachtete, wie er auf dem Weg zur Hausbar alle danach fragte, was sie gern hätten. Da seine beiden Kinder tot waren, würde vermutlich Jennifer die Bücher erben. Ihre Untreue ließ kaum erwarten, daß Gewissensbisse sie von einem Verkauf an den Meistbietenden abhalten könnten. Hatte Carrington dagegen seine »bestimmten Vorkehrungen« getroffen? Maltravers schaute unauffällig hinüber zu Jennifer, die sich angeregt mit Lucinda und Morris unterhielt. Howard und Lydden sprachen mit den Campbells, und Malcolm blätterte flüchtig in einer Ausgabe von »Country Life«, die er aus dem Zeitungsständer neben seinem Sessel genommen hatte. Es war der völlig normale Anblick, wie er sich nach einem Abendessen bietet. Nur der Umstand, daß die Gastgeberin Ehebruch beging, wurde anstandshalber verdrängt, denn es gehörte sich nicht, davon viel Aufhebens zu machen. Früher hatten die Menschen bestimmte Dinge nicht im Beisein ihrer Kinder oder der Dienstboten besprochen. Heute waren sie trotz aller Freimütigkeit noch nicht viel anders.

Sie gingen nach Mitternacht. Vor dem Schwarz des Himmels hoben sich die Sterne hell in der frostklaren Luft ab. Die Scheinwerfer der Autos beleuchteten gelbliche Auspuffschwaden; alle kratzten die Eiskruste von den Wagenfenstern und riefen sich gegenseitig Gute Nacht zu. Campbell winkte Howard, Morris und Maltravers zur Unterstützung heran, damit er an Lyddens Wagen vorbeipaßte, der vor ihm geparkt war. Dann rollten sie zum Tor.

»Testamentsvollstreckerin«, murmelte Maltravers, als sie anfuhren.

»Was?« fragte Malcolm.

»Nichts von Bedeutung. Ich habe bloß versucht, mir etwas klarzumachen.« Sein Blick streifte Lyddens Auto, als er daran vorbeikam. »Es scheint, als ob Duggie noch auf einen Schlummertrunk eingeladen worden ist. Interessant.«

»Er muß ...« Lucinda drehte sich um und schaute aus dem Rückfenster, aber die Haustür von Carwelton Hall war geschlossen. »Nein, er kommt nicht. Was geht da vor?«

Maltravers bog nach links auf die Hauptstraße ein und folgte den anderen. »Ich sehe was, was du nicht siehst, und das fängt mit V an. Verdacht. Und es wird zu B wie Bestätigung, und daraus könnte S für Scheidung werden. A für Aus und Vorbei. Entschuldigt bitte.«

»Du meinst, Charles weiß Bescheid?« fragte Malcolm.

»Ich glaube, er kommt allmählich dahinter – Campbell und Howard kommen jedenfalls nirgendwohin. Warum fahren Sie denn so entlang? Die Autobahn liegt in der anderen Richtung.«

»Es ist lebensgefährlich, wenn man von Carwelton Hall aus in diese unübersichtliche Kurve rechts abbiegt«, erklärte Malcolm. »Man fährt links herum und dreht dann hier vorn an der Seite um. Siehst du.«

Maltravers blendete kurz auf, als die beiden Wagen an ihnen vorbeifuhren.

»Mir ist auch so, als ob Duggie heute abend als erster

da war«, fügte er hinzu. »Sein Auto stand an der Spitze der Schlange. Bezeichnend für die neuzeitlichen Sitten. Erst wird die Frau gebumst, und dann kommt man noch beizeiten, damit einem der gehörnte Mann einen ordentlichen Gin auftischt.«

»Duggie Lydden ist ein eingebildetes Schwein«, sagte Lucinda geradeheraus. »Die Sache heute abend war genau das Richtige für seinen abartigen Humor.«

»Na, könnte sein, daß ihm und Jennifer bald das Lachen vergeht«, bemerkte Maltravers. »Ich hatte auch eine interessante Unterhaltung mit Charlotte Quinn. Erzählt mir was über sie.«

»Ach, das ist eine ganz andere Geschichte.« Lucinda beugte sich vom Rücksitz nach vorn, um mit ihm zu sprechen. »Wenn es nach ihr gegangen wäre, stünde Charles sehr viel besser da.«

»Das habe ich mitbekommen. Ihm wäre eine Menge Ärger erspart geblieben, wenn er diese Frau geheiratet hätte. Warum ist es denn schiefgegangen?«

Jennifer Carrington lehnte sich auf der halben Treppe über das Geländer; sie versuchte, etwas von dem Gespräch in der Bibliothek zu verstehen, aber die Tür war geschlossen. Sie erwog, sich davorzustellen, aber das hätte komisch ausgesehen, wenn die Tür unerwartet geöffnet worden wäre. Carrington hatte ihr vorgeschlagen, ins Bett zu gehen, weil er mit Duggie Lydden noch etwas Geschäftliches besprechen wollte. Enttäuscht ging sie wieder nach oben, legte sich angezogen aufs Bett und starrte an die Decke.

Unten beobachtete Lydden aufmerksam Carrington, der ihm noch einen Drink eingoß. Als die anderen gingen, war er gebeten worden zu bleiben. Das geschah zwar diskret, aber sein Einverständnis wurde erkennbar vorausgesetzt. Jennifer hatte hinter dem Rücken ihres Mannes die Schultern gezuckt, auch sie wußte nicht, was los war. Lydden versuchte, so ruhig wie möglich zu bleiben, und wartete, daß Carrington zu sprechen begann.

»Es geht um das Geschäft, Duggie«, sagte Carrington und gab ihm das Glas. Sich selbst hatte er nichts mehr eingegossen. »Die Bank hat sich an mich gewandt.«

Lydden ließ keine Reaktion erkennen, aber er war sofort auf der Hut und fühlte sich in der Defensive.

»Der Umsatz ist ganz gut«, sagte er ungerührt. »Wo liegt das Problem?«

»Es ist die Rückzahlung des Kredits.« Carrington setzte sich an den Schreibtisch. »Du hast deinen Dauerauftrag storniert.«

»Ach, das war nur vorübergehend, weil es mit dem Bruttoertrag haperte«, protestierte Lydden. »Es gibt da keine wirklichen Schwierigkeiten.«

»Seit einem halben Jahr ist keine Zahlung mehr erfolgt.« Carrington zündete sich eine dünne Zigarre an und schaute über die Flamme des goldenen Feuerzeugs hinweg streng zu ihm hinüber. »Die Bank hat mich nach den ersten drei Monaten informiert, und ich habe sie gebeten, mir nach einem weiteren Vierteljahr Bescheid zu geben, falls bis dahin nichts passiert sein sollte. Das sieht nicht nach einem vorübergehenden Problem mit dem Bruttoertrag aus.«

»Seit einem halben Jahr?« Lydden versuchte, den Eindruck des Ertappten durch Ungläubigkeit zu überspielen. »Das ist lächerlich. Ich habe der Bank schon nach einem Monat geschrieben, daß sie den Dauerauftrag wieder einrichten sollen. Die müssen meinen Brief nicht bekommen haben.«

»Und bei der Buchführung ist dir nicht aufgefallen, daß keine Rückzahlungen mehr abgegangen sind?« Carrington machte nach seiner Bemerkung eine Pause und besah sich die glimmende Zigarrenspitze. »Egal, ich muß dich bitten, die gesamten Rückstände sofort zu begleichen und wieder mit den Überweisungen zu beginnen. Tut mir leid, Duggie.«

»Was meinst du mit sofort?«

»Spätestens bis zum Ende des Monats.«

Lydden rutschte unbehaglich auf seinem Sessel hin und her. Es wäre einfacher gewesen, wenn er es bloß mit einem wütenden Ehemann zu tun gehabt hätte.

»Nun, ich werde mein Bestes tun«, sagte er ausweichend. »Aber es kann sich ein bißchen hinziehen.«

»Ach was«, sagte Carrington spitz, »eben hast du mir erzählt, daß es gut läuft. Na ja, du wirst mich hoffentlich nicht dazu zwingen, einen Konkursverwalter einzuschalten. Laut Vertrag bin ich dazu durchaus berechtigt. Die Bank hat mir das schon nahegelegt, aber wir sind so lange miteinander befreundet, Duggie, und ... tja, wir beide als Freimaurer werden uns doch gegenseitig nicht hängenlassen, was?«

Lyddens Unbehagen nahm noch zu, als Carrington ihn direkt anschaute.

»Ich bringe das in Ordnung«, sagte er. »Mach dir keine Sorgen.« Ohne weiter nachzudenken, stürzte er den Inhalt seines Glases hinunter.

»Ich mache mir keine Sorgen.« Carrington stand auf. »Zumindest nicht über geschäftliche Dinge. Es tut mir leid, daß wir den Abend so beenden, aber ich wollte das so bald wie möglich klären. Ich bringe dich hinaus ... Jennifer wird sich wundern, wo ich bleibe.«

Als Lydden losfuhr, war er völlig durcheinander. Hier konnte er sich nicht wie sonst einfach schnell aus irgendeiner Liebesaffäre zurückziehen. Mit Jennifer Carrington verband ihn mehr als gelegentlicher Sex. Sie war die Lösung für eine Reihe von Problemen. Es war eine gefährliche Lösung, aber durch Carringtons Zahlungsforderung wurde sie dringlicher denn je. Er mußte mit ihr sprechen.

Jennifer Carrington holte tief Luft: Unten drehten die Räder von Lyddens Wagen beim Anfahren auf dem Kies scharf durch, und ihr Mann kam die Treppe herauf. Sie hatte sich ausgezogen und mit Kölnischwasser parfümiert, jetzt trug sie einen Pyjama im chinesischen Stil. Als Carrington hereinkam, lächelte sie strahlend.

»Was hattet ihr denn bloß noch zu besprechen, Liebling?« fragte sie. »Ich dachte, du würdest überhaupt nicht mehr ins Bett kommen.«

Sie öffnete ein paar Knöpfe ihrer seidenen Mandarin-Jacke. Unter dem durchscheinenden Stoff mit dem roten Jakarandamuster wurden provozierende Wölbungen sichtbar.

»Nur eine Sache, in die ich Klarheit bringen wollte.« Er ging zum benachbarten Ankleidezimmer. »Nichts Wichtiges.«

Jennifer Carrington hörte durch die halbgeöffnete Tür, wie er sich entkleidete und die Zähne putzte. Sie zog ihre Jacke aus, ließ sie auf dem Bett liegen und hob die Decke bis ans Kinn. Carrington zeigte keine Reaktion, als er zurückkam, neben ihr ins Bett stieg und die Nachttischlampe ausschaltete. Nach einem kurzen Augenblick glitt sie zu ihm hinüber und schnurrte tief und herausfordernd.

»Nimm's mir nicht übel, Liebling. Ich bin ziemlich müde.«

Er drehte sich um, und Jennifer Carrington starrte bestürzt auf seinen Rücken. Es war das erste Mal, daß er nicht mit ihr schlafen wollte. Plötzlich fürchtete sie, daß ihr die Dinge entgleiten könnten.

Drittes Kapitel

Am nächsten Morgen, fünf Minuten nachdem Charles Carrington zur Arbeit gegangen war, klingelte auf Carwelton Hall das Telefon. Jennifer stürzte sich darauf.

»Gott sei Dank! Ich wollte dich gerade anrufen«, sagte sie. »Charles weiß Bescheid.«

»Bist du sicher? Hat er was zu dir gesagt?«

»Das muß er gar nicht. Ich weiß es. Glaube mir.«

»Wird er vor Donnerstag etwas unternehmen?«

»Vielleicht, aber wir können vorher nichts machen, oder?« In ihrer Stimme lag ein Anflug von Panik.

»Natürlich nicht, aber es sind nur ein paar Tage. Ruf mich an, wenn irgend etwas passiert, ansonsten sehen wir uns dann. Und bleib ruhig.«

»Kommst du vorher noch mal?« Es klang wie eine Bitte.

»Nein, es könnte sein, daß dich Charles beobachten läßt. Warte einfach ab.«

»Gut.« Sie schluchzte unvermittelt. »Mein Gott, ich habe nie gedacht, daß es so schlimm werden könnte. Ich habe schreckliche Angst.«

»Dreh nicht durch, ich passe auf dich auf. Du hast schon immer einen älteren Mann gebraucht. Es wird klappen.«

In Brook Cottage schrieb Maltravers an seinem Artikel für den »Independent«. Er verzichtete auf ein paar Stories, bei denen etliche Schauspieler wohl nach ihrem Anwalt gerufen hätten, und ersparte damit dem Redakteur schwierige Entscheidungen. Malcolm war auf Arbeit, und Lucinda unterrichtete. Als Maltravers fertig war, fuhr er nach Kendal, um das Manuskript abzuschicken und Mittag zu essen. Er parkte auf dem Marktplatz, gegenüber vom alten Workings Men's Institute, das man unpassenderweise rosa und weiß angestrichen hatte. Dann ging er Stricklandgate hinunter zum Hauptpostamt. Während er auf dem Rückweg nach einem Restaurant Ausschau hielt, bemerkte er »Quintessence« und betrachtete die Auslagen. Charlotte Quinns Schilderung ihres Angebots erwies sich als wahr. Er sah elegante Holz- und Silbergegenstände, erstklassiges Porzellan, das erfreulicherweise nicht zu braven Tieren, reizenden Kindern oder liebenswerten Tramps geformt war, sowie feine Wollwaren und hervorragende Stoffe. Das Geschäft hätte Covent Garden zur Ehre gereicht, aber die Preise waren erheblich niedriger als in London W C 2. Als er die Tür öffnete, erklang eine altertümliche Ladenglocke, die von einer gebogenen Metallfeder herabhing, und gleich darauf erschien aus den hinteren Räumen Charlotte Quinn.

»Es tut mir leid, aber wir ...« Sie hielt inne, als sie ihn erkannte. »Hallo, da sind Sie ja wieder! Leider wollte ich gerade über Mittag schließen. Aber wenn Sie sich schon etwas ausgesucht haben, kann ich es Ihnen noch geben.«

»Nein, ich wollte mich nur ein wenig umsehen«, sagte er. »Das hier wäre der richtige Laden für Tess. Sie hat von uns beiden den besseren Geschmack. Ich gebe bloß das Geld dazu.«

»Ihre Frau?« fragte sie.

»Noch nicht, aber sie ist drauf und dran, es zu werden«, erwiderte er grinsend. »Als wir das letzte Schaltjahr hatten, bin ich dem für Hochzeiten so beliebten 29. Februar nur durch eine Reise ins Ausland entkommen. Sie ist die Schauspielerin Tess Davy. Am Wochenende nach dem Abschluß ihrer Tournee in Chester kommt sie hierher. Sie hat dann eine Woche frei, bevor die Proben für London anfangen. Ich werde mit ihr noch mal vorbeikommen. Aber jetzt würde ich Sie gern zum Mittag einladen. Sie kennen doch bestimmt ein anständiges Restaurant.«

»Ich gehe normalerweise ins Wheatsheaf geradeüber«, sagte sie. »Die Speisekarte dort ist zwar verheerend für die schlanke Linie, aber was soll's. Also gut, vielen Dank für die Einladung. Ich bin gleich wieder da. Würden Sie bitte das Schild an der Tür auf ›Geschlossen‹ drehen?«

Während er wartete, besah er sich einen Ständer mit Seidenkrawatten, dann verließen sie den Laden, überquerten Stricklandgate und gingen in das Lokal. Es war noch kurz vor dem großen Mittagsansturm, und sie fanden einen Tisch am Fenster, von dem aus man die geschäftige Hauptstraße überblicken konnte.

»Laut Knigge müßte ich Sie jetzt fragen, ob es Ihnen gestern abend gefallen hat«, meinte Maltravers, als er mit ihrem Essen und den Getränken vom Tresen zurückkam. »Aber das wäre wohl so taktlos, als ob man sich bei Mrs. Kennedy danach erkundigte, wie nett ihr Tag in Dallas war.«

»So ähnlich«, stimmte Charlotte Quinn zu. »Es war furchtbar, aber ich werde meine Zunge hüten. Sie kommen aus dem Süden und sind nicht an Leute gewöhnt, die frei von der Leber weg reden.«

»Ich habe über ein Jahr in Manchester gewohnt, deshalb weiß ich, daß es im Norden offenherzig zugeht«, antwortete er. »Und ich denke, Sie waren von der Anwesenheit eines bestimmten Gastes unangenehm berührt, von seiner – wie soll man es höflich sagen – Beziehung zur Gastgeberin.«

Sie lachte. »Sehr diplomatisch ausgedrückt. Ich fand Sie schon gestern abend ein bißchen zu raffiniert. Sie begreifen sehr schnell. Was wissen Sie von den Vorgängen hier?«

»Lucinda und Malcolm haben mir eine ganze Menge erzählt«, räumte er ein. »Ich weiß, daß Jennifer Carrington und Duggie Lydden etwas miteinander haben ... und ich weiß auch etwas über Sie und Charles.«

»Ja, aber Sie wissen nicht alles.« Maltravers folgte ihrem Blick aus dem Fenster hinüber zu einem Laden mit ortstypischem Lakeland-Mobiliar, zwei Häuser von ihrem eigenen entfernt. Charlotte Quinn schaute es noch immer an, als sie fortfuhr: »Vor drei Jahren war dieses Geschäft ziemlich am Ende. Die Bank wollte den Kredit kündigen, da hat Duggie Lydden auf Knien Charles um Hilfe angefleht. Sie sind sich bei den Freimaurern begegnet, kannten sich aber schon länger. Charles brachte zwanzigtausend Pfund auf und rettete ihn damit. Duggie hat nur sehr wenig davon zurückgezahlt. Und wie zeigt dieses Schwein seine Dankbarkeit? Indem er die Frau bumst und ihm dann zu Hause vor allen Freunden noch ins Gesicht lacht.« Sie wandte sich wieder Maltravers zu. »Weitere Fragen?«

»Warum haben Sie die Einladung angenommen?«

»Ich kenne Charles schon sehr lange, und ich habe mich weiß Gott bemüht, mit Jennifer zurechtzukommen, egal was ich von ihr halte«, sagte sie. »Auch nach der Hochzeit bin ich wegen meiner Empfindungen für ihn immer wieder nach Carwelton Hall gegangen. Daß Duggie gestern abend dasein würde, wußte ich allerdings nicht. Ich habe keine Ahnung, wie ich mich so beherrschen konnte.«

»Das war sehr gut«, versicherte ihr Maltravers. »Und soweit ich informiert bin, ist Jennifer nur eine von vielen. Es scheint, als sei Duggie hinter sämtlichen Frauen her, die nicht auf dem Baum sind, wenn er bis drei gezählt hat.«

»So ungefähr«, bestätigte Charlotte. »Er hat sich auch mal um mich bemüht, aber ich habe ihm klargemacht, daß ich nicht eines von seinen Weibsbildern bin, die jeden ranlassen. Als ich fertig war, hatte ich den geilen Bock mit Worten kastriert.«

Maltravers war überzeugt, daß Charlotte Quinns scharfe Zunge dafür ein perfektes Operationsinstrument abgab.

»Wie lange kennen Sie Charles schon?« fuhr er fort.

»Seit fast zwanzig Jahren. Als ich noch verheiratet war, sind wir immer alle zusammen in Urlaub gefahren. Ich weiß noch, wie er Margaret gepflegt hat, als sie langsam und qualvoll an Krebs starb. Gott, das war schrecklich. Dann starb auch noch David, und Gillian ging an Rauschgift zugrunde – haben Sie davon gehört?«

»Ja«, sagte er. »Charles ist wahrhaftig ein schwer geprüfter Mann.«

»Und es hört nicht auf«, sagte sie bitter. »Jennifer hat sich an ihn herangemacht, sie ließ sich durch nichts davon abhalten. Er war vollkommen wehrlos und hatte nicht die geringste Chance. Ein paar von uns haben versucht, ihn zu warnen, aber er war wie vernarrt in sie. Es ist das Dümmste, was er jemals getan hat.«

Sie trank ihren Wein in einem Zug aus. »Könnte ich bitte noch ein Glas haben? Nein, ich bezahle das, wenn Sie es schon holen. Hier.«

Sie nahm ein Portemonnaie aus der Handtasche und gab Maltravers das Geld. Während er am Tresen wartete, beschloß er, ihre Gefühle noch weiter auf die Probe zu stellen. Sie war offenkundig in Gesprächslaune.

»Soweit ich es verstanden habe, müssen zwischen dem Tod von Charles' Frau und der Begegnung mit Jennifer ungefähr zehn Jahre vergangen sein«, sagte er und setzte sich wieder. »Waren Sie damals schon geschieden?«

»Ich bin 1975 geschieden worden«, seufzte sie niedergeschlagen. »Und das ist es, was mich wirklich schmerzt. Es bedarf keiner genialen Fähigkeit, um herauszufinden, daß ich ihn sehr geliebt habe. Ja, ich liebe ihn noch immer, aber irgendwie konnte ich nicht ... ich weiß, ich habe einfach alles vermasselt.«

Sie waren mit dem Essen fertig. Während Charlotte eine Zigarette aus der angebotenen Schachtel nahm, musterte er sie nachdenklich.

»Warum erzählen Sie mir das alles?« fragte er. »Wir sehen uns erst zum zweitenmal, und Sie breiten ihre Lebensgeschichte vor mir aus.«

Langsam blies sie den Rauch aus, als versuchte sie, es sich selbst zu erklären.

»Gestern abend hätte ich am liebsten laut losgeschrien«, sagte sie schließlich. »In dem Haus ging etwas derart Makabres vor, und ich mußte so tun, als sei alles in bester Ordnung. Das hat sich bei mir schon den ganzen Vormittag über angestaut, und meine Verkäuferin hat heute frei, es war also niemand da, mit dem ich sprechen konnte. Wenn Sie nicht gekommen wären, hätte es wohl irgendein Kunde im Laden abgekriegt. Tut mir leid, daß ich Sie wie einen Beichtvater benutze. Ich hoffe nur, daß ich auf Ihre Diskretion vertrauen kann.«

»Vollkommen«, beruhigte sie Maltravers. »Es bleibt alles unter uns. Ich bin froh, daß wir uns über den Weg gelaufen sind.« Er machte eine Pause. »Charles mag bei Jennifer dumm gewesen sein, aber er ist trotzdem ein intelligenter Mensch. Glauben Sie, daß er etwas über ihre Seitensprünge weiß oder zumindest einen Verdacht hat?«

Sie zuckte die Schultern und drückte die kaum gerauchte Zigarette aus. »Darüber denke ich oft nach. Er hat mir nie etwas in der Art zu verstehen gegeben, aber ich kann nicht glauben, daß er keine Ahnung hat – obwohl Alter nicht vor Torheit schützt.«

»Hören Sie auf, ihn schlecht zu machen«, sagte Maltravers zu ihr. »Das hat er von Ihnen doch nicht verdient. Ich glaube, er könnte zumindest etwas über Lydden vermuten. Wenn nicht, so sollte ihm gerade jemand, der ihn mag, Bescheid sagen, anstatt nur nach ihm zu schmachten und sich dem eigenen Leiden hinzugeben.«

Charlotte Quinns Gesicht zuckte ärgerlich, dann sah sie reumütig aus.

»Autsch«, sagte sie. »Das hat weh getan. Sie haben im Norden gelernt, die Dinge beim Namen zu nennen, was? Natürlich haben Sie recht, aber in der Zwickmühle bin ich selbst schon oft gewesen. Einerseits beschwichtige ich mich damit, daß ich ihn nicht verletzen will, andererseits sagt mir mein Gewissen, daß ich ihm etwas vormache, wenn ich schweige. Aber vielleicht traue ich meinen eigenen Motiven nicht. Wenn ich diese Ehe zerstöre, tue ich es dann für ihn oder für mich? Shakespeare sagt, das Gewissen macht uns alle zu Feiglingen.«

»In den gelegentlichen Pausen seines Geschlechtslebens hat es Shakespeare fertiggebracht, über wirklich alles einen Kommentar abzugeben«, stellte Maltravers fest. »Aber ich glaube nicht, daß uns die unsterbliche Poesie im Moment weiterhilft. Es geht mich ja nichts an, aber Sie sollten mit ihm sprechen. Egal, ob er einen Verdacht hegt – Sie haben nichts zu verlieren, und es ist das mindeste, was Sie für ihn tun können.«

»Vielleicht.« Charlotte Quinn zuckte unentschlossen die Schultern, um dann entschuldigend zu lächeln. »Und Sie sind eigentlich zu einem gemütlichen Mittagessen in die Stadt gekommen und nicht, um eine Frau zu treffen, die in Liebesdingen unfähig ist und ihren Seelenschmerz loswerden muß. Tut mir leid.«

»Jetzt quälen Sie sich selbst«, sagte er. »Das sollten Sie nicht tun. Sie sind keineswegs unfähig.«

»Ich bin es nicht?« erwiderte sie zynisch. »Das müssen Sie mir erklären. Wie kommt es dann, daß ich meinen Mann verloren habe und den einen anderen, mit dem ich vielleicht glücklich geworden wäre, nicht kriegen konnte? Man muß den Tatsachen ins Auge sehen, Gus, ich bin von einer anderen Frau ausgebootet worden, noch dazu von einer viel jüngeren. Ich muß ganz schön blöd sein.«

»Nein«, widersprach Maltravers. »Charles mag etwas Dummes getan haben – und danach sieht es aus –, aber das war nicht Ihre Schuld.«

»Ich würde das ja gern glauben.« Charlotte Quinn wirkte wenig überzeugt, als sie aufstand. »Danke für das Mittagessen und dafür, daß Sie mir zugehört haben, aber ich muß zurück.«

Sie verabschiedeten sich vor dem Lokal, Maltravers versprach, mit Tess noch einmal in das Geschäft zu kommen. Er beobachtete, wie Charlotte Quinn Stricklandgate überquerte und die Ladentür aufschloß, dann ging er zu seinem Wagen zurück und fuhr hinaus ins Langdale-Tal. Er parkte bei der Kneipe am Fuße des Stickle Ghyll und stieg einen unebenen Pfad voller Felsbrocken hinauf. Gleich daneben floß glucksend ein Bach, der auf seinem Weg vom Bergsee hinunter mehrmals in schäumende Wasserfälle überging. Nun, da es lange genug geregnet hatte, zeigte der Himmel ein durchscheinendes Frühlingsblau. Helle Wolken zogen vorüber und ließen ihre Schatten langsam durch das weite Tal gleiten. Die Luft war klar und kalt. Maltravers setzte sich auf einen Stein nahe dem rauschenden weißen Wasser und dachte über die Dinner-Party nach. Vielleicht mußte Charlotte gar nicht mit Carrington reden, und auch sonst niemand. Wenn hinter dem merkwürdigen Benehmen, das er gesehen hatte, etwas steckte, würde sich die Situation auf Carwelton Hall so oder so von selbst klären.

»Ist irgendwas, Liebling?« Jennifer Carrington fragte vorsichtig. Ihr Mann saß ihr an diesem Abend gegenüber und las Zeitung.

»Was soll denn sein?« Er antwortete, ohne die Zeitung zu senken. Sie wußte instinktiv, daß er aufmerksam zuhörte.

»Nichts, du wirkst nur ein bißchen ... beunruhigt«,

sagte sie. »Ich dachte, wenn dich etwas bedrückt, könnten wir vielleicht darüber reden.«

Es raschelte, er blätterte um und hielt die Zeitung weiter vor sich.

»Es ist nichts, worüber du dir Sorgen machen müßtest.«

In der Stille nach dieser abweisenden Antwort wandte sie sich wieder dem Fernseher zu. Sie nahm die Bilder wahr, ohne wirklich hinzusehen oder zuzuhören. Duggie hatte ihr von dem Gespräch am letzten Abend erzählt, und sie war nervös. Daß Carrington sie im Bett abwies und sich nun auch noch weigerte, mit ihr zu sprechen, machte sie unsicher, ob er noch weiter nach ihrer Pfeife tanzen würde. Das aber war unabdingbar. Sie mußte ruhig bleiben und ihre Vorbereitungen für seine Ermordung zu Ende bringen. Zum erstenmal hatte sie das Wort im Geiste ausgesprochen; früher war es stets »die Sache mit Charles« gewesen oder »es tun«. Nun, da sie den richtigen Begriff benutzte, wirkte das Ganze weniger schrecklich, ihr Plan hatte etwas Zwangsläufiges und schien damit irgendwie akzeptabel.

»Am Donnerstag fahre ich nach Manchester einkaufen«, sagte sie beiläufig. »Ich könnte bei Sherratt & Hughes nach dem Roman von Kingsley Amis fragen, den du haben wolltest.«

Sie fühlte sich erleichtert, als er endlich die Zeitung zusammenfaltete und sie ansah.

»Danke. Ich werde wohl nie die Zeit finden, nach Lancaster zu fahren. Bleibst du den ganzen Tag in der Stadt?«

»Schon möglich«, antwortete sie. »Um wieviel Uhr wirst du aus Carlisle zurück sein?«

»Spätestens um Mitternacht. Die Sitzung ist gegen zehn zu Ende.«

»Dann schaue ich vielleicht noch bei Angela vorbei, ehe ich zurückkomme. Aber ich werde vor dir zu Hause sein und auf dich warten.«

»Das brauchst du nicht. Entschuldige, ich muß noch ein paar Papiere durchsehen.«

Als er den Raum verließ, spürte Jennifer Carrington wieder die Angst. Er sprach so offiziell, gar nicht wie sonst. Sie stand auf, schaltete den Fernseher aus und blieb mit verschränkten Armen vor dem Kamin stehen, um nachzudenken. Mochte Charles' Verdacht gegen Duggie auch stark sein – und den Anschein hatte es tatsächlich –, solange er nicht direkt damit herauskam, war noch alles in Ordnung. In zwei Tagen würde er ohnehin gar nichts mehr tun können.

In der Bibliothek schloß Charles Carrington seine Aktentasche auf und entnahm ihr mehrere Seiten mit Notizen in seiner sauberen Handschrift. Als Anwalt hatte er die Gewohnheit entwickelt, alles genau zu formulieren und aufzuschreiben. Er besaß noch immer ein Tagebuch aus der Zeit, da seine erste Frau gestorben war, und jetzt, wenn auch aus ganz anderen Gründen, führte er wieder eins über Jennifer. Die Sprache des Gesetzes aber war kalt und gefühllos, sie konnte keine Liebe beschreiben, kein Leid und keine Furcht. Und das Gesetz verlangte nach Beweisen, bevor jemand schuldig gesprochen wurde. Carrington suchte nicht mehr danach. Ohne einen Beweis jedoch hatte Jennifer als unschuldig zu gelten. So lautete das Gesetz.

Duggie Lydden tippte noch einmal wütend auf den Tasten seines Taschenrechners herum, so als könne durch die veränderte Reihenfolge der Zahlen ein weniger horrendes Ergebnis herauskommen. Doch unausweichlich erschien dieselbe Summe. Er fluchte und sah resigniert seine Bilanzbücher an, die auf dem Bürotisch hinten im Geschäft lagen. Die fünf schrecklichen Zahlen waren nur auf dem Taschenrechner schwarz, die Leute bei der Bank würden sie wohl dunkelrot schreiben.

Unter den Papieren war auch eine Zahlungsaufforderung seines Kreditkartenunternehmens mitsamt der offenen Rechnung für ein Hotel in York. Wenn man auch noch die Kette hinzuzählte, die er gekauft hatte, kamen für dieses Wochenende gute hundert Pfund je Geschlechtsakt mit der flotten Studentin aus der Weinbar zusammen. Ihre wilde Begierde und der sexuelle Einfallsreichtum erwiesen sich damit als sehr kostspieliger Luxus. Die Mitteilung, sie sei möglicherweise schwanger, hatte ihm gerade noch gefehlt. Jede Entscheidung zwischen Alimenten oder Abtreibungskosten erübrigte sich; er konnte keines von beiden aufbringen. Seine einzige Hoffnung bestand darin, daß irgendjemand anderer der Vater sein könnte. Ordinär, wie er war, erzählte er den anderen Gästen in der Bar, daß sie es mit etlichen Kerlen gleichzeitig trieb.

Lydden nahm die neuesten Kontoauszüge zur Hand und überprüfte noch einmal, was er schon wußte: Es gab keine Chance, Carringtons Geld bis zum Monatsende zurückzuzahlen. Bei seinem letzten angespannt-höflichen Gespräch mit dem Bankmanager war es ihm noch gelungen, das Schlimmste abzuwenden. Er hatte mit dem angeblich sicheren Auftrag zum Umbau eines Zweithauses in Grasmere argumentiert, das einem Yuppie aus Kensington gehörte. Aber sein viel zu teures Angebot war abgelehnt worden, und alle taktischen Möglichkeiten zum Aufschub waren nun erschöpft. Er saß in der Falle; Carringtons Ultimatum ließ sich nur noch dadurch umgehen, daß er sein Konto enorm überzog.

Ärgerlich warf er die Papiere hin und dachte noch einmal darüber nach, welche unausgesprochenen, aber zweifellos vorhandenen Motive Carrington zu dem nächtlichen Gespräch mit ihm veranlaßt haben mochten. Es war wohl für jeden Ehemann reizvoll, den Liebhaber der eigenen Frau ruinieren zu können. Die Entscheidung darüber lag nun bei ihm. Als er am Morgen mit Jennifer telefoniert hatte, schien sie bereitwilliger als früher, den gemeinsamen Plan in die Tat umzusetzen. Zumindest hatte sie gesagt, sie würde es sich überlegen. Lydden war schon immer überzeugt, daß eine Frau, die bereits wenige Monate nach ihrer Hochzeit mit anderen anbändelte, sich wohl kaum große Gedanken darüber machte, was sie ihrem alternden und nachgiebigen Ehemann sonst noch antat. Und wenn alles klappte, gab es keine Probleme mehr – abgesehen von der Kleinigkeit, sie danach loszuwerden. Er staunte schon lange nicht mehr darüber, wie viele Frauen sich durch seichte Versprechen täuschen ließen. Als er noch grübelte, klingelte das Telefon auf seinem Schreibtisch.

»Duggie? Wann kommst du? Ich habe dir doch gesagt, daß Ivor morgen aus Schweden zurückkommt. Ich warte schon seit Stunden auf dich.«

»Entschuldige, ich bin aufgehalten worden. Schon unterwegs.«

Lydden legte auf, räumte die Bücher weg und schaltete die Lampe aus. Durch die Hintertür des Ladens ging er hinaus auf den von niedrigen Mauern umgebenen Hof, wo er seinen Wagen geparkt hatte. Er hielt an einem Getränkeladen und kaufte eine Flasche Wein, dann fuhr er aus Kendal hinaus in Richtung Windermere zu einem freistehenden, eleganten Haus in den Bergen. Drei auf einen Streich, ging es ihm durch den Kopf, das war zweifellos sein bisheriger Rekord.

In der Wohnung über ihrem Laden saß Charlotte Quinn in einem achtzig Jahre alten Schaukelstuhl und streichelte gedankenverloren die Perserkatze auf ihrem Schoß. Der Raum wurde nur von einer Stehlampe erhellt. Charlotte Quinn hörte sich eine Schallplatte von Sondheim an, es war das Lied eines älteren Mannes, der nicht wahrhaben wollte, daß seine Ehe mit der jüngeren Frau keinen Bestand mehr hat. Eine Zeile – Die Jugend ist ein Geschenk, wie hoch auch ihr Preis – erinnerte sie an Noël Cowards Bemerkungen über die Macht des Kitsches in der Musik. Ihre Gedanken wanderten zurück zu der Zeit, als sie noch jeden Tag auf Carwelton Hall gewesen war. Sie hatte gesehen, wie Charles Carrington alt und niedergedrückt wurde, während eine gnadenlose Krankheit Margaret bis aufs Skelett abmagern ließ. Ein paar Tage vor ihrem Tod hatte sie Charlotte zu sich herangewinkt, damit sie die schwache und angestrengte Stimme hören konnte.

»Bitte, mach du ihn für mich glücklich, Charlotte«, hatte sie gewispert. »Ich weiß, daß du ihn liebst. Versprich es mir.«

Tränen liefen langsam über ihre Wangen, Charlotte dachte daran, wie es später den Kindern ergangen war und wie Charles immer verschlossener wurde. Sie hatte ihn nicht mehr erreichen können. Dann, als schon so viel Zeit vergangen war, daß es gar nicht mehr möglich schien, tauchte plötzlich die neue Ehefrau auf. Aber es war keine ältere, reife Frau, sondern ein junges, unstetes Ding, ganz scharf darauf, allen Freunden klarzumachen, wie sehr sie Charles liebte und daß sie ihm nur Glück bringen würde. Und jetzt amüsierte sie sich hinter seinem Rücken mit Duggie Lydden.

Die Schallplatte hatte sich weitergedreht, und nun sang eine Frau vom Einzug der Clowns. Sondheims brillante Darstellung von verwirrten Liebenden als bunt angemalte Narren. Diese Musik hatte nichts Kitschiges, sie war realistisch, grausam und unsagbar qualvoll. Aufgewühlt stieß Charlotte Quinn die Katze vom Schoß und lief durch das Zimmer. Es gab ein hartes Kratzen, als sie die Nadel anhob. Dann ging sie zum Fenster und preßte die Stirn an das kalte Glas, auf der Scheibe lastete ein großer Druck. Seit ihrem spontanen Gespräch mit Maltravers beim Mittagessen ging ihr seine Bemerkung nicht mehr aus dem Kopf: Sie war einer von den wenigen Menschen, die Charles die Wahrheit sagen konnten, auch wenn sie davor zurückschreckte.

Maltravers goß sich selbst ein Glas Gin ein und lugte in den leeren kalten Behälter in der Hausbar.

»Ich gehe mal los, Eis holen«, murmelte er und ging zur Küche. »Es kann eine Weile dauern.«

Lucinda schaute ihn verblüfft an, Malcolm lachte, und dann verstand auch sie.

»Sehr gut, Gus«, rief sie ihm nach. »Ist der Scherz echt oder geklaut?«

»Nicht nur echt, sondern sogar zum erstenmal ausprobiert«, sagte er, als er zurückkehrte. »Die Gelegenheit war günstig, und ihr könnt sagen, ihr seid dabeigewesen.«

Er streckte sich auf dem Sofa aus, seine langen Beine lagen auf der Armlehne. »Ich habe heute in Kendal mit Charlotte Quinn Mittag gegessen und ihr vorgeschlagen, doch mal mit Charles über Duggie und Jennifer zu sprechen. Sie hat wohl nur auf irgend jemanden gewartet, der sie dazu auffordert, und ich war derjenige welcher.«

»Gut so. Wir sind mit Charles befreundet und hintergehen ihn ja auch, wenn wir nichts sagen.« Linda machte den letzten Stich an einem Stück Baumwollstoff und biß den Faden ab, dann hielt sie es prüfend hoch. »Das hat mir schon immer Sorgen gemacht. Glaubst du, sie macht es?«

»Ja«, sagte Maltravers. »Vielleicht nicht sofort, aber sie wird es ihm schon sagen. Ihr kennt ihn besser als ich. Wie wird er darauf reagieren?«

»Er ist sehr korrekt und beherrscht«, antwortete Lucinda. »Er wird nicht zusammenbrechen oder in sinnlose Eifersucht verfallen, sondern einfach das tun, was zur Klärung nötig ist.«

»Wird er versuchen, die Ehe zu retten?«

»Nein«, sagte Lucinda bestimmt. »Jennifer hat ihn aus seiner selbstgewählten Abkapselung geholt. Sein Vertrauen in sie war so groß, daß er alle Vorsichtsmaßregeln vergaß, und er würde es ihr nie verzeihen, wenn sie ihm neuen Schmerz zufügte. Uns war immer klar, daß es für Jennifer kein Pardon gibt, wenn die Sache mit Duggie Lydden herauskommt.«

»Das wird auch sie wissen«, fügte Malcolm hinzu, »und genau dies gibt mir zu denken. Sie hat ein Verhältnis mit dem meistbeschäftigten Hurenbock in Cumbria und macht so gut wie keine Anstalten, dies zu verbergen. Ziemlich pervers, was?«

»Das stimmt, Ollie«, pflichtete ihm Maltravers bei. »Sie zerstört absichtlich ihre Ehe, aber offene Untreue führt heutzutage nicht mehr dazu, daß jemand aus der guten Gesellschaft verstoßen wird. Wenn es so wäre, müßten sich die Klatschkolumnisten von der Zeitung auf dem Arbeitsamt anstellen. Dennoch treibt sie es auch mit Charles, auf andere Art natürlich, denn es geht um andere Beträge, vielleicht gar um das halbe Haus. Ein ausgekochtes Ding.«

»Meint ihr das im Ernst?« wollte Lucinda wissen.

»Warum nicht?« fragte Maltravers zurück. »Für Glücksritter sind die heutigen Familiengesetze ideal. In guten wie in bösen Tagen, in Gesundheit und Krankheit, bis daß der Unterhalt uns scheidet, da ich reicher sein werde und du gewißlich ärmer. Ich wundere mich nur, daß es nicht öfter vorkommt. Aber vielleicht tut es das auch.«

»Warum wartet sie nicht einfach, bis Charles stirbt? Dann würde sie doch alles bekommen.«

»Die Hälfte von dem, was er jetzt wert ist, genügt, und man muß nicht – wieviel ... zehn oder mehr Jahre? – auf die andere Hälfte warten«, sagte Maltravers. »Jennifer sieht mir nicht besonders geduldig aus. Sie möchte es bitte schön jetzt, und ich glaube, es ist ihr ziemlich egal, wie sie es bekommt.«

Viertes Kapitel

Am Donnerstagmorgen war soeben eine fahle Sonne aufgegangen. Maltravers schrieb den endgültigen Entwurf zum letzten Akt an Malcolms Textcomputer, der erfreulicherweise mit seinem eigenen kompatibel war. Er hatte früh angefangen und war deshalb als einziger im Haus schon auf, als es an der Tür klingelte. Auf der Veranda stand Charles Carrington mit einem Umschlag in der Hand.

»Ich habe Sie durch das Fenster gesehen, so kann ich es Ihnen selbst geben«, sagte er. »Es ist gestern zurückgekommen.«

»Der Sherlock Holmes?« fragte Maltravers erfreut, als ihm Carrington den Umschlag gab. »Sie hätten ihn nicht zu dieser frühen Morgenstunde vorbeibringen müssen.«

»Ich habe einen Abstecher von meiner Fahrt ins Büro gemacht«, erklärte Carrington. »Jennifer ist heute den ganzen Tag in Manchester zum Einkaufen, sonst hätte sie es abgegeben.«

»Ich danke Ihnen sehr«, sagte Maltravers. »Heute vormittag muß ich noch etwas zu Ende schreiben, da hebe ich mir den Conan Doyle als Belohnung für später auf. Machen Sie sich keine Sorgen, er ist bei mir absolut sicher.«

»Ich weiß«, sagte Carrington. »Es würde mich interessieren, was Sie davon halten. Aber ich muß los. Ich möchte beizeiten mit der Arbeit anfangen, weil ich heute nachmittag zu einer Sitzung fahre. Auf Wiedersehen.«

»Übrigens«, knüpfte Maltravers noch an, als sich Carrington schon dem Wagen zuwandte, »ich habe neulich mit Charlotte Quinn in Kendal Mittag gegessen. Sie ist sehr nett.«

»Charlotte?« Carrington sah ihn nachdenklich an. »Ja, wirklich nett, nicht wahr? Sie ist eine sehr gute Freundin.«

Einen Augenblick lang spielte er mit den Wagenschlüsseln in der Hand, dann lächelte er kurz und lief wortlos zum Auto. Maltravers sah zu, wie er abfuhr, danach ging er ins Haus zurück und schloß die Tür.

»Haben wir dich also ertappt, Charles«, murmelte er zu sich selbst. »Du bereust es ein bißchen, was?«

Eine halbe Stunde später fuhr Jennifer Carrington von Carwelton Hall in Richtung M 6 los. Im Dorf hielt sie noch einmal zum Tanken.

»Wohin soll's denn gehen, Mrs. Carrington?« fragte das Mädchen an der Kasse.

»Manchester. Den ganzen Tag.« Sie grinste verschwörerisch. »Mein Mann läßt mich mit seinem Scheckbuch auf all die schönen Läden los.«

»Sie Glückliche«, seufzte das Mädchen neidisch. »Mein Alter dreht durch, wenn ich mir mal was kaufe.«

»Sie haben ihn nicht richtig dressiert.«

»Schönen Tag noch«, wünschte das Mädchen, als Jennifer hinausging. Dann schaute sie ihr nach. »Gut aussehen und einen reichen Mann dazu. Warum nicht ich, mein Gott?«

Charlotte Quinn stand am Küchenfenster und trank ihren Frühstückskaffee aus. Dabei schaute sie hinunter zu den Gärten hinter den Läden von Stricklandgate. Sie sah, wie Duggie Lydden ankam und seinen Wagen parkte. Pfeifend stieg er aus, dann blickte er hoch und winkte. »Ein schöner Morgen, aber etwas frisch!« rief er.

Charlotte Quinn lächelte zurück und nickte mechanisch. Danach verschwand Duggie in seinem Laden, und sie starrte auf den Kaffeerest in ihrer Tasse. Der flüchtige, bedeutungslose Zwischenfall hatte bei ihr einen Stein ins Rollen gebracht. Es war ihr zuwider, überhaupt nur Lyddens Existenz zur Kenntnis zu nehmen, geschweige denn, sich ihm gegenüber normal zu benehmen. Er, den sie eben angelächelt hatte, betrog ohne Scham den Mann, den sie liebte. Und sie hatte sich verhalten, als sei alles in Ordnung. Selbstvorwürfe und Bitterkeit stiegen in ihr hoch. So schwierig es auch werden, so sehr es ihm auch wehtun würde – Charles mußte es erfahren.

Am späten Vormittag war Maltravers damit beschäftigt, aus fünf verschiedenen Varianten ein und desselben Satzes auf dem Bildschirm die beste Abschlußzeile für den Vorhang auszuwählen. Bei seinen Romanen wie auch in den Stücken vertraute er der Erfahrung, daß die Figuren den Hauptteil selbst bestreiten konnten, solange der Anfang und das Ende gut gemacht waren. Er traf seine Entscheidung, und die vier überzähligen Versionen verschwanden. Dann speicherte er per Knopfdruck die endgültige Fassung, zufrieden, daß nach über einem Dutzend Versuchen der letzte Akt endlich stand. Wie er oft erklärte, war die Schriftstellerei meist nur ein Herunterhämmern von Worten in der heimlichen Hoffnung, daß sich ein bestimmter Prozentsatz davon als brauchbar erweisen könnte. Wenn ihn Leser nach der »Inspiration des Schreibens« fragten, erkundigte er sich im Gegenzug, was wohl ihr Chef sagen würde, wenn sie auf Inspiration warteten, bevor die Arbeit gemacht war. Im Wohnzimmer klingelte das Telefon. Lucinda nahm ab und redete einen Augenblick, bevor sie ihm über den Flur zurief: »Gus! Es ist Tess. Sie ruft aus einer Telefonzelle an.«

Er ging hinüber und nahm den Hörer. »Hallo, wie geht's?«

»Abgesehen davon, daß der liebe Andrew neulich abend sein Stichwort im zweiten Akt verpaßt hat, gut. Ich mußte über eine halbe Minute allein auf der Bühne stehen, bis sie diesen Trottel endlich aus der Garderobe heranschleppten. Als Entschuldigung hat er mir einen sehr teuren Rosenstrauß gekauft, und ich habe ihm gesagt, wenn er das einem von uns noch mal antut, stecke ich ihm das Ding dort hinein, wo's wirklich weh tut. Und dann habe ich ihn losgeschickt, damit er sich bei den anderen entschuldigt. Aber egal, ich habe mir den Fahrplan angesehen, und am Sonntagnachmittag könnte ich gegen halb fünf an einem Ort namens Oxenholme sein. Angeblich ist das die nächste Station.«

»Ja, kenne ich«, sagte er zu ihr. »Ich hole dich ab. Übrigens bin ich gerade fertig geworden, und du hattest recht damit, was sie tun würde, wenn sie herausfindet, daß das Kind den Schuldirektor deckt.«

»Natürlich, das war doch klar. Jede Frau hätte so reagiert. Gut gemacht, und ich brenne darauf, es zu lesen, wenn ...« Ihr Stimme wurde für einige Sekunden von regelmäßigen Piepzeichen unterbrochen. »Verflixt! Ich habe kein Kleingeld mehr. Alles Liebe an Malcolm und Lucinda, wir sehen uns am Sonntag. Tschüß.«

Maltravers legte auf und ging in die Küche. »Wie wär's mit einem Spaziergang? Ich habe schon seit zwei Tagen keine frische Luft mehr geschnappt.«

»Gern.« Lucinda legte den Kugelschreiber hin. »Es ist bloß der wöchentliche Brief an Simon, den kann ich auch später zu Ende schreiben. Gehen wir auf den Treadle.«

Der Treadle war ein gut hundertfünfzig Meter hoher Hügel, der achthundert Meter von Brook Cottage entfernt jenseits eines Feldes lag. Der schmale Trampelpfad schlängelte sich erst durch Farne und dichtes Ginstergestrüpp, bevor er zum Gipfel hin anstieg. Dort befanden sich außer einem alten Vermessungspunkt noch die Überbleibsel einer Mauer, deren ursprünglicher Zweck nicht mehr erkennbar war. Als sie oben auf der freien Fläche ankamen, verschlug ihnen der heftige Wind den Atem.

»Bekommst du genug frische Luft?« rief Lucinda zwischen den Böen.

»Noch mehr wäre tödlich!« japste Maltravers, als sie sich in einer kleinen Senke hinhockten. Die Aussicht reichte von den weit entfernten Yorkshire-Tälern über die Ausläufer von Kendal im Norden bis hin zu der mehr als dreißig Kilometer entfernten Küste. An der Flußmündung bei Grange-over-Sands erhellte die Sonne einen schmalen Wasserstreifen wie eine waagerechte Nadel. Direkt unter ihnen verlief die Straße von Kendal zur Autobahn und dahinter die Eisenbahn von London nach Schottland. Während sie im Gras saßen, rumpelte ein Zug vorbei. Die Häuser von Attwater lagen jenseits der Bahn, und obwohl Brook Cottage und seine Nachbarn die gleiche Anschrift hatten, befanden sie sich mehr als anderthalb Kilometer vom eigentlichen Dorf entfernt.

»Ist das die Kirche von Alan Morris?« Maltravers deutete auf einen dunkelgrauen Turm auf einer kleinen Erhebung südlich vom Dorf.

»Ja«, antwortete Lucinda. »Du kannst gleich daneben das Dach des Pfarrhauses sehen.«

»Wie lange ist er schon hier?«

»Ach, ewig – bestimmt mehr als zwanzig Jahre.«

»So lange?« Maltravers klang überrascht. »Ich dachte, die Bischöfe würden die Karten in ihrer Diözese öfter mal mischen?«

»An Orten wie diesem ändert sich so schnell nichts«, sagte Lucinda. »Alan wollte nie woanders hin, nicht einmal, nachdem seine Frau gestorben war.«

»Na, wenn es hier für Anzüge reicht, die dreihundert Pfund kosten, kann ich es ihm nicht verdenken«, meinte Maltravers. »Mein Schwager ist Domkaplan, aber mehr als den Chic aus Altkleidersammlungen kann er sich normalerweise kaum leisten.«

»Die Bezahlung für St. Markus ist lächerlich«, erklärte Lucinda. »Aber Mary – seine verstorbene Frau – war die einzige Tochter eines Textilfabrikanten in Kendal, und sie und Alan hatten keine Kinder. Von der Kirche bekommt er nur ein Taschengeld.«

Maltravers schaute wieder die Kirche an. »Neulich abend hat er auf mich einen ungewöhnlich weltlichen Eindruck gemacht. Was hält seine Gemeinde von einem Pfarrer, der auf Erden Reichtümer ansammelt? Heutzutage erwartet man anständige Armut und ein soziales Gewissen.«

»Aber nicht in Attwater«, antwortete Lucinda. »Hier wollen sie eine nette und bequeme Leitfigur, die ihnen mit dem neumodischen Abendmahl vom Halse bleibt und sagt, daß sie alle in den Himmel kommen, wenn sie etwas für die Bibelgesellschaft spenden. Sie sind sehr konservativ.«

»Und was glaubst du?« fragte Maltravers. »Ist es ein Fall von ›wann endlich wird Rom ...‹ – nein, das paßt nicht, aber du weißt, was ich meine.«

»Mich stört es nicht«, sagte sie. »Manchmal will es der eine oder andere nicht länger dulden, aber das schlägt keine Wellen. Die Mehrzahl bekommt von Alan, was sie wünscht.«

»Na ja, die Kirche ist groß«, sagte Maltravers. »Unter ihrem Dach finden noch weltlichere Typen als Alan Morris Platz.«

Eine Weile saßen sie schweigend, dann zeigte Lucinda auf die Straße unter ihnen. »Da ist Duggie Lyddens Wagen.«

Maltravers strengte seine Augen an und starrte hinunter. Er sah drei Autos, die von weitem nicht größer als Kinderspielzeug wirkten.

»Woher weißt du das auf diese Entfernung?« wollte er wissen. »Oder weißt du auch mehr über Autos als ich?«

»Gus, *jeder* weiß mehr über Autos als du. Trotzdem, er hat hier den einzigen Golf GTi in dieser Metallicfarbe. Ich bin ganz sicher, daß er es ist.«

Sie beobachteten, wie die Fahrzeuge sich weiter in Richtung Autobahn bewegten. Maltravers konnte sie immer noch nicht auseinanderhalten.

»Müßte er jetzt nicht im Geschäft sein?« fragte er.

»Heute ist in Kendal nur halbtags geöffnet.« Lucinda sah auf die Uhr. »Ein paar Läden bleiben auf, aber viele von den kleinen haben zu. Komm, es ist schon eins. Wir wollen zurückgehen und Mittag essen.«

Auf dem Weg hügelabwärts hielt Maltravers seine Hand als Schutz vor der blendenden Sonne an die Augen. In ihrem Schatten konnte er an der Ausfallstraße vor der Stadt, direkt am Rande einer Vertiefung, das Dach von Carwelton Hall ausmachen. Die Entfernung dorthin wirkte nicht unüberwindlich, aber an dem gräßlichen Abend, als er eingetroffen war, wäre es wohl ein unmöglicher Marsch gewesen. Jetzt schien eines der Autos das Tor zu passieren, aber er konnte nicht sagen, welches es war.

Im Pfarrhaus wurde Alan Morris von Nervosität und düsteren Befürchtungen geplagt. Ein böser Alpdruck ließ ihn nicht los. Attwater war eine wohlhabende Gemeinde, es gab dort so viel Geld, nur sein eigenes wurde immer weniger. Anfangs konnte er noch stets neues beschaffen, so daß die Bilanzbücher stimmten. Dann aber hatte das Jonglieren mit den verrückten Überweisungen von einem Konto auf das andere begonnen, ständig knapp an der jährlichen Revision vorbei. Die Beträge und Transaktionen waren größer und größer geworden, bis das ganze Lügengebäude ins Wanken geriet.

Sein einziger Schutz waren die Jahre sichtbarer, nie angezweifelter Ehrlichkeit. Solange er danach lebte, hatte er diese Integrität geschickt herausgekehrt, um jeden Verdacht einer Unregelmäßigkeit von vornherein ad absurdum zu führen. Man vertraute ihm jetzt automatisch, weil er früher vertrauenswürdig gewesen war. Nur er wußte, daß er sich schon viel zu lange auf der schiefen Bahn bewegte, um noch Skrupel zu haben. Er lebte in Wahnvorstellungen, die als Selbstschutz unverzichtbar waren; so konnte er sich sogar einreden, daß an diesem Nachmittag alles wieder in Ordnung kommen würde.

Charles Carrington überprüfte noch einmal die Eigentumsübertragung zu dem Hauskauf, mit dem er beauftragt war, und verschloß dann die Dokumente im Aktenschrank. Er zog seinen Mantel an und ging nach nebenan in das Büro der Sekretärin.

»Ich gehe jetzt, Silvia«, kündigte er an. »Falls sich Sir Bernard noch mal meldet, sagen Sie ihm, daß ich mich morgen früh mit ihm in Verbindung setze.«

»Ja, Mr. Carrington. Ach so, als Sie am Telefon waren, hat Mrs. Quinn angerufen und gefragt, ob Sie zurückrufen könnten. Ich habe ihr gesagt, daß Sie heute nachmittag zeitig wegmüssen, aber sie meinte, es sei dringend.«

Die Wanduhr hinter dem Schreibtisch der Sekretärin zeigte zehn Minuten nach drei. »Ein paar Minuten geht es schon noch. Machen Sie mir bitte die Verbindung?«

Er ging in sein Büro zurück, um darauf zu warten, daß das Telefon klingelte. Sein Blick fiel aus dem Fenster auf das grüne Gewölbe des Ashton-Denkmals im Williamson Park, der das Stadtbild beherrschte.

»Charlotte? Hier ist Charles. Kann ich dir irgendwie helfen?«

»Vielen Dank, daß du zurückgerufen hast.« Ihre Stimme klang erleichtert, aber auch erregt. »Ich muß dich sehen, Charles. So bald wie möglich. Es ist äußerst wichtig.«

»Na ja, ich will mich gerade auf den Weg nach Hause machen, aber dort ziehe ich mich nur um und fahre gleich wieder los. Ich werde erst spät zurückkommen«, erklärte er ihr. »Hat es nicht bis morgen Zeit? Du könntest auf ein Glas vorbeikommen.«

»Nein ... nein, nicht im Haus. Es ist was Privates.«

Er stutzte einen Augenblick. «Im Haus sind wir privat, Charlotte.«

»So meine ich das nicht, ich meine ...« Sie holte Luft. »Ich meine, ich will dich allein sprechen.«

Carrington nahm Platz und beugte sich über den Schreibtisch. »Charlotte, was soll das heißen?« Sie antwortete nicht. »Bedeutet das, Jennifer soll nicht dabeisein?«

»Ja.«

Es herrschte Stille. Er wartete, daß sie fortfuhr. »Charlotte, was willst du damit sagen?«

»Weißt du das wirklich nicht?«

»Ich bin nicht sicher«, antwortete er vorsichtig. »Aber ich möchte, daß du es mir sagst. Jetzt. Am Telefon.«

Sie seufzte tief. »Charles, du machst es mir nicht gerade leicht. Ahnst du gar nicht, worüber ich mit dir sprechen will?«

»Möglicherweise, aber ich möchte keine falschen Schlüsse ziehen.«

»Hör endlich auf, den Anwalt zu spielen! Du weißt verdammt gut, warum ich anrufe, oder etwa nicht?«

Wieder herrschte Schweigen. Carrington saß reglos da, dann griff er nach dem Dauerkalender auf seinem Schreibtisch und spielte mit dem Stellring.

»Ich vermute, du willst mir mitteilen, daß Jennifer ein Verhältnis hat.« Seine Stimme klang rauh, und in das Gefühl des Unabwendbaren mischte sich eine perverse Erleichterung.

Charlotte Quinn schluchzte kurz und fuhr dann leise fort: »Seit wann weißt du es?«

»Seit wann ich es weiß …?« wiederholte Carrington. »Ich *weiß* es erst jetzt. Aber ich habe es schon vermutet, seit … vielleicht zwei Monaten. Aber da ist noch etwas, das du mir sagen kannst. Mit wem?«

Sie schniefte durch die Nase und antwortete beinahe flüsternd: »Duggie Lydden.«

Der Kalender zeigte Dienstag, den 38. Mai 1947. Carrington starrte mehrere Sekunden lang auf das unmögliche Datum und drehte dann langsam wieder an der Einstellung. Tag und Monat blieben gleich, die Jahre liefen durch, bis das kleine Fenster 1999 anzeigte.

»Charles? Bist du noch dran?«

»Ja.« Die Stimme war jetzt leblos und gleichförmig. »Ich dachte mir, daß er es sein müßte, aber … na, ist egal. Aber wahrscheinlich wäre mir ein anderer lieber gewesen.«

»Was wirst du tun?«

»Ich wollte nach Hause fahren und mich für ein Treffen der Freimaurer in Carlisle umziehen«, antwortete er. »Aber sie werden wohl ohne mich auskommen müssen. Ich möchte gerne mit dir reden. Kannst du nach Carwelton Hall kommen?«

»Was ist mit Jennifer?«

»Sie ist den Tag über in Manchester und wird vor heute abend nicht zurück sein.«

»Um wieviel Uhr soll ich kommen?

»Viertel nach vier? Bis dahin schaffe ich es, und …« Carrington zögerte. »Und vielen Dank, Charlotte. Ich weiß, wie schwer dir das gefallen sein muß.«

»Ach Gott, ich hätte es dir schon früher sagen sollen.«

»Macht nichts. Du hast es mir jetzt gesagt, und ... bis dann, in einer Stunde.«

Er legte auf, bevor sie noch irgend etwas sagen konnte. Den Hörer weiter am Ohr, lauschte sie dem Freizeichen. Plötzlich fühlte sie eine Schwäche und setzte sich unvermittelt hin. Endlich war das getan, wovor sie sich so lange gefürchtet hatte, und sie weinte vor Erleichterung. Charles' erste Reaktion war, daß er mit ihr sprechen wollte. Sie hatten viele Jahre verloren, aber vielleicht blieben ihnen noch ein paar, nachdem alles geklärt war und wenn sie ihm darüber hinweghalf.

In seinem Büro stellte Carrington das richtige Datum auf dem Kalender ein, als könne er so wieder ein Stück Normalität einschalten. Er ging, ohne mit der Sekretärin zu sprechen. Nach wenigen Minuten hatte er die Autobahn erreicht und ließ die Stadt hinter sich zurück.

Während der halbstündigen Fahrt nach Attwater wich die Fassungslosigkeit darüber, daß seine Vermutungen bestätigt worden waren, einem Ansturm von Gefühlen. Überraschenderweise verspürte er keinen Zorn. Es war ihm schleierhaft, wie Lydden ausgerechnet einen Freund, der ihm geholfen hatte, so gemein hintergehen konnte. Seine Empfindungen für Jennifer kreisten um nebensächliche Erinnerungen. Ihre erste beiläufige Unterhaltung im Büro seines Geschäftspartners; die Blumen, die er ein paar Wochen später zu ihrem Geburtstag gekauft hatte; der erste zögernde Kuß; das gemeinsame Lachen über ihre falschen Angaben im Meldebuch jenes Hotels in Lytham St. Annes. Dann die albernen Späße bei der Hochzeit und die Freude darüber, sie den Freunden auf Carwelton Hall als seine Frau vorstellen zu können. Bedeuteten ihr all diese vielen Erlebnisse so wenig oder vielleicht gar nichts? Die Vorstellung, wie sie Duggie Lydden die Tür öffnete, während er auf Arbeit war, wie sie ihn mit nach oben nahm, sich von ihm streicheln ließ und ekstatisch schrie, wenn ihre Körper miteinander verschlungen im Bett lagen – diese Vorstellung war so entsetzlich, daß er sich nur mit großer Anstrengung davon lösen konnte.

Er verließ die Autobahn und fuhr über mehrere Dörfer nach Carwelton Hall. In der Einfahrt stand ein anderes Fahrzeug. Er sah es erstaunt an und ging dann ins Haus. Eigentlich hätte niemand dasein dürfen, aber als er durch die Tür trat, war aus der Bibliothek hinter der Diele ein Geräusch zu hören, und er lief hinüber.

In Manchester wählte Jennifer Carrington gerade eine neue Krawatte für ihren Mann aus. Sie fragte die Verkäuferin, wo man in der Nähe eine gute Tasse Tee bekommen könne. Später wollte sie noch zu einem Bekleidungsgeschäft in Timperley auf der Südseite der Stadt. Unter ihren bisherigen Einkäufen befand sich auch das Buch von Kingsley Amis, das sie für ihn bei Sherrat & Hughes gekauft hatte.

Maltravers zog den Kapitänsstuhl vor den Kamin und nahm die Fotokopien der letzten, völlig unerwarteten, echten Sherlock-Holmes-Story aus dem Umschlag. Er schlug die erste Seite auf und begann im gleichen Augenblick zu lesen, als Charles Carrington die Bibliothek von Carwelton Hall betrat. Verblüfft blieb er stehen. Vor dem Wandsafe war eine Gestalt zu erkennen. Es gab einen lauten Knall, und über hundertfünfzig Schrotkörner zerfetzten ihm Brust und Unterleib. Die ungeheure Wucht riß ihn wie eine Marionette hoch, dann schlug er rücklings auf dem Boden auf. Aus mehreren Wunden in der unteren Gesichtshälfte flossen dünne Ströme von Blut. Die Augen blickten fassungslos und ohne Leben. Während Carrington starb, grunzte Maltravers vor Zufriedenheit: Das Geheimnis der *Feuerhexe von Attwater* zog ihn in seinen Bann:

Eine Begegnung bei Bushells

Anders als viele seiner Zeitgenossen war Sherlock Holmes kein regelmäßiger Gast in den Londoner Clubs. Ihre Geselligkeit war für seine Einzelgängernatur kaum von Reiz. Dennoch nahm einer seiner letzten Fälle in einem Club – nämlich Bushells, gleich am Victoria Embankment – seinen Anfang.

Sir David Digby, Hauptuntersekretär im Außenamt, nahm uns dorthin mit. Es war am Abend jenes Tages im Jahre 1890, an dem Holmes die französisch-preußische Krise gelöst hatte. Durch die Identifizierung von Wasserzeichen auf Papier und dank seiner Kenntnisse von der chemischen Struktur von Tinten konnte er beweisen, daß es sich bei den berüchtigten Mannheim-Stern-Briefen um die Fälschung einer Hamburger Anarchistengruppe handelte und daß der britische Botschafter nicht als Komplize an dem politischen Mordanschlag, der den ganzen Kontinent erschüttert hatte, beteiligt, sondern unschuldig war. Sir Davids Erleichterung und Dankbarkeit ließen ihn seine Verwunderung über die Methoden meines Freundes rasch vergessen.

»Mr. Holmes«, sagte er herzlich. »Ihr Erfolg bedeutet nichts Geringeres als die Bewahrung des Friedens in Europa. Wenn auch die Einzelheiten nie an die Öffentlichkeit gelangen werden, ist Ihnen die Regierung Ihrer Majestät zutiefst verpflichtet.«

»Dann wird sich ihre Dankbarkeit gewiß in der Höhe meines Honorars ausdrücken«, bemerkte Holmes. »Aber die Angelegenheit ist nun erledigt, und mit Ihrer gütigen Zustimmung würden Watson und ich jetzt gern speisen.«

»Sie sind selbstverständlich meine Gäste«, beharrte Sir David. »Bitte begleiten Sie mich in meinen Club.«

Holmes zuckte gleichmütig die Schultern. Er wäre auch mit einer Mahlzeit im nächstgelegenen Handwerker-Speisehaus zufrieden gewesen, einer in ganz London berühmten Einrichtung. Auf unserem kurzen Fußweg von Whitehall zeigte er sich verschlossen. Ich kannte diese Stimmung bei ihm. Nachdem er eine Untersuchung erfolgreich zum Abschluß gebracht hatte, befand sich sein Geist im Zustand tiefer Ruhe. Zum Essen nahmen wir die hervorragende Dover-Seezunge, damals wie heute eine Spezialität bei Bushells, anschließend zogen wir uns in den Salon zurück. Während wir hinübergingen, begrüßte Sir David einige Mitglieder, und viele schauten mit Interesse auf die hochgewachsene, hagere Person in seiner Begleitung. Wir nahmen am Fenster Platz, von wo aus man seitlich die Themse sehen konnte. Am Tisch saß bereits ein anderer Mann, dem Sir David zunickte.

»Cedric Braithwaite«, erklärte er und wandte sich dann um. »Mr. Sherlock Holmes und Dr. Watson brauche ich wohl kaum vorzustellen, aber ich kann Ihnen sagen, Braithwaite, heute hatte ich die Ehre, mich persönlich von den Fähigkeiten dieses Gentleman zu überzeugen, und sie sind fürwahr erstaunlich.«

Braithwaite faltete seine Zeitung zusammen und musterte uns mit stechenden grauen Augen. Er war ein gutgebauter Mann von ungefähr vierzig Jahren mit kräftigen, leicht wettergegerbten Gesichtszügen und schwarzem, welligem Haar.

»Sie sind zu beneiden, Sir David. Ich kenne Mr. Holmes' Heldentaten wie die meisten Menschen nur aus den exzellenten Berichten von Dr. Watson.«

Ich nickte zur Erwiderung, und er fuhr fort. »Aber aus der Lektüre dieser Schilderungen entnehme ich, daß die von Ihnen angewandten Fähigkeiten nicht unbedingt nur Ihnen gegeben sind. Sie können in jedem von uns stecken, wir sind nur außerstande, etwas damit anzufangen.«

In seiner Bewunderung für die Leistung, die Holmes an diesem Tag vollbracht hatte, sah Sir David für einen Augenblick beleidigt aus, aber mein Freund sprach, bevor er irgendeine Mißbilligung äußern konnte.

»Sie haben ganz recht, Sir«, antwortete er. »Genau das habe ich auch Watson erklärt. Wenn überhaupt, so nutzen nur wenige ihre Begabungen richtig. Die meisten sind überrascht, wenn es ein anderer tut.«

»Darf ich also meine Theorie auf die Probe stellen?« erkundigte sich Braithwaite. »Es wäre sehr interessant, wenn Sie ein paar Beobachtungen über mich anstellen könnten und mir danach die Möglichkeit gäben, Ihren Gedankengang nachzuvollziehen.«

Holmes lächelte. »Schön, Ihre Ergebnisse werden auch für mich interessant sein. Sie sind Witwer, gehören zur Juristenschaft und leben in Nordengland. Ihnen gehört ein Haus mit großem Garten, um den Sie sich auch selbst kümmern, und Sie besitzen einen Hund. Heute morgen sind Sie früh aufgestanden und nach London gefahren. Seit Ihrem Eintreffen waren Sie intensiv mit den Angelegenheiten befaßt, die Sie hierhergeführt haben. Ich könnte noch mehr hinzufügen, aber das wird genügen.«

»Vollkommen korrekt, Mr. Holmes«, erwiderte Braithwaite.

Sir David blickte verwundert, und ich, obwohl mit den Fähigkeiten meines Freundes vertraut, konnte nicht erkennen, woraus er so viele zutreffende Schlüsse gezogen hatte. Holmes, der sich nun nach dem reichhaltigen Essen und umgeben von anregender Gesellschaft entspannt fühlte, legte seine schlanken Fingerspitzen aneinander.

»Jetzt haben Sie Gelegenheit, unter Beweis zu stellen, daß Sie nicht zur großen Masse der schlechten Beobachter gehören, Sir.«

»Ich möchte um eine kurze Bedenkzeit bitten«, entgegnete Braithwaite. »Ihr Augenmerk ist geübt, aber Sie müssen ein paar Zugeständnisse für die anderen machen, deren Auffassungsgabe nicht so weit entwickelt ist.«

Er schaute kurz an sich herunter, dann zeigte sein Gesicht einen Ausdruck des Erkennens.

»Ich kann Ihnen zumindest teilweise folgen.« Er streckte die rechte Hand vor. »Da ist der Ehering meiner verstorbenen Frau. Wenn Sie ihn genauer ansehen, werden Sie feststellen, daß er kaum getragen wurde. Sie starb im Kindbett, weniger als ein Jahr nach unserer Heirat. Die Tatsache, daß ich mich in diesem Club befinde, deutet mit einiger Wahrscheinlichkeit auf den Anwaltsberuf hin, aber ... ach ja. Von dort drüben aus, wo Sie sitzen, kann man diesen Ausweis mit dem auffallend roten Streifen deutlich in meiner Innentasche sehen. Mein Akzent verrät die nördliche Herkunft, obgleich ich inzwischen auch in London leben könnte. Die Schwielen an meinen Händen dürften kaum eine Folge der Tätigkeit bei Gericht sein, sondern sie verraten meine gärtnerischen Ambitionen, und gerade eben sehe ich ein paar Haare am Saum meines Mantels, die mein Hund hinterlassen hat, als ich ihn heute morgen ausführte. Sie heben sich auf dem dunklen Stoff gut ab, es ist ein roter Setter. Ich bin auch tatsächlich früh aufgestanden und war hier sehr beschäftigt, aber da sind Sie mir voraus.«

»Sehen Sie, Watson?« sagte Holmes zu mir. »Jeder hat dieselben Fertigkeiten wie ich, doch nur wenige verstehen sie zu nutzen – im Gegensatz zu diesem Gentleman.«

Er wandte seine Aufmerksamkeit wieder Braithwaite zu. »Ich denke, mit ein bißchen mehr Zeit wären Sie auch auf meine weiteren Schlußfolgerungen gekommen. Ihre zerknitterten und staubigen Kleider deuten auf eine lange Reise mit dem Zug hin, vermutlich aus Ihrer Heimat im Norden. Und der Umstand, daß Sie sie noch nicht in Ordnung bringen lassen konnten, zeigt, wie sehr Sie seit Ihrer Ankunft beschäftigt waren. Häufig sind die Schuhe von Belang, so auch bei Ihnen. Es klebt etwas Lehm daran. Während der letzten Zeit war das Wetter in ganz Britannien trocken, jedoch konnte ich sogar in London allmorgendlich einen dichten Nebel beobachten. Dieser hat den Lehm feucht gemacht, so daß er haften blieb, allerdings nur in der Frühe.«

»Unglaublich!« rief Sir David. »Obwohl ich wirklich beinahe genauso von Ihrem Gedankengang beeindruckt bin, Braithwaite, wie von Mr. Holmes' ursprünglichen Fakten.«

»Alltäglich«, widersprach Holmes und schaute Braithwaite herausfordernd an. »Wie wär's, wenn wir das Ganze einmal umgekehrt versuchten?«

Braithwaite lachte. »Ein verführerisches Angebot! Während unseres Gesprächs ist mir einiges aufgefallen, und ich würde die Gelegenheit gern wahrnehmen. Nun denn. Auch Sie sind zeitig aufgestanden und haben in Hast und Erregung gefrühstückt. Am frühen Morgen waren Sie an irgendeinem Ort, wo hohes Gras wuchs. Während der restlichen Zeit richtete sich Ihre ganze Aufmerksamkeit auf eine dringende Sache. Vormittags befand sich Dr. Watson bei Ihnen, über den Nachmittag kann ich nichts sagen. Auf jeden Fall überdenkt der Doktor gerade seinen jüngsten Entschluß, den Hutmacher zu wechseln.«

»Prächtig!« Holmes rieb sich vor Vergnügen die Hände. »Sie sind ein Mann nach meinem Geschmack, Sir. Jetzt lassen Sie mich überlegen ... ja, da ist eine Spur von Ei auf meinem Revers. Mrs. Hudson hatte das Frühstück zubereitet, und es wäre unhöflich gewesen, nichts zu essen. Meine Eile ist offensichtlich. Und was das andere betrifft ...« Er schaute nach unten. »Ah, da sind wir wieder bei dem Morgennebel, der unten an meiner Hose Grasflecken hinterlassen hat. Am frühen Morgen war ich in ... den genauen Ort kann ich nicht nennen, aber eine gewisse Gesandtschaft ist dort mehr schlecht als recht tätig. An meinen Händen befindet sich noch immer Tinte vom Nachmittag, und weil ich keine Zeit hatte, sie zu entfernen, kann man schlußfolgern, daß die Angelegenheit dringend war. Wir sind unmittelbar nach ihrer Erledigung hierhergekommen. Watsons Hosen zeigen dieselben Grasspuren, am Nachmittag war er nur als Beobachter zugegen, und es gibt keine Hinweise darauf, was er getan hat. Über die Unzulänglichkeit seines neuen Hutmachers wollte ich schon selbst etwas sagen. Die Druckmarkierung auf der Stirn ist noch immer zu sehen, obwohl er seine Melone schon vor einiger Zeit abgesetzt hat. Richtig so?«

»Natürlich«, antwortete Braithwaite mit einer Verbeugung. »Ich fühle mich geehrt, daß ich meinen bescheidenen Verstand an dem Ihren messen durfte. Durch meine Tätigkeit als Kronanwalt haben wir vielleicht noch einmal beruflich miteinander das Vergnügen. Es wäre für mich eine formidable Herausforderung.«

»Ich müßte wohl mein Bestes geben, Sir«, rief Holmes.

»Ein wirkliches Kompliment«, sagte Braithwaite. »Wenn Sie mich jetzt entschuldigen würden, ich möchte mich gern zurückziehen. Morgen muß ich schon früh zu meiner Rückreise nach Westmorland aufbrechen.«

Nachdem er uns allen höflich zugenickt hatte, erhob er sich und verließ den Raum.

»Sir David, ich habe mich seit langem nicht so gut unterhalten wie in Gesellschaft dieses Mannes«, sagte Holmes herzlich zu unserem Gastgeber. »Ich bin Ihnen dankbar, daß Sie uns bekannt gemacht haben. Was wissen Sie über ihn?«

»Nicht allzuviel«, erwiderte der Untersekretär. »Er arbeitet im nördlichen Gerichtsbezirk und wohnt während seiner Londoner Aufenthalte im Bushells, wo wir uns auch kennengelernt haben. Zu Hause ist er in Meldred Hall bei Kendal.«

»Ich kenne diese Stadt ein wenig«, sagte Holmes. »Einst war ich dort mit einer Untersuchung befaßt, die Watson für seine Aufzeichnungen zu langweilig fand.

Der größte Teil meiner Arbeit ist so, auch wenn seine Auswahl von sensationellen oder bizarren Fällen, die, wie er meint, den Leser mehr ansprechen, einen anderen Eindruck vermittelt.«

Holmes lächelte mich verschmitzt an. »Aber es ist schon spät, Sir David, und es war ein langer Tag. Ich muß zurück in die Baker Street.«

»Ich werde das Kabinett bei erster Gelegenheit davon unterrichten, was Sie vollbracht haben«, versprach Sir David. »Es ist bedauerlich, daß es nie eine öffentliche Anerkennung geben wird.«

»Derlei Ehren überlasse ich den Politikern«, erwiderte Holmes. »Meine Tätigkeit ist zurückhaltender Art.«

Die Legende von der Feuerhexe

Gegen Ende des folgenden Monats März schaute ich in der Baker Street vorbei und traf Holmes an, als er gerade mit einem späten Frühstück fertig war. Er hatte seine sämtliche Post auf den Boden geworfen, um anzudeuten, daß sie nur von exzentrischen Zeitverschwendern kam, die ihn oft behelligten. Lediglich ein Brief erregte seine Aufmerksamkeit.

»Guten Morgen, Watson. Erinnern Sie sich noch an unser Treffen mit Cedric Braithwaite im letzten Jahr bei Bushells?«

»Sehr genau. Vermute ich recht, daß Sie etwas von ihm gehört haben?«

»Ja, und es ist ein höchst seltsamer Brief. Sehen Sie selbst.«

Ich nahm das Schreiben, und Holmes ging zum Bücherregal. Während ich las, schlug er in mehreren Bänden etwas nach. Auf dem Briefkopf, der das Datum des Vortages trug, war die Adresse »Meldred Hall, Attwater bei Kendal« gedruckt.

»Verehrter Mr. Holmes«, las ich. »Diese Zeilen werden noch abgeschickt, bevor ich den Frühzug nach London nehme, wo ich im Bushells übernachte. Ich hoffe inständig, Sie morgen früh aufsuchen zu können, weil ich Ihnen eine Angelegenheit von äußerstem Ernst unterbreiten muß. Es hat den Anschein, als ob mein Leben in höchster Gefahr ist, und ich befürchte gleiches für meine Schwester. Unfaßbarerweise scheint alles mit einer Familienlegende über die Feuerhexe von Attwater zusammenzuhängen. Es tut mir sehr leid, daß ich mich so wenig höflich und nur auf der Basis unserer kurzen Begegnung mit Sir David Digby an Sie wende. Aber bitte glauben Sie mir, ich suche verzweifelt jemanden, dem ich mich anvertrauen kann. Cedric W. Braithwaite.«

Ich hörte auf zu lesen und blickte zu Holmes auf. »Was halten Sie davon?« fragte ich.

Holmes antwortete nicht, sondern studierte noch immer eines der Bücher. Er blätterte um, las weiter und schlug dann den Band heftig zu, um ihn in das Regal zurückzustellen.

»Wir wissen, von welchem Schlage dieser Mann ist, Watson«, sagte er. »Zweifellos kann er die meisten seiner Probleme selbst lösen. Er würde sich ganz gewiß nicht wegen einer Belanglosigkeit an mich wenden, und die offenkundige Erregung unterstreicht nur, wie ernst es stehen muß. Außerdem macht mich diese Familienlegende neugierig.«

»Ich dachte immer, Sie hielten Legenden für bloße Produkte der blühenden Phantasie«, bemerkte ich.

»Das sind sie auch«, antwortete er. »Aber in den vielen erdachten Geschichten steckt dennoch unweigerlich auch ein Körnchen Wahrheit. Gleichwohl wird in keinem der Bücher eine solche Legende erwähnt, und der Begriff ›Feuerhexe‹ gibt mir zu denken.«

»Er weist gewiß auf die Art ihres Todes hin«, versuchte ich zu erklären.

»Ich glaube nicht. In Schottland und auf dem Kontinent galt die Hexerei als Ketzertum, und die Delinquenten wurden verbrannt. In England war sie dagegen ein Schwerverbrechen, man hängte die überführten Täter auf.«

»Vielleicht hat sie irgendwie mit Feuer gehandelt?«

»Schon möglich, aber es klingelt an der Tür. Unser sorgengeplagter Besucher ist da, und er wird uns selbst antworten können.«

Einen Augenblick später trat Braithwaite ein. Seine Erscheinung hatte kaum noch Ähnlichkeit mit dem Mann, an den ich mich erinnerte. Er wirkte äußerst nervös und verwirrt, aber am schrecklichsten waren mehrere tiefe, zum Teil bereits verheilte Kratzer auf beiden Seiten seines Gesichts.

»Mr. Holmes, Gott sei Dank, daß Sie da sind!« rief er und taumelte dann vorwärts. Holmes sprang ihm zur Seite, um zu verhindern, daß er niederfiel.

»Hier entlang.« Er führte unseren Besucher zu einem Sessel. »Watson, den Brandy.«

Ich goß ihm etwas ein, und Braithwaite nahm den Drink mit zitternden Händen entgegen. Während er ihn hinunterstürzte, stellte ich mit Entsetzen fest, auf welch jämmerlichen Zustand dieser einst so sichere und fähige Mann seit unserer letzten Begegnung herabgesunken war. Holmes nahm ihm gegenüber Platz und wartete, bis er sich ein wenig gefaßt hatte.

»Mir war klar, daß es sich um eine ernste Angelegenheit handeln würde«, sagte er schließlich leise, »aber ich habe ihr Ausmaß unterschätzt. Bitte erzählen Sie mir alles, was vorgefallen ist, wenn Sie dazu in der Lage sind.«

»Vielen Dank«, sagte Braithwaite und trank den restlichen Brandy in einem Schluck aus. »Ich weiß gar nicht, wo ich anfangen soll. Seit ich Meldred Hall verlassen habe, quält mich die Angst, daß sich während meiner Abwesenheit noch weitere Greuel zutragen könnten.«

»Bitte fassen Sie sich«, ersuchte ihn Holmes. »Da die gegenwärtigen Ereignisse Sie offenbar in große Aufregung versetzen, schlage ich vor, mit der erwähnten Legende zu beginnen. Es ist dies eine Sache aus der Vergangenheit, und vielleicht fällt es Ihnen leichter, erst einmal darüber zu sprechen.«

»Ja, natürlich.« Unser Besucher schien ein wenig von seiner Haltung wiederzufinden. »Die Legende der Feuerhexe von Attwater ist außerhalb Westmorlands kaum bekannt. Sie nahm ihren Anfang zur Zeit meines Vorfahren Thomas Braithwaite, der im sechzehnten Jahrhundert das erste Haus Meldred Hall baute. In der Gegend gab es eine Frau namens Margaret Seymor, die in dem Rufe stand, eine Hexe zu sein. In unserem rationalen und wissenschaftlichen Zeitalter scheint es grotesk, daß Menschen an solche Dinge glauben konnten, aber damals waren sie von großer Bedeutung. Ihnen ist vielleicht Mr. Harrison Ainsworths hervorragende Arbeit über die Hexen von Lancashire bekannt. Es geht dort um

Ereignisse, die etwa zur selben Zeit gleich in der benachbarten Grafschaft, nicht weit von meinem Haus, geschehen sind.«

»Ich habe von dem Buch gehört, mich aber nicht dafür interessiert«, bemerkte Holmes. »Bitte fahren Sie fort.«

»Im Herbst 1548 bettelte Margaret Seymor auf Meldred Hall um etwas zu essen«, nahm Braithwaite den Faden wieder auf. »Man wies sie kurzerhand ab, später wurde beobachtet, wie sie an einer Hecke unweit des Hauses Kräuter sammelte. Kurz darauf erkrankte Thomas' Tochter an Schüttelfrost, und das Weib Seymor brüstete sich damit, sie verhext zu haben. Ich muß hinzufügen, daß sie einen seltsamen Vogel zum Vertrauten hatte; die Bedeutung dieses Umstandes wird sich Ihnen gleich noch erschließen.

Thomas war Friedensrichter, und er ließ sie holen. Anfangs leugnete sie, aber als man ihr Zeugen gegenüberstellte, die ihre Worte gehört hatten, gestand sie den Zauber trotzig ein. Unter dem Vorwurf der Hexerei wurde sie zum Gerichtstag nach Lancaster gebracht. Zeitgenössischen Berichten zufolge verlor sie im Gefängnis den Verstand und gebärdete sich auf der Anklagebank wie eine Wahnsinnige. Man sprach sie schuldig und verurteilte sie zum Tode durch den Strang. In der Zwischenzeit waren alle Versuche gescheitert, die Krankheit der Tochter zu lindern, und in der Nacht vor der Hinrichtung suchte Thomas Jane Seymor in ihrer Zelle auf, um sie zu bitten, den Fluch aufzuheben. In seiner Begleitung befand sich ein Geistlicher, der den Vorfall niederschrieb.«

Braithwaite zog ein Blatt Papier aus der Tasche.

»Dies ist eine Kopie des Originals, allerdings wurde die altertümliche Ausdrucksweise etwas modernisiert.«

Holmes überflog den Text, reichte ihn dann an mich weiter und bat Braithwaite zu warten, bis auch ich ihn gelesen hatte.

»Auf Bitte des ehrenwerten Thomas Braithwaite«, las ich, »habe ich ihn in das Gefängnis zu Lancaster begleitet, um die Hexe Margaret Seymor aufzusuchen, daselbst unter Strafe des Todes, die sie erweichen möchte, in der verbleibenden Zeit ihren teuflischen Zauber von desselben Tochter Jane zu nehmen.

Das Weib lag auf einer Strohschütte in der Ecke, und wir sahen an ihr deutlich das Zeichen Satanas, eine große Erhebung an dero Kinn, aus welcher mehrere Haare sprossen. Als Thomas Braithwaite sie um der Barmherzigkeit willen anflehte, sein unschuldiges Kind zu schonen, blieb sie stumm. Und auch meine fleißige Ermunterung, dem Teufel abzuschwören und ihre unsterbliche Seele zu retten, blieb ohne Erfolg. Hernach wurde Thomas Braithwaite von großem Zorne ergriffen, der ihn ausrufen ließ, er werde ihr selbiges mit allen Qualen der Hölle vergelten. Ich flehte um Gottes Nachsicht für solch blasphemische Rede und zog ihn fort. Noch während ich dies tat, spie sie ihn an, jedoch war es nicht Speichel, der ihn traf, sondern das Blut des Weibes.

Ich hieß ihn, den Raum mit mir zu verlassen, als die Frau unter seltsamen und furchteinflößenden Gebärden zu sprechen anhub. Sie sagte:

Der Vogel wird steigen und niedergehn,
Das Feuer nach seinem Willen entstehn.
Das Feuer wird brennen in flammendem Rot,
Das Feuer wird ewig Euch bringen den Tod.

Hierauf verfiel Thomas Braithwaite noch heftigerem Grimm. Er riß sich von mir los und rief dem Weibe zu, er selbst werde sie mit Feuer überziehen, und nur mit größten Mühen gelang es mir, ihn aus der Zelle zu führen.«

Ich reichte Braithwaite die seltsame Schilderung zurück.

»Was dann kam, ist schnell erzählt«, fuhr er fort. »Am Morgen nach der Begegnung brachte man Margaret Seymor hinaus, um sie zu hängen. Aber noch auf ihrem Weg zum Galgen ritt Thomas Braithwaite mit mehreren Bediensteten heran und entführte sie. Man brachte sie zurück auf das Anwesen, sperrte sie in eine Scheune und setzte anschließend das Ganze in Flammen. Als ihre grausigen Rufe verstummt waren, erhob sich ein großer Vogel aus der Feuersbrunst. In der Nacht kehrte er zurück, setzte sich auf das Dach von Meldred Hall, und die Tochter begann zu schreien, daß sie brenne. Sie starb innerhalb weniger Minuten, und der Vogel flog davon. Der Fluch der Feuerhexe von Attwater hatte sich bewahrheitet.«

Nachdem unser Besucher mit seinem sonderbaren Bericht fertig war, lehnte sich Holmes in seinem Sessel vor und schaute ihn durchdringend an.

»Eine melodramatische Geschichte«, meinte er. »Aber ein Mann von Ihrer Intelligenz hätte sie gewiß nur als historische Kuriosität angesehen, die durch ein paar Zutaten aus der Romantik überhöht worden ist. Es wird zweifellos mehr sein, was Sie zu mir führt.«

Braithwaite sah ihn verzweifelt an. »Viel, viel mehr, Mr. Holmes. Ich kenne diese Legende schon von Kindesbeinen an und habe mir darüber nie Sorgen gemacht. Aber jetzt ...«

Er erschauderte, und sein Blick irrte erneut ziellos umher. Holmes bedeutete mir mit den Augen, noch einen Brandy einzugießen. Während ich damit beschäftigt war, trat Mrs. Hudson ein und meldete, daß ein Bote vom Bushells mit einer dringenden Mitteilung an der Tür sei. Holmes bat sie, ihn hereinzulassen. Es war offenkundig ein Militär im Ruhestand, den die blaugraue Uniform der Dienstboten des Clubs gut kleidete.

»Verzeihung, Sir«, sagte er. »Aber der Clubsekretär Mr. Simpson hat dieses Telegramm entgegengenommen und meinte, es müsse unverzüglich an Mr. Braithwaite weitergeleitet werden. Er erwähnte, daß er hierhergehen würde, Sir.«

»Vielen Dank, guter Mann.« Holmes nahm das Telegramm und gab dem Überbringer eine Sixpencemünze. Er salutierte und ging hinaus. Holmes reichte Braithwaite das Telegramm, der es öffnete und dann mit einem lauten Ausruf aufsprang: »Mein Gott, Eleanor!«

Bevor noch irgend jemand von uns eine Bewegung machen konnte, rannte er aus dem Raum, und wir hörten, wie er die Treppe hinunterstampfte und die Haustür krachend ins Schloß warf. Wir stürzten ans Fenster und sahen, daß er in rasender Verzweiflung eine Droschke herbeiwinkte und hineinsprang.

»Wir müssen ihm sofort nach!« rief ich.

»Das hat keine Eile«, sagte Holmes ruhig. »Vor heute nachmittag geht kein Zug nach Westmorland.«

»Will er denn zurückfahren?«

»Selbstverständlich. Ein so wichtiges Telegramm kann nur von zu Hause gekommen sein, und die Mitteilung hat ihn fraglos um den letzten Rest logischen Denkens gebracht.«

Er wandte sich vom Fenster ab, dann ging er durch den Raum und hob etwas vom Fußboden auf.

»Das Telegramm«, stellte er fest. »Daß er es liegengelassen hat, unterstreicht nur, wie aufgeregt er sein muß.« Er las die Nachricht, und sein Gesichtsausdruck verfinsterte sich.

»Dies ist keine abstruse Legende, Watson«, sagte er grimmig.

Ich nahm das Telegramm aus seiner entgegengestreckten Hand und las: »Schwester von großem Vogel angegriffen. Bitten um sofortige Rückkehr.«

Eine Reise zum Lake District

Wir hatten erwartet, Braithwaite im Bushells anzutreffen, aber man teilte uns mit, daß er bereits gegangen war, um noch einen früheren Zug nach Manchester zu nehmen. Von dort, so konnten wir nur vermuten, wollte er dann wohl zu Pferde weiterreisen.

»Mit ein paar Stunden Geduld wäre er mindestens genauso schnell dorthin gelangt«, bemerkte Holmes. »Es ist schon schlimm, wenn ein eigentlich vernünftiger Mann seinen gesunden Menschenverstand verliert, Watson. Wir werden ihm heute nachmittag mit dem Zug folgen, den er in seiner Hast nicht abwarten wollte. Hätten Sie Zeit, mich zu begleiten?«

»Ich muß nur meiner Frau Bescheid geben und packen«, antwortete ich. »Unlängst habe ich einen Juniorpartner aufgenommen, und das wäre eine günstige Gelegenheit zu sehen, wie er allein zurechtkommt.«

»Bis dann also, auf der Euston Station.« Als ich mich zu gehen anschickte, rief mir Holmes noch zu: »Vergessen Sie nicht, Ihren Revolver mitzunehmen.«

Für die siebenstündige Fahrt nach Norden kauften wir bei der London-and-North-Western-Bahngesellschaft Imbißkörbe mit gekochtem Schinken und Geflügelfleisch, außerdem reservierten wir uns ein eigenes Abteil. Holmes zeigte keine Neigung, den Fall, zu dessen Klärung wir unterwegs waren, zu erörtern. Er überließ das Spekulieren ohne konkrete Fakten lieber den Träumern. Ich versuchte, eine Konversation über verschiedene Berichte in der Nachmittagsausgabe des »Star« mit ihm anzuknüpfen, aber nur die Meldung von einem Doppelmord in Hammersmith fand sein Interesse. Er hörte aufmerksam zu, wie ich Einzelheiten vom Fund einer männlichen und einer weiblichen Leiche vorlas, die beide ein in die Stirn geschnittenes X trugen.

»Der Mann war ein kleiner Angestellter bei einer Schiffahrtsgesellschaft, und bei der Frau handelte es sich um die Agentin eines Mittelmeerstaates, der er verfallen war«, erklärte er mir. »In der vorigen Woche ist ein Handelsschiff aus Neapel eingetroffen, das hat unweigerlich ihr Schicksal besiegelt.«

Unser Gespräch erinnerte mich an etwas. Ich wollte ihn schon früher einmal danach fragen.

»Ich habe mich oft gewundert, warum Sie damals achtundachtzig nicht an den Ermittlungen zu diesen niederträchtigen Morden in Whitechapel beteiligt waren«, sagte ich. »Sie sind nach wie vor unaufgeklärt, und ich hätte erwartet, daß die Behörden Ihre Dienste in Anspruch nehmen würden.«

Er sah mich eigenartig an. »Das haben sie natürlich,

Watson, obgleich ich die Morde damals schon aus eigenem Antrieb untersucht hatte.«

Für ein paar Augenblicke blieb er still und betrachtete durch das Fenster die Landschaft, während ich darauf wartete, daß er fortfuhr.

»Ich verbrachte mehrere Nächte in dieser Gegend, wobei ich so gut verkleidet war, daß mich mein eigener Bruder Mycroft nicht erkannt hätte«, sagte er schließlich mit düsterer Stimme. Sein Gesicht, das sich im Glas des Abteilfensters spiegelte, war ernst geworden. »Am Ende hatte ich bewiesen, daß meine Schlußfolgerungen aus dem Mord an Martha Turner im George-Yard-Haus durchweg korrekt waren.«

Er drehte sich um und blickte mich mit einem entsetzten Gesichtsausdruck an, wie jemand, der sich etwas ganz und gar Schreckliches ins Gedächtnis ruft.

»Sie stimmen mir sicherlich zu, Watson, daß gewisse Geschichten, wie die von der Runnymede-Kobra oder der Urne der Medicis, nie erzählt werden dürfen. Aber es ist immer noch besser, sie auf jedem Marktplatz in London laut auszuposaunen, als jemals die Identität dieses Frauenmörders zu offenbaren und die Erklärung für seine Grausamkeiten.«

Meine Erschütterung nach dieser Antwort ist kaum zu beschreiben. Bei den Fällen, von denen er sprach, ging es um Personen und Affären von höchster Wichtigkeit, die Enthüllung jeglicher Details wäre katastrophal gewesen. Es schien mir unglaublich, daß eine Mordserie an gewöhnlichen Straßenmädchen mit Angelegenheiten solcher Bedeutung zusammenhängen sollte. Aber selten hatte ich meinen Freund mit größerem Ernst sprechen hören.

Wegen der starken Steigung führte die Bahnlinie um Kendal herum, und wir verließen den Zug an dem kleinen Haltepunkt Oxenholme in einiger Entfernung von der Stadt. Es war schon zu spät, um sofort Meldred Hall aufzusuchen, und so nahmen wir die Dienste eines Wagens in Anspruch, der uns zu einer Pension brachte. Holmes fragte den jungen Mann, der uns zu den Zimmern geleitete, ob er die Familie Braithwaite kenne.

»Ja, Sir«, antwortete er. »Ich helfe dort auf dem Landgut jedes Jahr bei der Ernte aus. Schrecklich, was Miss Eleanor zugestoßen ist.«

»Sie haben also davon gehört?«

»Ganz Kendal weiß Bescheid. Der Vogel von der Feuerhexe hat sie angegriffen. Es heißt, sie sei tot, aber ich glaube, das ist nur Gerede. Ich bete jedenfalls für sie.«

Holmes dankte dem jungen Mann und bestellte uns für den nächsten Tag ein zeitiges Frühstück, bevor er ihn entließ.

»Es gibt hier am Ort immer noch Leute, die an diese Feuerhexe glauben«, stellte er fest. »Jeder merkwürdige Vorfall, der sich im Zusammenhang mit Meldred Hall während der letzten dreihundert Jahre ereignet hat, wird zweifellos ihr zugeschrieben. Der Angriff eines großen Vogels, wie es im Telegramm hieß, gibt einen guten Stoff für die Folklore ab. Wollen wir hoffen, daß die Gebete des Jungen für Miss Braithwaite erhört werden.«

Am nächsten Morgen mieteten wir Pferde und schlugen die Richtung ein, die man uns gewiesen hatte. In nur wenig mehr als einer halben Stunde erreichten wir Meldred Hall. Es war ein imponierendes schwarzes Steinhaus, typisch für die Gegend, das hinter einer hohen Mauer an der Straße von Kendal nach Sedbergh, gleich bei dem Dorf Attwater lag. Direkt daneben erstreckte sich ein weites Tal bis zu den drei Kilometer weiter westlich aufsteigenden Bergen. Der Landsitz war (wie ich später entdeckte) rund dreißig Jahre zuvor im neogotischen Stil mit längs geteilten Bogenfenstern und steilem Giebeldach erbaut worden. Holmes übergab seine Karte dem Butler, und wir wurden ins Frühstückszimmer geführt, wo uns Cedric Braithwaite begrüßte.

»Mr. Holmes! Dr. Watson! Welches Wunder hat Sie hierhergeführt?« Sein Gesicht wirkte noch abgespannter und verhärmter als am Vortag.

»Nur das Wunderwerk einer Dampflokomotive.« Holmes holte das Telegramm hervor. »Sie haben dies in der Eile vergessen. Wie geht es Ihrer Schwester?«

»Sie schläft, Gott sei Dank, aber es war für sie ein schreckliches Erlebnis. Ich hätte sie nie alleinlassen dürfen. In diesem Haus geschehen teuflische Dinge.«

»Ich bin sicher, es wird sich dabei um das Werk von Menschen handeln und nicht um etwas Satanisches«, erwiderte Holmes. »Sie haben uns gestern verlassen, ohne Ihre Geschichte zu Ende zu erzählen. Könnten Sie uns jetzt etwas über jüngere Ereignisse mitteilen?«

Braithwaite blieb vor dem Kamin stehen und starrte auf die brennenden Holzscheite.

»Die erste richtige Erscheinung war am sechzehnten Januar«, begann er. »Als ich abends im Wald ungefähr anderthalb Kilometer vom Haus entfernt spazierenging, tauchte knapp fünfzig Meter vor mir eine Frau auf. Sie war alt und gebeugt, ihre Kleider hingen in Fetzen. Mit einer Drohgebärde hob sie ihren Stock und schüttelte ihn in meine Richtung. Dann humpelte sie davon. Ich lief zu der Stelle, aber es gab keine Spur von ihr, obwohl sie viel zu alt gewesen war, um sich so schnell davonzumachen.

Ich hatte die Sache schon vergessen, aber etwa einen Monat später kam ich abends mit meinem Hund Prince wieder in dieses Waldstück, und plötzlich lief er mir voraus. In einiger Entfernung blieb er stehen, begann zu scharren, und dann ...« Braithwaite wandte sich vom Feuer ab, und aus seiner Miene sprach Entsetzen. »Und dann, Mr. Holmes, schwebte ein ungeheurer Vogel von den Bäumen herab, eine Kreatur, wie ich noch keine je zuvor erblickt hatte. Er stürzte sich auf Prince, der vor Todesschmerz aufheulte. Ich eilte hinzu und hieb mit meinem Stock auf die Bestie ein, aber sie ließ sich nicht vertreiben, sondern streckte mich mit einem ihrer riesigen Flügel zu Boden. Während ich dort lag, attackierte der Vogel noch einmal Prince, um dann wieder in die Baumwipfel aufzusteigen, wobei er irgend etwas in den Klauen hielt. Ich rappelte mich hoch und ging zu meinem Hund. Das arme Tier war in Stücke gerissen worden. Als ich mich über den Körper beugte, hörte ich ein grausiges Lachen und blickte auf. Am Waldrand stand die gleiche Alte und hielt ein strahlendes Brandzeichen über ihrem Kopf. Ich rannte zu ihr, doch sie war abermals verschwunden.«

»Könnten Sie mir den Vogel beschreiben?« fragte Holmes.

»Er hatte eine enorme Größe, seine Farbe konnte ich in der Dämmerung nicht erkennen«, antwortete Braithwaite. »Aber auf dem Kopf trug er zwei Hörner. Ich kenne nichts Vergleichbares.«

»Zwei Hörner?« wiederholte Holmes nachdenklich. »Ein interessantes Detail. Was geschah dann?«

»Das Furchtbarste bis zu dem Anschlag auf Eleanor. Es war der Grund, warum ich um Ihre Hilfe gebeten habe. Vor einer Woche befand ich mich – wieder am Abend und in der Nähe des Waldes – auf dem Rückweg von meinem üblichen Spaziergang zum Haus. Da sprang dasselbe Weib vor mir aus einem Busch, packte mich am Mantel und spie mir direkt ins Gesicht. Dann entschwand sie wieder. Einen Augenblick lang verharrte ich fassungslos, bevor ich die Hand hob, um mir die Wange abzuwischen. Etwas Rotes klebte an meinen Fingern, ich erkannte, es war Blut. Dann hörte ich dieses Flügelrauschen, und ein großes Wesen fiel über mich her. Es war der Vogel, dessen Krallen in mein Gesicht schlugen. Ich setzte mich zur Wehr, so gut ich konnte, aber seine Kräfte waren fürchterlich. Bei dem Kampfe stürzte ich nieder, und plötzlich flog der Vogel wieder davon. Ich kehrte nach Hause zurück und ordnete an, das Gebiet zu durchsuchen. Aber nichts und niemand wurde gefunden.«

Während er Braithwaite zugehört hatte, war Holmes sehr ernst geworden. »Und was ist Ihrer Schwester zugestoßen, als Sie in London waren?«

»Fast dasselbe wie mir«, sagte Braithwaite grimmig. »Sie hatte einen unserer Pächter aufgesucht, dessen Kind krank war. Als sie zurückritt, kam wieder die Alte aus dem Wald, zerrte sie vom Pferd und schlug ihr ins Gesicht. Meine Schwester ist sicher, daß sie noch gerufen hat: ›Nehmt euch vor der Feuerhexe in acht!‹, bevor sie sich in Nichts auflöste und der gräßliche Vogel angriff. Glücklicherweise ließ er schon nach wenigen Sekunden von Eleanor ab, weil sie in Ohnmacht fiel. Als das Pferd ohne sie ankam, schlug man Alarm, und sie wurde verletzt, aber Gott sei Dank lebend gefunden. Zwar war sie noch immer ohne Bewußtsein, als man mit ihr zurückkam, aber sie erholte sich so weit, daß sie die Begebenheit schildern konnte, bevor ihr der Arzt ein Beruhigungsmittel gab.«

Braithwaite sah uns verzweifelt an. »Was steckt hinter diesen Grausamkeiten, und wie lange geht das noch, bis der Vogel zum Todesbringer wird?«

»Fassen Sie sich, Sir«, sagte Holmes mit strenger Miene. »Diese gräßlichen Vorgänge haben Ihr Urteilsvermögen getrübt, aber ich werde mich von einer wiederbelebten alten Legende nicht schrecken lassen.«

Für kurze Zeit starrte mein Freund meditierend an die Decke.

»Ihre Hausangestellten«, sagte er schließlich. »Ist da in jüngster Zeit irgend jemand neu hinzugekommen?«

»Der Pferdeknecht Johnson ist seit dem vergangenen Herbst bei uns, vor ihm war das schottische Küchenmädchen McGregor die letzte Neueinstellung; das ist ungefähr drei Jahre her. Vier Leute haben schon bei meinem Vater gedient.«

»Und ist kürzlich jemand ausgeschieden?« bohrte Holmes weiter.

»Kurz nach Weihnachten habe ich Adams, den Hilfsbutler, entlassen.« Braithwaite deutete zu einer Karaffe auf der Anrichte. »Er hat sich an meinem Whisky vergriffen. Ihm war nicht klar, mit welcher Sorgfalt Painter allabendlich den Füllungsstand kontrolliert. Er leugnete zwar, aber außer ihm kam niemand in Frage, und seit er uns verlassen hat, sind keine solchen Diebereien mehr vorgekommen.«

»Und was hat er danach gemacht?« fragte Holmes. »Sie haben sicherlich Erkundigungen eingezogen.«

»Einen Monat nach seinem Weggang hat er sich von

Liverpool nach Amerika eingeschifft«, erwiderte Braithwaite. »Er fand eine Stelle als Schiffssteward.«

»Dann müssen wir anderswo suchen«, sagte Holmes. »Können Sie mich und Watson auf Meldred Hall beherbergen?«

»Mit Vergnügen«, sagte Braithwaite erleichtert. »Ihre Gegenwart wäre mir sehr angenehm.«

Holmes wandte sich an mich. »Sie kehren nach Kendal zurück und veranlassen, daß unsere Sachen hierhergebracht werden, Watson. Und ich werde jetzt mit Ihrer Unterstützung, Braithwaite, meine Ermittlungen über diesen seltsamen und üblen Vogel aufnehmen.«

Eleanor Braithwaites Schilderung

Es obliegt mir an dieser Stelle, auf einige Dinge Bezug zu nehmen, die sich während meiner Abwesenheit zutrugen. Als ich nach Kendal unterwegs war, fragte Holmes Braithwaite, ob es der Zustand seiner Schwester erlaube, daß er mit ihr sprach. Diesbezügliche Erkundigungen ergaben, daß sie wach war, und man brachte ihn auf ihr Zimmer.

Eleanor Braithwaite zählte dreiundzwanzig Jahre, sie war dunkelhaarig und sportlich. Die Schönheit ihrer markanten Züge wurde durch das tiefe Braun der Augen noch besonders gesteigert. Als Holmes sie zum erstenmal sah, wies das Gesicht allerdings mehrere tiefe Wunden auf, von denen eine nur knapp neben dem rechten Auge lag. Besorgt erkundigte er sich nach ihrem Gesundheitszustand, und sie fühlte sich in der Lage, seine Fragen zu beantworten.

»Wenn Sie dazu beitragen, daß diese grauenhaften Vorgänge aufhören, werde ich jede Anstrengung unternehmen, Mr. Holmes«, antwortete sie schwach. »Obwohl ich nicht weiß, was ich dem Bericht meines Bruders noch hinzufügen könnte.«

»Wir werden sehen«, sagte Holmes behutsam. »Lassen Sie uns mit der Frau beginnen, die Sie vom Pferd gezogen hat. Konnten Sie ihr Gesicht sehen?«

»Es war nur ein ganz kurzer Blick, bevor sie mich schlug«, antwortete sie. »Sie war schmutzig und ungefähr sechzig Jahre alt, würde ich sagen. Ich kannte sie nicht.«

»Und womit hat sie Sie geschlagen?«

»Ich weiß nicht genau. Mit einem Stock, glaube ich, aber es fühlte sich scharf an.«

Holmes drehte vorsichtig ihren Kopf zur Seite. Die größten Wunden in ihrem Gesicht verliefen senkrecht, aber es gab auch mehrere tiefe Kratzer zwischen ihrem linken Ohr und dem Mund.

»Vielleicht ein Dornenzweig«, stellte er fest. »Nun gut. Nachdem der Vogel weggeflogen war – können Sie sich an irgend etwas erinnern, bevor Sie das Bewußtsein verloren?«

Sie schüttelte den Kopf. »Ich entsinne mich, wie ich das davontrabende Pferd und den Schrei einer Eule hörte, aber danach weiß ich nichts mehr, bis ich hier in diesem Bett aufgewacht bin.« Sie hielt inne. »O doch, natürlich! Ich hörte Lachen.«

Holmes sah sie eindringlich an. »Lachen kann sehr verschieden klingen. Könnten Sie es etwas genauer beschreiben?«

»Ein grausames Lachen«, antwortete sie, »mit hohem Ton und rachsüchtig.«

»So wie eine alte Frau lacht?« fragte er.

»Genau wie eine alte Frau.«

Holmes stand auf und ergriff beruhigend ihre Hand. »Ruhen Sie jetzt. Sie sind hier in Sicherheit, und Ihr Bruder bekommt von mir jeden nur möglichen Schutz.«

Er ließ die junge Frau in der Obhut ihres Dienstmädchens zurück und fragte Braithwaite, ob er den Mann sprechen könne, der die Suche nach ihr angeführt hatte. Es handelte sich um den Butler Painter, von dem auch das Telegramm kam. Er war ein grauhaariger Mann im fortgeschrittenen Alter, und obwohl er bereits vor Braithwaites Kindertagen im Dienste der Familie gestanden hatte, wirkte er noch immer energisch und hellwach.

»Der Stallbursche Henry schlug Alarm, Sir, und wir wußten, auf welchem Weg Miss Eleanor von Lowman's Farm zurückkommen würde«, erklärte er. »Am See vorbei, durch den Hexenwald und dann über die Wiesen.«

Holmes sah ihn überrascht an. »Hexenwald?«

»Ja, Sir. Er heißt so, weil die Feuerhexe Margaret Seymor dort in einer Hütte gehaust hat. Sie war es, die ...«

»Ich kenne die Legende«, unterbrach ihn Holmes. »Es war mir nicht geläufig, daß zwischen ihr und dem Wald ein Zusammenhang besteht. Bitte einen vollständigen Bericht über Ihre Suche.«

»Wir näherten uns dem Wald, als mich Henry rief, der weiter vorn war«, fuhr Painter fort. »Er kniete bei Miss Eleanor, sie lag neben dem Reitweg. Wir trugen sie zurück und holten den Doktor. An diesem Abend war es schon zu spät, um ein Telegramm an Mr. Braithwaite zu schicken, aber wir taten dies als erstes am nächsten Morgen.«

»Sie erwähnten den Stallburschen, der an der Suche

beteiligt war«, knüpfte Holmes an. »Wer hat Sie sonst noch begleitet?«

»Bates, der Wildhüter. Er befand sich an diesem Abend im Hause«, erläuterte der Butler. »Andere Männer standen nicht zur Verfügung.«

Als der Butler gegangen war, machte Holmes verschiedene Aufzeichnungen in sein Notizbuch. Dann wandte er sich Braithwaite zu, der bei dem Gespräch zugegen gewesen war. »Der Pferdeknecht steht erst ziemlich kurze Zeit in Ihren Diensten. Was wissen Sie über ihn?«

»Er ist in den Ställen von Sir Henry Goodman bei Coniston ausgebildet worden«, erwiderte Braithwaite. »Sir Henry hat ihn mir empfohlen, nachdem mein vorheriger Knecht gestorben war. Er ist verheiratet und bewohnt ein Häuschen auf dem Anwesen. Seine Arbeit hat er stets auf das beste erledigt. Vermuten Sie etwa ...?«

»Für gewöhnlich schlußfolgere ich und vermute nicht«, beschied ihn Holmes knapp. »Ich möchte als nächstes mit ihm sprechen.«

Sie trafen den Knecht dabei an, wie er das Pferd sattelte und zurückbringen wollte, das Braithwaite auf seiner Reise von Manchester in Lancaster gemietet hatte. Er war bleich und von drahtiger Statur, sein Rücken zeigte eine leichte Krümmung, als wolle er sich verbeugen. Holmes fragte ihn, warum er nicht dagewesen sei und bei der Suche nach Eleanor Braithwaite geholfen habe.

»Ich war unterwegs nach Hause«, entgegnete der Mann. »Ich habe erst heute früh davon erfahren, als ich herkam.«

»Und wer hätte sich um Miss Braithwaites Pferd gekümmert, wenn sie unversehrt zurückgekehrt wäre?« erkundigte sich Holmes.

»Henry, der Stallbursche. Nach so einem kurzen Ritt hätte es nur abgesattelt und in die Box gebracht werden müssen.«

»Und wo auf dem Anwesen steht Ihr Häuschen?« fuhr Holmes fort.

»Ungefähr achthundert Meter in dieser Richtung.«

»Zum Hexenwald«, stellte Holmes fest. »Aha. Ist Ihnen auf dem Nachhauseweg in der Umgebung irgend etwas Verdächtiges aufgefallen?«

Der Pferdeknecht schüttelte den Kopf. »Es war dunkel, und ich habe niemanden gesehen.«

Holmes nickte und schien zufrieden, aber als er und Braithwaite im Begriff waren, den Stallhof zu verlassen, wandte er sich noch einmal an Johnson.

»Auf welchem Handelsschiff haben Sie sich Ihre Rükkenverletzung zugezogen?«

»Auf dem Dampfer ›Leonora‹ bei einer Fahrt von Whitehaven aus.« Johnson war sichtlich überrascht, aber Holmes entfernte sich mit schnellem Schritt, bevor der Knecht noch fragen konnte, woher er dies wisse.

»Ich hatte keine Ahnung, daß Johnson zur See gefahren ist«, bemerkte Braithwaite, während sie zum Haus zurückgingen.

»In dem Seil an der Stalltür waren Seemannsknoten«, erwiderte Holmes. »Für die Königliche Marine ist er zu klein, deshalb kann er dies nur auf einem Handelsschiff gelernt haben. In seinem jetzigen Zustand hätte er nie anheuern können, also muß er damals kerngesund gewesen sein und einen Unfall im Dienst erlitten haben.

Die seemännische Vorgeschichte ist möglicherweise wichtig, aber mir war mehr daran gelegen, zumindest einen Angehörigen Ihres Haushalts mit meinen Methoden zu konfrontieren. Johnson wird den anderen davon berichten, und wenn sich der Urheber des Übels hier im Hause befindet, macht er vielleicht aus Angst einen Fehler. Jetzt würde ich gern den Ort sehen, an dem sich die jüngsten Ereignisse zutrugen.«

Braithwaite brachte ihn zuerst an die Stelle, wo man seine Schwester gefunden hatte. Holmes untersuchte den Boden, aber die Retter hatten alles beseitigt, was hätte von Wert sein können. Er richtete sich auf und schaute zu der niedrigen Baumreihe in einiger Entfernung.

»Der Hexenwald, wie ich vermute«, sagte er.

»Ja. Dahinter befindet sich der See, an dessen Ufer Lowman's Farm liegt.«

Als nächstes gingen sie dorthin, wo Braithwaite zum erstenmal die alte Frau gesehen hatte. Das Gelände war überwuchert von hohem abgestorbenem Adlerfarn und Brombeersträuchern. An jener Stelle, von der aus sie sich nach Braithwaites Worten in Nichts aufgelöst hatte, entdeckte Holmes in den Zweigen ein Stück Stoff.

»Billige Baumwolle, auf einem mechanischen Webstuhl hergestellt, höchstwahrscheinlich von einer Weberei in Lancashire«, bemerkte er. »Vielleicht von Bedeutung.«

Eine halbe Stunde des Suchens folgte, in deren Verlauf nichts weiter zutage gefördert wurde. Danach verließen sie den Wald, und vor ihnen lag der See. Er hatte die Form eines schmalen Ovals, knapp vierhundert Meter lang und gut halb so breit. Ringsherum wuchsen Stechginster und Heidekraut. Holmes lief eine Weile am Ufer entlang und zog dann eine Lupe hervor, mit der er mehrere Schuhabdrücke im weichen Boden inspizierte.

»Dunlop-Sohlen, Größe vierzig«, murmelte er, »hinterlassen von einer Frau oder einem kleinen Mann, möglicherweise sogar von einem Kind, auf jeden Fall beim Rennen. Sie verlieren sich, wo der Boden fester wird, und könnten weiter um den See herumführen oder aber in Richtung auf die Hügel abbiegen.« Er machte von dem Abdruck eine Skizze. »Ein Allerweltsmuster, aber es könnte bedeutsam sein, wenn wir den Schuh finden, von dem es stammt. Meine Erfahrungen mit Geistern halten sich in Grenzen, aber es ist mir neu, daß sie Schuhwerk bevorzugen, welches mehr als dreihundert Jahre nach ihrem Tod in Northampton produziert wurde. Wir haben es hier mit Lebenden zu tun, Braithwaite, auch wenn die Sache so todernst ist wie ein böser Geist. Unser letzter Anlaufpunkt ist Lowman's Farm.«

Bauer Lowman selbst war auf dem Feld, um die Frühjahrsaussaat zum Abschluß zu bringen, aber seine Frau beantwortete Holmes' Fragen. Sie konnte sich nicht erinnern, Fremde in der Gegend gesehen zu haben, und sie war sicher, daß die Männer etwas gesagt hätten, wenn ihnen jemand aufgefallen wäre. Nachdem Eleanor Braithwaite ihre kranke Tochter besucht hatte, war sie gegen sieben Uhr aufgebrochen, und die Dauer ihres Rittes bis zum Ort des Überfalls deckte sich mit der Zeit, die das Pferd brauchte, um weiter nach Meldred Hall zu galoppieren. Holmes fragte schließlich Mrs. Lowman, ob ihr Berichte über einen ungewöhnlich großen Vogel in der Umgebung zu Ohren gekommen seien.

»Nein, Sir«, antwortete die Frau und schüttelte den

Kopf. »Hin und wieder sehen wir Bussarde über den Hügeln, aber sie kommen kaum hier herunter ins Tal.«

Sie dankten ihr und kehrten nach Meldred Hall zurück, wo ich sie bei meinem Eintreffen vorfand. Daher bin ich imstande, meinen Bericht als unmittelbarer Beobachter und Mitwirkender fortzusetzen ...

Fünftes Kapitel

Heftiges Klopfen schallte durch Brook Cottage, und in das Klopfen mischte sich ein lang anhaltendes elektrisches Läuten, weil jemand gleichzeitig die Türklingel drückte. Maltravers war in seine Lektüre versunken, er hatte nicht gehört, wie draußen Sekunden zuvor die Steine des Weges von durchdrehenden Reifen hochgeschleudert worden waren und eine Wagentür zuschlug. Ärgerlich über die Unterbrechung legte er die *Feuerhexe von Attwater* beiseite und ging zur Tür. Charlotte Quinn stand mit entsetztem Gesicht im Eingang.

»Gott sei Dank, daß Sie da sind!« stieß sie hervor. »Ich muß telefonieren!«

Bevor er etwas sagen konnte, schob sie sich an ihm vorbei und rannte ins Haus. Er folgte ihr und sah, wie sie sich mitten im Wohnzimmer verzweifelt umschaute.

»Wo ist es?« schrie sie. »Das Telefon!«

»Auf dem Klavier ... was zum Teufel ist überhaupt los? Ist etwas passiert?«

Sie stürzte zu dem Apparat, ohne zu antworten, legte die Hand darauf und hielt inne. Ihre Kehle war vor Hast und Erregung wie zugeschnürt.

»Wen wollen Sie anrufen?«

»Die Polizei«, schluchzte sie unvermittelt und bemühte sich gleichzeitig, den Ausbruch zu unterdrücken. »Sie muß nach Carwelton Hall kommen.«

»Polizei?« Maltravers legte seine Hand auf die ihre, damit sie den Hörer nicht abnahm. »Lassen Sie das Telefon. Erzählen Sie es zuerst mir.«

Für einen Augenblick versuchte Charlotte Quinn, ihre Hand wegzuziehen, dann entspannte sie sich. Ihr Gesicht sah verhärmt aus, als sie zu sprechen begann.

»Ich habe Charles heute nachmittag im Büro angerufen und ihm von Jennifer und Duggie Lydden erzählt ...« Ihre Stimme wurde wieder unsicher. »Er wollte, daß ich zu ihm nach Carwelton Hall kommen solle, sobald er zurück sei. Sein Wagen stand in der Einfahrt, aber er hat nicht aufgemacht. Durch den Briefschlitz konnte ich sehen, daß er an der Tür zur Bibliothek auf dem Boden liegt.« Sie zitterte und fing an zu weinen. »Gus, ich glaube, er ist tot.«

Maltravers starrte sie an. »Tot? Woher wollen Sie das wissen?«

»Er lag einfach so da. Ich habe gerufen, aber er rührte sich nicht. Es war auch Blut zu sehen ...« Ihre Stimme versagte, sie schluchzte heftig.

»Haben Sie versucht, hineinzugelangen?«

»Ja, natürlich!« brauste sie ärgerlich auf. »Sonst wäre ich ja wohl nicht hier, oder? Hören Sie auf, mir dumme Fragen zu stellen!«

Sie drängte ihn zur Seite, angelte nach dem Telefonhörer und sprach weiter, während sie die Taste mit der 9 drückte. »Er muß sich umgebracht haben, als er hörte, was passiert ist. Er hat es schon vermutet und ... die Polizei! Schnell!«

Sie wartete einige Sekunden, um dann Teile dessen zu wiederholen, was sie gerade Maltravers berichtet hatte. Nach dem Auflegen verharrte sie unbeweglich mit gebeugten Schultern, plötzlich jedoch warf sie den Kopf zurück und weinte. Maltravers legte den Arm um sie. Charlotte Quinn flog am ganzen Leibe wie ein Kind, das aus einem Alptraum erwacht ist.

»Was haben die bei der Polizei gesagt?« fragte er, nachdem sie sich etwas beruhigt hatte.

»Ich soll zurückfahren und dort auf sie warten.« Tränen der Verzweiflung standen in ihren Augen. Sie sah ihn bittend an.

»Begleiten Sie mich, Gus!« Ich kann nicht dorthin ... ich kann nicht ... O Gott!«

»Selbstverständlich komme ich mit«, versicherte er. »Wir nehmen meinen Wagen, Sie sind gar nicht in der Lage zu fahren.«

Kurz nachdem Maltravers am Ende des Feldwegs auf die Hauptstraße eingebogen war, hörten sie das aufgeregte Heulen einer Sirene, dann tauchte hinter ihnen auf der Steigung aus Richtung Kendal ein Polizeiwagen auf. Seine Scheinwerfer waren eingeschaltet, und auf dem Dach blitzte das Blaulicht. Das Auto rauschte vorbei, und Maltravers gab Gas, um ihm zu folgen. Während er noch rutschend auf dem Kiesweg von Carwelton Hall stoppte, waren bereits zwei Polizisten auf dem vorderen Treppenpodest, einer von ihnen hockte am Briefschlitz. Er richtete sich auf, als Maltravers und Charlotte Quinn heraufgerannt kamen. Kugelrund und spindeldürr, wie sie waren, forderten die Polizisten den Vergleich mit Laurel und Hardy geradezu heraus. Es war ein höchst unpassender Anflug einer Farce.

»Mrs. Quinn?« fragte der Dicke. Charlotte nickte. »Ich kann ihn sehen. Durch diese Tür kommen wir nie hinein. Gibt es irgendeine andere Möglichkeit?«

»Nein. Ich habe es hinten versucht, aber da ist zugeschlossen.«

»Dann müssen wir durchs Fenster.«

Er rannte die Treppe hinunter und holte ein Beil aus dem Kofferraum des Autos. Die Vorderfenster befanden sich etliche Meter über dem Boden, so daß Laurel auf Hardys Schultern steigen mußte, bevor er eine Scheibe einschlagen, den Riegel öffnen und schließlich hineinkriechen konnte. Maltravers hielt Charlotte Quinns Arm. Sie folgten dem zweiten Polizisten ins Haus und blieben gleich hinter der Eingangstür stehen. Die beiden Beamten knieten bei Charles Carrington am anderen Ende der Diele nieder. Er lag mit dem Gesicht nach oben im Durchgang zur Bibliothek.

»Ich fürchte, er ist tot.« Der Dicke ließ Carringtons Handgelenk los. »Der Krankenwagen ist unterwegs. Können Sie bitte mit mir kommen?«

Maltravers stützte noch immer Charlotte Quinn, die unter Schock stand. Mit ihr kam er in den Salon nach. Der andere Polizist war zum Auto zurückgegangen.

»Darf ich der Dame einen Drink geben?« fragte Maltravers. »Ich weiß, wo die Getränke stehen.«

Der Beamte nickte, und Maltravers ging zum Barschrank. »Hier, nehmen Sie«, sagte er sanft, und sie trank gehorsam einen Schluck. Dann hielt sie das Glas mit weißgepreßten Knöcheln auf dem Tweedstoff ihres Kleides fest.

»Mrs. Quinn ist momentan außerstande, etwas zu sagen«, erklärte Maltravers. »Aber ich werde Ihnen das wenige mitteilen, was ich weiß.«

»Zuerst einmal würde ich gern erfahren, wer Sie sind, Sir.«

»Ich heiße Augustus Maltravers, und Mrs. Quinn hat Sie vom Haus meiner Freunde aus angerufen, wo ich zu Besuch bin. Sie sagte, daß Mr. Carrington sich heute nachmittag hier mit ihr verabredet hatte, aber als sie ankam, sah sie ihn durch den Briefkasten. Ich bin gemeinsam mit ihr hergefahren.«

»Hat Mr. Carrington irgendwelche Angehörigen?«

»Nur seine Frau, soweit ich weiß«, antwortete Maltravers. »Aber als ich ihn noch heute früh gesprochen habe, meinte er, sie wäre den ganzen Tag in Manchester zum Einkaufen. Er hat nicht gesagt, wann sie zurückkommt.«

»Danke, Sir. Mein Kollege spricht gerade mit dem diensthabenden Inspektor, und der informiert das Kriminalamt. Man wird Ihre beiden Aussagen aufnehmen. In der Zwischenzeit muß ich Sie bitten, den Raum nicht zu verlassen, einer von uns wird bei Ihnen bleiben.«

»Natürlich.« Maltravers setzte sich neben Charlotte Quinn. Abwesend drückte sie seine Hand, als er ihre ergriff, aber sie blickte ihn nicht an und sagte auch nichts. Maltravers sah, wie draußen der Krankenwagen eintraf und danach noch zwei weitere Autos in die Einfahrt bogen. In der Diele waren Stimmen zu hören, bevor ein weiterer Mann den Salon betrat. Er war hochgewachsen und breit, über seinem kantigen, durchdringenden Gesicht saß das taubengraue, fast weiße Haar wie ein Helm.

»Guten Tag«, sagte er. »Detective Sergeant Donald Moore vom Kriminalamt Cumbria. Man hat mich informiert, was vorgefallen ist, und ich würde als erstes gern mit Ihnen sprechen, Madam. Würden Sie bitte dem Beamten folgen, Sir?«

Maltravers lächelte Charlotte ermutigend zu, dann wurde er ins Speisezimmer auf der anderen Seite der

Diele gebracht. Unwillkürlich betrachtete er noch einmal die Leiche. Der Brustkorb wies schreckliche Blutflecken auf. Man hatte Carringtons Arme nach oben gezogen, und die beiden Krankenträger wirkten wie stumme Zeugen bei einer Kreuzigung. Nach etwa fünfzehn Minuten kam Moore zu ihm herüber, und er wiederholte seine kurze Geschichte.

»Wir müssen Ihre vollständige Aussage auf dem Revier aufnehmen, Sir«, sagte der Sergeant, als er fertig war. »Aber mit einer Sache können Sie uns vielleicht jetzt schon helfen. Wissen Sie, was Mr. Carrington im Safe der Bibliothek aufbewahrt hatte?«

»Im Safe?« wiederholte Maltravers stirnrunzelnd. »Er ... Moment mal! Wollen Sie damit sagen ...?«

»Ich will überhaupt nichts sagen, Sir«, unterbrach Moore. »Können Sie mir etwas über den Safe und seinen Inhalt mitteilen?«

Maltravers zögerte und dachte über die Frage nach. »Sie haben mir eben verdammt viel gesagt. In dem Safe waren Bücher, aber nicht irgendwelche alten Schwarten. Eigentlich dürfte es im ganzen Haus nichts Wertvolleres gegeben haben.« Er musterte Moore mit forschendem Blick. »Aber jetzt sind sie nicht mehr da, oder? Und das heißt, Charles Carrington wurde ermordet.«

»Ich kann dazu nichts sagen, Sir. Erzählen Sie mir von den Büchern.«

Während Maltravers und Charlotte Quinn auf die Polizeiwache nach Kendal gebracht wurden, war Carwelton Hall von hektischen Aktivitäten erfüllt: Das Blitzlicht eines Fotografen flammte auf, und eine ständig größer werdende Zahl von Polizisten schwärmte durch das

Haus. Sie begannen ihre systematische Suche damit, daß sie den Teppich der Bibliothek durchkämmten und alles auf Fingerabdrücke hin einpuderten. Ein Mann, neben dem eine offene, große schwarze Tasche stand, hockte bei Carringtons Leichnam und hielt ein Krankenhausthermometer an die toten Lippen.

»Geht es einigermaßen?« fragte Maltravers, als der Polizeiwagen anfuhr. Charlotte nickte.

»Gerade so.« Ihre Stimme klang dumpf. »Er ist ermordet worden, nicht wahr?«

Maltravers konnte beinahe fühlen, wie der Polizist auf dem Vordersitz lauschte.

»Es sieht wohl so aus«, sagte er bedauernd.

Für den Rest der kurzen Fahrt blieben sie stumm, dann wurden sie in getrennte Verhörräume gebracht. Maltravers sprach von den Conan-Doyle-Büchern und erklärte, woher er wußte, daß Carrington sie in dem Safe aufbewahrt hatte. Aus den Fragen, die man ihm stellte, konnte er sich einiges zusammenreimen. Nein, er wußte nicht, ob Charles Carrington eine Schrotflinte besessen hatte, wie sie als Tatwaffe in Frage kam. Ja, er konnte sich erinnern, wer sonst noch nach dem Abendessen in der Bibliothek gewesen war, als Carrington ihm eines der Bücher gezeigt hatte. Abgesehen von Malcolm Stapelton kannte er die Leute allerdings nicht genauer: Douglas Lydden, der ein Geschäft in Kendal besaß, Reverend Morris und ein Mann namens Geoffrey Howard. Trotzdem war er überzeugt, daß noch andere von der Existenz dieser Bücher wußten. Sie befanden sich schon seit hundert Jahren im Besitz von Carringtons Familie, und er hatte nie ein Geheimnis daraus gemacht.

»Als Mr. Carrington den Safe öffnete, hat er da die Kombination genannt?«

»Die Kombination?« Maltravers' Gehirn arbeitete fieberhaft, denn die Frage ließ allerlei Vermutungen zu. »Nein, er hat ihn einfach aufgemacht.«

»Konnten Sie von Ihrem Standort aus die Kombination erkennen?«

»Nein, es war am anderen Ende des Raumes.«

»Und hat sich zu diesem Zeitpunkt irgend jemand in der Nähe von Mr. Carrington aufgehalten? Oder zumindest näher bei ihm als Sie?«

Stirnrunzelnd versuchte sich Maltravers daran zu erinnern, wo genau jeder gestanden hatte, dann schüttelte er den Kopf.

»Morris war neben mir, und Malcolm und Howard diskutierten über irgendwelche Bilder an der Wand beim Kamin. Lydden sah sich auf der anderen Seite des Zimmers ein Buch an.« Er hielt inne. »Sie wollen wissen, ob einer von ihnen die Zahlen erkennen konnte, nicht wahr? Das war unmöglich. Sie hätten dazu wirklich Adleraugen gebraucht. Ich glaube, ich war der einzige, der zugesehen hat, und ich konnte nur ausmachen, daß es sich um ein Kombinationsschloß handelte.«

Aber, sagte er sich selbst, damit teilen Sie mir natürlich mit, daß der Safe nicht gewaltsam geöffnet wurde und folglich jemand Bescheid gewußt oder Carrington gezwungen haben muß. Aber das würde ja heißen ...

»Moment mal!« Er starrte Morre verwundert an. »Sie sagen, daß der Safe von irgend jemandem geöffnet wurde, nicht wahr? Tut mir leid, Sergant, aber das ist unmöglich.«

»Es war aber so, es muß möglich gewesen sein.«

»Niemals«, erwiderte Maltravers impulsiv. »Es sei denn, Sie haben für das Folgende eine Erklärung: Carrington sagte mir, daß er als einziger die Kombination für diesen Safe kenne, und es gibt keinen Grund, warum er gelogen haben soll. Und der Safe hat auch ein Nötigungssignal – Sie müßten wissen, wie so etwas funktioniert.«

»Selbstverständlich«, antwortete Moore zurückhaltend. »Was wissen Sie darüber?«

»Es ist ein Alarmsystem, bei dem eine zusätzliche Zahl in der Kombination eingestellt werden kann, falls man dazu gezwungen werden sollte, den Safe aufzumachen. Der Safe öffnet sich ganz normal, aber sobald die Extrazahl eingegeben wird, klingelt es im Kontrollzentrum. Natürlich ist davon im Haus nichts zu hören. Das Zentrum ruft sofort bei der Polizei an und sagt ihr, wo jemand in Not ist. Eine ausgeklügelte Sache. Haben Sie so einen Notruf bekommen?«

»Das müßte ich überprüfen, aber mir ist nichts dergleichen bekannt«, gab Moore zu.

»Sie sehen selbst, was das bedeutet. Wenn jemand herumprobiert hätte, um auf gut Glück die richtige Kombination zu finden – und dafür stehen die Chancen eins zu einer Million –, wäre der Alarm auch ausgelöst worden. Andererseits hätte Charles die Extrazahl eingegeben, wenn er gezwungen worden wäre. So oder so, die Bombe geht immer los.«

»Vielleicht hat er die Zahl nicht eingegeben?«

»Ach, kommen Sie«, sagte Maltravers verächtlich. »Es hat doch gar keinen Sinn, ein solches System zu haben und es dann nicht zu benutzen.«

Moore blickte ihn einen Augenblick nachdenklich an. »Entschuldigen Sie mich bitte.«

Er verließ den Verhörraum, und Maltravers fing an, nach Erklärungen zu suchen. Der Alarm funktionierte über ein Telefonkabel, das man durchschneiden konnte, aber die Polizei hätte das später entdeckt. War das System einfach nicht in Ordnung? Möglich, aber das ließe sich überprüfen. Oder könnte Charles ihm gesagt haben, er allein kenne die Kombination, obwohl es doch noch jemand anders gab? Maltravers fand keinen Grund zu dieser Annahme. Er rang noch immer mit sich selbst, als Moore zurückkam.

»Wir haben keinen Notruf erhalten«, räumte er ein. »Den Safe werden wir untersuchen, aber sofern das System nicht gestört oder abgeschnitten ist, muß ich Ihnen wohl recht geben. Wie also ging es vonstatten?«

»Mich dürfen Sie nicht fragen. Aber ich brenne darauf, Ihre Erklärung zu erfahren.«

Eine Stunde später unterschrieb er seine Aussage. Man sagte ihm, er könne gehen; sein Wagen war von Carwelton Hall zum Polizeirevier geholt worden. Im Vorraum wartete Charlotte Quinn auf ihn.

»Man hat mir gesagt, daß es bei Ihnen nicht mehr lange dauern würde«, erklärte sie. »Würden Sie mit mir in die Wohnung zurückfahren? Ich möchte im Augenblick nicht allein sein.«

»Warum kommen Sie nicht mit mir nach Brook Cottage?« schlug er vor. »Ich muß Malcolm und Lucinda erzählen, was passiert ist, und die werden Sie bestimmt sehen wollen. Außerdem ist Ihr Wagen noch dort.«

»Ja, natürlich. Das hatte ich ganz vergessen.«

Sie klang so erschöpft, als würde sie der simple Vorgang, ein Auto abzuholen, überfordern. Maltravers nahm ihren Arm, und während beide zum Parkplatz der

Polizeiwache gingen, konnte er fühlen, wie sie zitterte. Auf ihrem Weg aus Kendal hinaus in Richtung Attwater überquerten sie den Fluß Kent. Charlotte saß mit gesenktem Kopf und faltete geistesabwesend das Taschentuch auf ihrem Schoß. Einmal langte Maltravers hinüber, um mitfühlend ihre Hand zu drücken, aber sie schaute weg und sagte nichts. Lucinda und Malcolm kamen aus dem Haus, als sie eintrafen.

»Wir haben es schon gehört.« Maltravers konnte sogar im Dunkeln sehen, daß Lucinda geweint hatte. »Der Polizeireporter beim ›Chronicle‹ hat es mitbekommen, und Malcolm rief mich in der Schule an. Ich wollte euch beiden Bescheid sagen, aber niemand ist ans Telefon gegangen. Und als wir Charlottes Wagen hier stehen sahen, dachten wir uns, daß ihr davon erfahren haben müßt.«

Sie ging zu Charlotte Quinn und umarmte sie. »Es tut mir so unendlich leid.« Sie legte ihren Arm um die Schultern der anderen Frau und brachte sie ins Haus bis zu einem Sessel im Wohnzimmer.

Während Maltravers die Ereignisse des Nachmittags noch einmal schilderte, zeigte Lucinda mit vielen stummen Gesten ihr Mitgefühl. Sie streichelte Charlotte von Zeit zu Zeit und lächelte ihr tröstend zu. Maltravers zündete sich eine Zigarette an und bemerkte, daß seine Hände zitterten.

»Das ist alles, was wir wissen. Aber ein paar Dinge konnte ich auch aus ihren Fragen entnehmen. Charles ist mit einer Schrotflinte erschossen worden, und es gibt absolut keine Erklärung dafür, wie der Safe geöffnet wurde.« Er erzählte von dem Nötigungssignal und der Kombination. »Und noch etwas ist mir aufgefallen. Wenn der Mörder nichts von der Alarmanlage wußte und Charles zwingen wollte, den Safe aufzumachen – wie konnte er dann wissen, daß er früher zu Hause sein würde und nicht zu seiner üblichen Zeit am Abend?«

»Woher wußtest du es denn?» fragte Malcolm.

»Charles hat es heute morgen erwähnt, als er den Sherlock Holmes vorbeibrachte. Dabei sagte er auch, daß Jennifer den Tag über in Manchester sein würde.«

»Und war sie dort?« Charlotte Quinn sprach zum erstenmal, seit sie das Haus betreten hatten. Die anderen sahen unbehaglich aus.

»Was meinst du damit, Charlotte?« fragte Lucinda vorsichtig.

»Sie hat gewußt, daß Charles am Nachmittag zurückkommen würde«, antwortete sie. »Sie könnte dagewesen sein.«

»Das ist eine ziemlich voreilige Schlußfolgerung«, stellte Maltravers leise fest.

»Ist sie etwa ungerechtfertigt?«

Eine bedrückende Stille folgte dieser Bemerkung, dann stand Lucinda auf.

»Ich werde Abendbrot machen. Könntest du mir ein bißchen helfen, mein Lieber?«

Malcolm ging mit seiner Frau in die Küche, Charlotte blickte Maltravers trotzig an.

»Würde es die Sache leichter machen, wenn sie es gewesen wäre?« fragte er.

Sie drehte sich um und schaute lange ins Feuer. Als sie sich wieder von den Flammen abwandte, überdeckte wilder Haß die Trauer in ihrem Gesicht.

»Auf eine Art schon. Nur schade, daß man dieses Miststück nicht aufhängen wird.«

Sie heftete den Blick wieder auf das Feuer, damit er

nicht noch mehr von ihren Gefühlen verriet. Seit sie Charles Carrington angerufen hatte, war eine Fülle von Empfindungen auf sie eingestürzt: die Furcht, es ihm schließlich sagen zu müssen, Erleichterung und neues Hoffen, als er sich mit ihr treffen wollte, und qualvolles Entsetzen beim Anblick des Toten. Während sie bei der Polizei auf Maltravers gewartet hatte, war ihr klargeworden, daß sie sich verändert hatte. Noch konnte sie nicht ausmachen, was da aus den dunkelsten Gründen ihrer Seele zum Vorschein kam, aber wenn Benommenheit und Lähmung sich legten, würde sie es wissen und danach handeln.

Jennifer Carrington erschrak, als sie den Polizeiwagen vor Carwelton Hall sah. Sie hielt dahinter an und kurbelte besorgt das Fenster herunter. Eine Polizistin war aus dem Auto gestiegen und kam auf sie zu.

»Mrs. Carrington? Es hat leider einen Unfall gegeben.«

»Einen Unfall?« Sie öffnete die Tür, während der Motor noch immer lief. »Was ist passiert?«

»Einer meiner Kollegen drinnen wird es Ihnen sagen.«

Wirre Gedanken schossen ihr durch den Kopf. Sie folgte der Polizistin zur Vordertür, die geöffnet worden war, als sie miteinander sprachen. Ein Mann stand im Licht, er gehörte ebensowenig hierher wie die Polizei.

»Dr. Bryant?« Sie schüttelte verstört den Kopf. »Was ist geschehen?«

»Kommen Sie bitte herein, Jennifer.« Bryant führte sie in den Salon und nahm neben ihr auf der Couch Platz. Im Raum befanden sich noch zwei andere Männer, und sie starrte alle verwirrt an. »Diese Herren sind von der Polizei. Sie haben mich hierhergebeten, um Ihnen eine schlechte Nachricht zu überbringen. Es tut mir furchtbar leid, aber Charles ist tot ... Schon gut, ich habe sie.«

Jennifer Carrington sank mit einem Stöhnen in seine Arme, die Polizistin war hinzugesprungen.

»Bringen Sie mir meine Tasche«, sagte Bryant, während er sie stützte. »Auf dem Tisch.«

Aus einer kleinen Ampulle zog er eine Spritze mit farbloser Flüssigkeit auf. In der Zwischenzeit hielt die Polizistin Jennifer Carrington.

»Das wird sie nicht umhauen, aber beruhigen.« Er hob die Spritze hoch und drückte die letzte Luft heraus. »Sie wird in der Lage sein, Ihre Fragen zu beantworten. Geben Sie mir ihren Arm.«

Er schob den weiten Ärmel des Mantels hoch und wollte gerade zur Injektion ansetzen, als Jennifer Carrington die Augen öffnete und sich aufrichtete.

»Es ist gut, ich ...« Sie zog den Arm weg. Mit dem Vortäuschen eines Ohnmachtsanfalls hatte sie Zeit zum Nachdenken gewonnen, aber sie wollte keine Medikamente in sich hineinpumpen lassen. Sie brauchte einen klaren Kopf, wenn sie herausfinden wollte, was hier genau schiefgegangen war.

»Tut mir leid. Augenblick noch.« Sie holte tief Luft. »Jetzt geht es besser. Ich brauche nichts. Nur ... sagen Sie mir, was vorgefallen ist.«

»Mr. Carrington ist heute nachmittag tot aufgefunden worden, Madam. Es gibt Anzeichen dafür, daß er ermordet wurde. Man sagte uns, daß Sie den Tag in Manchester verbringen würden, und wir konnten Sie nicht erreichen. Entschuldigen Sie, daß wir um diese Zeit eine Befragung durchführen müssen, aber der Fall ist äußerst dringend.«

»Ja«, sagte sie unschlüssig. »Ja, natürlich. Aber wer hat ihn gefunden?«

»Eine Mrs. Quinn. Sie rief uns sofort an.«

»Charlotte?« Neue drängende Fragen fuhren Jennifer Carrington durch den Kopf. »Aber was hat sie hier gemacht? Und wann war das?«

»Mrs. Quinn rief uns kurz nach sechzehn Uhr fünfzehn an. Sie war hierhergekommen, um sich mit Ihrem Mann zu treffen.«

Warum? Jennifer Carrington wollte noch mehr Fragen stellen, dann aber beschloß sie, daß zu viele Erkundigungen gefährlich sein könnten. Sie mußte sehr vorsichtig sein.

»Ich werde versuchen, Ihnen zu helfen«, sagte sie. »Aber könnte ich zuerst einen Drink haben?«

Während ihr Bryant etwas eingoß, hatte sie sich präpariert. Ruhig beantwortete sie die Fragen des einen Beamten. Der andere machte sich Notizen. Sie hatte ihren Mann kurz vor halb sieben das letzte Mal gesehen, als er ins Büro losfuhr. Eine halbe Stunde später war sie selbst nach Manchester aufgebrochen. Alles ganz normal. Er wollte am Nachmittag zurückkommen, um sich für ein Treffen seiner Freimaurerloge in Carlisle umzuziehen. Seine Sekretärin würde wissen, wann er das Büro verlassen hatte, und er müßte bis nach Attwater eine halbe Stunde gebraucht haben. Dann fragte der Polizist nach dem Safe in der Bibliothek.

»Der Safe?« Sie sah verblüfft aus. »Was ist damit?«

»Der Safe war leer, als wir die Leiche Ihres Mannes

fanden, Mrs. Carrington. Wir nehmen an, daß der Mörder den Inhalt gestohlen hat.«

Sie näherten sich der Stelle, die Jennifer Carrington wieder und wieder geprobt hatte, aber jetzt war das Drehbuch verändert worden. Sie nahm noch einen Schluck aus dem Glas und überlegte, wie sie die neue Handlung spielen sollte. Sie mußte irgendeine Bemerkung über den Safe machen.

»Charles verwahrte darin einige sehr wertvolle Bücher«, sagte sie.

»Wer wußte davon?«

»Alle möglichen Leute.« Jennifer Carrington zuckte die Schultern und blickte unbeholfen drein. »Sie wußten Bescheid, nicht wahr, Dr. Bryant? Über die Sherlock-Holmes-Bücher? Viele von unseren Freunden auch. Charles' Geschäftspartner und ... es muß noch mehr geben. Ich kann Ihnen nicht alle nennen.«

»Wir müssen jeden kennen, an den Sie sich erinnern, Mrs. Carrington. Es scheint sonst nichts weiter entnommen worden zu sein, allerdings brauchen wir dafür noch Ihre Bestätigung. Wenn Sie vielleicht mitkommen würden ...«

Der Mann vom Kriminalamt blieb stehen, weil Jennifer Carrington plötzlich aufschrie. Sie hatte beschlossen, daß es zu riskant war, ihre Geschichte noch im letzten Augenblick zu ändern. Jetzt mußte es nach Plan ablaufen.

»Nein ...!« Bryant, der immer noch neben ihr saß, zuckte zusammen, als sie ihr Glas fallenließ und aufsprang. Er erhob sich und nahm ihren Arm, aber sie schüttelte ihn heftig ab. »Nein, das kann er nicht getan haben! Ich hätte nie geglaubt, daß er ... o Gott!«

Die Polizisten warfen einander eindringliche Blicke zu, während sie in ein hysterisches Weinen ausbrach. Vor ihren Füßen versickerte eine Whiskypfütze aus dem Bleikristallglas im Teppich. Bryant und die Polizistin brachten sie dazu, sich wieder hinzusetzen. Die Kriminalbeamten warteten schweigend.

»*Wer* kann *was* nicht getan haben, Mrs. Carrington?« fragte schließlich einer von ihnen.

Sie saß mit gesenktem Kopf und gab keine Antwort. Äußerlich wirkte sie benommen, aber ihr Verstand funktionierte überraschend gut. Bryant hob ihr Kinn an.

»Jennifer, Sie müssen alles sagen, was Sie wissen«, beschwor er sie. »Und Sie wissen doch etwas, oder? Was ist es?«

Mit schuldbewußtem Gesicht sah sie die Polizisten an.

»Ich hatte ein Verhältnis«, sagte sie tonlos. »Mit ... mit einem Mann namens Duggie Lydden. Und er hat einmal davon gesprochen, die Bücher zu stehlen.«

»Wann war das?«

»Ich weiß nicht genau ... vor ein paar Wochen, vielleicht auch schon vor längerer Zeit.«

»Wissen Sie, ob dieser Mann eine Schrotflinte besitzt?«

»Eine Schrotflinte? Soll das heißen ...?« Sie sah entsetzt aus. »Ich bin mir nicht sicher, aber ... ja, ich glaube, er hat eine.«

»Und wie wollte Mr. Lydden die Bücher stehlen?«

Sie ließ den Kopf wieder sinken und begann geistesabwesend den Verlobungsring an ihrem Finger zu drehen. Dann bückte sie sich, hob das heruntergefallene Glas auf und stellte es auf den kleinen Tisch neben sich.

»Ich kann nicht genau sagen, ob er wirklich einen Plan hatte, er sprach einfach davon. Er schuldet meinem

Mann Geld, und ich weiß, daß ihm die Rückzahlung schwerfiel. Er sagte, die Dinge stünden sehr schlecht, und ...« Sie zögerte. »Tut mir leid, vielleicht irre ich mich auch. Ich habe ihn damals gebeten, mit dem Unsinn aufzuhören. Aber als Sie sagten, ich soll Ihnen jeden nennen, der von den Büchern wußte, fiel mir das plötzlich wieder ein ... Es könnte natürlich ganz und gar falsch sein ... Ich dachte, er macht Witze. Und so muß er es auch gemeint haben.«

»Wir werden mit ihm sprechen. Können Sie uns seine Adresse sagen? Unter den gegebenen Umständen muß ich Sie auch bitten, uns auf das Polizeirevier zu begleiten ... nein, ich bedaure, Doktor, Mrs. Carrington scheint zu einer Aussage durchaus in der Lage zu sein. Wenn Sie wünschen, können Sie ebenfalls mitkommen.«

Bryant fuhr sie in seinem Wagen, hinten saß einer der Männer vom Kriminalamt. Über die Risiken der neuen Situation war sie sich im klaren, aber sie konnte nichts dagegen tun. Sie mußte Duggie Lydden beschuldigen. Nachdem sie ihre Aussage wiederholt hatte, teilten ihr die Polizisten unter Protest von Dr. Bryant mit, daß sie noch so lange bleiben müsse, bis man weitere Erkundigungen eingezogen habe. Jennifer Carrington saß in einem Verhörraum und trank gelassen eine Tasse Tee. An der Tür stand eine andere Polizistin. Eine Sache war schiefgegangen, aber so wie alles andere gelaufen war, konnte es immer noch klappen.

»Mr. Douglas Lydden? Mein Name ist Detective Sergeant Donald Moore vom Kriminalamt Cumbria, und dies sind zwei Kollegen von mir. Wir untersuchen ein schweres Verbrechen, das sich heute abend ereignet hat, und würden gern mit Ihnen darüber sprechen.«

Mißmutig betrachtete Lydden die großen und düsteren Männer in Zivil vor seiner Tür. Im silberblauen Licht der gegenüberliegenden Neonlampe warfen sie bedrohliche Schatten. Es war kurz vor halb zwölf, und er war gerade aus einer Kneipe zurückgekehrt. Aus Gewohnheit hatte er bei dem Mädchen an der Theke einen Annäherungsversuch unternommen. Aber ihr Freund stand am anderen Ende des Tresens und jagte ihn wütend davon. Es war das erniedrigende Ende eines schlimmen Tages.

»Ein schweres Verbrechen?« Seine Stimme wurde unsicher. »Was habe ich damit zu tun?«

»Wenn Sie nichts dagegen haben, würden wir das lieber drinnen mit Ihnen besprechen, Sir.«

Moore war vollkommen ruhig, aber seiner höflichen Bestimmtheit konnte man sich nur schwer widersetzen.

»Und wenn ich doch etwas dagegen habe? Wissen Sie überhaupt, wie spät es ist?«

»Wir sind uns durchaus darüber im klaren, Sir. Ich muß Sie davon in Kenntnis setzen, daß wir einen Haussuchungsbefehl haben.«

»Einen Durchsuchungsbefehl?« Lydden sah beunruhigt aus. »Ich möchte meinen Anwalt dabeihaben.«

»Vielleicht können wir hereinkommen, und Sie rufen ihn an.«

Einen Augenblick lang schien es, als wolle Lydden widersprechen, dann aber ging er wortlos zurück ins Haus und ließ die Tür offen. Als die Polizisten ins Vorderzimmer kamen, war er am Telefon. Er fluchte, weil er sich verwählt hatte, und begann noch einmal.

»Jack? Duggie Lydden hier. Ich habe die verdammte

Polizei im Haus, und die sagen, sie hätten einen Durchsuchungsbefehl. Komm rüber ... Ist mir scheißegal, ob du im Bett bist, ich will dich sofort hier sehen!«

Eine Viertelstunde später traf der Anwalt ein. Er ließ sich den Haussuchungsbefehl zeigen und empfahl Lydden dann, sich kooperativ zu verhalten. Bevor die Durchsuchung begann, stellte Moore eine Frage.

»Besitzen Sie eine Schrotflinte, Sir?«

Lydden wirkte trotzig. »Und wenn?«

»Dann möchten wir sie bitte sehen.«

Lydden sah seinen Anwalt an, der nickte, dann ging er in den Flur und öffnete einen Abstellraum unter der Treppe. Er ging kurz hinein und kam fast im gleichen Augenblick wieder heraus.

»Sie ist nicht da.« Er schien überrascht. »Jemand muß sie gestohlen haben.«

»Nach den Auflagen Ihres Waffenscheins sind Sie verpflichtet, die Schrotflinte an einem sicheren Ort zu verwahren«, bemerkte Moore. An der Tür der Abstellkammer war kein Schloß. »Hat es Ihres Wissens einen Einbruch in dieses Haus gegeben? Nein? Nun gut. Wann haben Sie die Waffe zuletzt gesehen?«

Lydden schüttelte den Kopf, um seine verwirrten Gedanken zu ordnen. »Vor ungefähr einer Woche, glaube ich. Normalerweise ist sie zusammen mit den Patronen da drin.«

»Sie bewahren also die Waffe zusammen mit der Munition an einem ungesicherten Ort auf?« fragte Moore leicht herausfordernd. »Das ist ebenfalls eine Straftat.«

»Sergeant, übertreiben Sie es nicht ein bißchen?« wandte der Anwalt ein. »Sie kommen mitten in der

Nacht zu dritt wegen eines läppischen Verstoßes gegen das Waffengesetz hierher? Wirklich.«

»Das ist kein läppischer Verstoß, und außerdem sind wir nicht deswegen hier«, stellte Moore richtig. »Wir werden jetzt das Haus durchsuchen.«

Um ein Uhr früh nahm Moore Lydden fest und informierte ihn über seine Rechte. Die Polizisten hatten auf dem Boden einen Koffer gefunden, in dem sich die Sherlock-Holmes-Bücher und die Briefe befanden, die auch in Charles Carringtons Safe gewesen waren. Lydden gab zu Protokoll, wo er sich tagsüber aufgehalten hatte, und die Beamten verhörten noch einmal Jennifer Carrington. Danach wurden beide in Haft genommen.

Sechstes Kapitel

Durch die unsichtbaren Kanäle, mit denen eine kleine Stadt ihren Klatsch überträgt, verbreitete sich die Nachricht vom Tode Charles Carringtons am nächsten Morgen in Windeseile über ganz Kendal und Umgebung. In Brook Cottage klingelte unablässig das Telefon. Aufgeregte Nachbarn fragten bei Lucinda an, ob sie schon davon gehört habe, und gaben dann fast unweigerlich ihren Kommentar ab. Eine Anruferin meinte, es sei doch bekannt gewesen, daß Charles Carrington Morddrohungen erhalten habe, sie wisse nur nicht, von wem und warum. Eine andere verwies nachdrücklich und mit erkennbarer Genugtuung darauf, daß Jennifer bereits festgenommen worden war. Drei verschiedene Männer standen als Mörder so gut wie fest, einer sollte sogar schon ein volles Geständnis abgelegt haben. Die widersprüchlichen Erklärungen reichten je nach Mörder vom Tod durch Gewehrschuß über Messerstich bis zur Strangulation. Maltravers entdeckte in dem Ganzen einen gewissen schwarzen Humor.

Die erste verläßliche Information kam von Malcolm, der nach einer Pressekonferenz der Polizei anrief.

»Sie haben alles bestätigt, was wir schon wissen«, teilte er Maltravers mit. »Und es werden Ermittlungen in einer bestimmten Richtung geführt. Du kennst die üblichen Formulierungen.«

»Haben Sie gesagt, gegen wen?«

»Nein, aber so etwas läßt sich in Kendal nicht geheimhalten. Es soll Duggie Lydden sein. Nun mach was draus.«

»Duggie Lydden, mein Gott!« Maltravers empfand Ekel. Er hatte Charles Carrington kaum gekannt, aber er war entsetzt darüber, daß ihn jemand ermordet hatte. Besonders abstoßend fand er, daß sich der Liebhaber seiner Frau als Mörder erweisen könnte. Der gewaltsame Tod eines zivilisierten Mannes wurde dadurch noch niederträchtiger. »Und was ist mit Jennifer?«

»Mrs. Carrington steht auch weiterhin dem Kriminalamt Cumbria für Ermittlungen zur Verfügung. Und ich zitiere: Sie befindet sich im Polizeigewahrsam.«

»Hängen sie denn beide drin?«

»Sie haben sie ziemlich schnell einkassiert. Aber es gibt noch keine Anklage.«

Maltravers überlegte einen Augenblick. »Weiß Charlotte von all dem?«

»Ich meine schon. Es weiß doch sonst so ziemlich jeder Bescheid«, sagte Malcolm. »Sie war furchtbar verbittert, als sie sich gestern abend von uns verabschiedet hat, mein lieber Mann! Wenn sich herausstellen sollte, daß Jennifer die Sache mit ihm gedreht hat, wird sie verrückt. Ich halte dich auf dem laufenden, falls ich noch etwas hören sollte.«

Als Maltravers auflegte, sah ihn Lucinda fragend an. Er erzählte es ihr, und sie war bestürzt.

»Duggie Lydden! Mein Gott, ich wußte, daß er ein Scheißkerl ist, aber ...« Sie schüttelte den Kopf, als müsse sie sich gegen etwas Abscheuliches wehren. »Und Jennifer auch!«

»Wir wissen überhaupt nichts Genaues«, betonte Maltravers. »Die Polizei hat bisher gegen keinen von beiden einen Schuldvorwurf erhoben ... aber Mord ist kurioserweise eine Art Hausverbrechen. Die meisten Opfer sind enge Verwandte ihrer Mörder.«

»Gott, ist das makaber!« sagte Lucinda scharf. Maltravers sah, wie sie in die Küche ging und die Reste des Frühstücks abräumte. Unvermittelt hob sie einen Teller über den Kopf, warf ihn mit einem Schrei auf die Kante des Spülbeckens und starrte dann auf die Scherben zu ihren Füßen.

»Laß mich einfach in Ruhe, Gus.« Ohne ihn anzusehen, hielt sie warnend eine Hand vor sich, während er aus dem Wohnzimmer auf sie zuging. »Ich komme schon klar. Es fällt mir nur schwer, Menschen so sehr zu hassen.«

Duggie Lydden war unrasiert, abgespannt. Er hatte nicht lange genug geschlafen, und in seinem Kopf hämmerte der Kater. Ärgerlich sah er Detective Chief Superintendent Brian Lambert über die Plastiktischplatte im Verhörraum der Polizeistation von Kendal hinweg an. Die Figur des Beamten, der die Morduntersuchung leitete, erinnerte an Falstaff: Finger wie Würste und eine Ziehharmonika aus Fettfalten unter dem Kinn. Der voluminöse, plumpe Körper steckte in einem braunen Anzug mit genügend Stoff für ein ordentliches Zelt, und er ließ kaum vermuten, daß sein Geist so beweglich war wie die Whippet-Hunde, die der Mann züchtete. Seine Augen wirkten unverhältnismäßig klein, aber der Blick war stechend scharf, und blitzschnell überflog er zwei Blätter, die Lyddens Unterschrift trugen. Dessen Anwalt saß argwöhnisch und aufmerksam an der Seite des Tisches, über den hinweg die beiden Männer einander ansahen. Lambert ließ die Papiere sinken.

»Um Ihre Aussage noch einmal durchzugehen, Mr. Lydden ...« Die Stimme klang wie ein großer Motor, der aus einem Tunnel dröhnte. »Sie sind gestern nachmittag kurz nach dreizehn Uhr nach Carwelton Hall gefahren, wo Mrs. Carrington sie erwartete. Dann gingen Sie mit ihr ins Bett und fuhren eine Stunde später wieder ab, um in Ihr Geschäft im Stricklandgate zurückzukehren, wo Sie während des restlichen Nachmittags Ware annahmen. Ist das richtig?«

»Ja.«

»Möchten Sie dieser Aussage noch etwas hinzufügen oder etwas daran verändern?«

»Nein.«

Lambert lehnte sich zurück, warf die Papiere auf den Tisch und rieb sich die Nase mit einem Daumen von der Größe eines Eies. Sein hölzerner Stuhl bog die Beine nach außen und knackte bedenklich.

»Mrs. Carrington ließ uns wissen, daß sie Carwelton Hall gestern früh verlassen hat und den ganzen Tag in Manchester zum Einkaufen war. Sie ist erst am Abend zurückgekommen, zu einer Zeit, als sich bereits die Polizei im Hause befand«, sagte er ausdruckslos. Der Anwalt sah seinen Klienten eindringlich an. »Haben Sie eine Erklärung dafür, warum sie diese Aussage gemacht hat?«

»Sie lügt.«

»Einer von Ihnen beiden tut das auf jeden Fall«, bemerkte Lambert trocken. »Ist Ihnen noch irgend jemand eingefallen, der bezeugen kann, wo Sie am Nachmittag waren, vor allem zwischen dreiviertel vier und viertel nach vier?«

Lydden schüttelte den Kopf. »Nein, aber es könnte sein, daß jemand meinen Wagen im Hof hinter dem Geschäft gesehen hat.«

»Die Ermittlungen laufen noch, aber bislang haben wir niemanden gefunden, der Ihre Aussagen bestätigen kann«, teilte ihm Lambert mit. »Ich muß Ihnen allerdings sagen, daß Mrs. Carrington einige Beweise für ihre Version vorgelegt hat, und nach unseren bisherigen Erkenntnissen sind sie zutreffend.«

Lydden gab keine Antwort, aber sein Anwalt rutschte unbehaglich auf dem Stuhl hin und her.

»Und können Sie jetzt erklären ...« Lambert lehnte den Oberkörper bedrohlich wie einen abrollenden Felsen vornüber, um unnötigerweise noch einmal in den Papieren nachzuschauen, »... wieso in Ihrem Haus zehn Bände eines Buches von Sir Arthur Conan Doyle und andere Dokumente aus dem Besitz von Mr. Charles Carrington gefunden worden sind?« Er hob die Brauen und sah sein Gegenüber scheinbar harmlos fragend an.

»Das habe ich Ihnen schon gesagt. Ich weiß nicht, wie sie dorthin gekommen sind.«

»Und Sie wissen auch nach wie vor nicht, wo Ihre Schrotflinte ist?«

»Als ich sie das letzte Mal sah, war sie in der Abstellkammer. Sie muß gestohlen worden sein.«

Lambert musterte ihn lange Zeit schweigend, bis Lydden den Blick wieder auf den Tisch senkte.

»Mr. Lydden, Sie könnten uns allen viel Zeit ersparen, wenn ...«, begann Lambert gerade betont geduldig, als Lydden einen Wutausbruch bekam.

»Es gibt nichts hinzuzufügen! Ich habe Ihnen die Wahrheit gesagt, verdammt noch mal, und sie lügt! Entweder bringen Sie jetzt ihre Scheiß-Beschuldigung vor, oder Sie lassen mich hier raus!«

Der Superintendent verharrte, dann stützte er sich schwer auf die Tischplatte, hievte sich hoch und sammelte die Papiere ein. Mit seiner Größe von rund einem Meter fünfundneunzig bot er dabei einen ähnlich imponierenden Anblick wie ein Wal, der seine Massen langsam aus dem Meer wälzt.

»Ihr Anwalt wird bestätigen, daß die Polizei das Recht hat, einen Verdächtigen zum Zwecke der Befragung zunächst für vierundzwanzig Stunden festzuhalten, Mr. Lydden«, sagte er. »Falls nötig, können wir eine Verlängerung dieser Frist erwirken. Unsere Ermittlungen werden fortgesetzt. Es ist sicherlich das beste, wenn Sie die Situation weiter mit Ihrem Anwalt besprechen.«

Der kahle Raum wirkte plötzlich leer, als er hinausging. In seinem Büro wartete Moore mit einem Telefax.

»Von der Polizei in Manchester, Sir«, sagte er. »Noch eine Bestätigung der Aussagen von Mrs. Carrington über ihren gestrigen Aufenthalt.« Lambert nahm das Blatt, und über sein Vollmondgesicht huschte der Schatten eines freudlosen Lächelns.

»Wenn das in diesem Tempo weitergeht, werden wir die Dame wohl bald laufen lassen müssen«, bemerkte er. »Sieht aus, als ob sich der Verdacht gegen sie nicht aufrechterhalten läßt. Was haben die Techniker herausgefunden?«

»Die Fingerabdrücke auf dem Koffer stammen ausschließlich von Lydden«, antwortete Moore. »Und auch auf dem Boden gibt es nur Abdrücke von ihm. Auf der üblichen Holzplatte an der Flurdecke, die man hochschieben muß.«

»Und auf den Büchern?« fragte Lambert.

»Auf den meisten ist gar nichts«, sagte Moore. »Aber Mrs. Carrington meint, sie seien kaum jemals aus dem Safe herausgenommen worden. Wir haben lediglich auf zweien Fingerabdrücke des Opfers gefunden. Auch an der Tür des Safes sind nur welche von Carrington, aber es gibt Indizien dafür, daß sich Lydden in verschiedenen Teilen des Hauses einschließlich der Bibliothek aufgehalten hat. Das beweist natürlich noch gar nichts. Er war an dem bewußten Abend zum Essen dort, und Mrs. Carrington macht keinen Hehl aus der Tatsache, daß er ihr Liebhaber ist. Wir wußten es auch schon durch die Aussage von Mrs. Quinn, bevor sie es selbst zugegeben hat.«

Lambert schüttelte den Kopf, und seine Gesichtszüge wackelten wie Pudding. »Und immer noch nichts, was Lyddens Behauptung untermauert, er sei den ganzen Nachmittag im Geschäft gewesen? Nein? Na, vielleicht überlegt er es sich noch anders, vor allem, wenn wir diese Flinte finden. Dabei schon irgendwelche Erfolge?«

»Nein, Sir. Wir durchsuchen noch immer das Haus, aber sie könnte sonstwo sein.«

»Und gibt es schon Erkenntnisse darüber, wie der Safe geöffnet wurde?«

»Wir haben das Alarmsystem vom Hersteller überprüfen lassen – es funktioniert einwandfrei«, antwortete Moore. »Wir haben Mrs. Carrington befragt, aber es scheint sicher, daß sie die Kombination nicht kannte. Carringtons Partner hat dies bestätigt. Irgend jemand muß ihn aber geöffnet haben, mit Gewalt war das unmöglich.«

Lamberts kleine Augen verschwanden fast völlig, als er die Lider zusammenpreßte. »Wir müssen das rauskriegen. Lydden ist zwar im Moment der Hauptverdächtige, aber ein Strafverteidiger würde ihn da noch allemal rauspauken. Sehen Sie zu, daß Ihnen was einfällt.«

Nachdem Moore gegangen war, ließ sich Lambert in einen Sessel sinken und las alle Protokolle noch einmal. Im gerichtsmedizinischen Gutachten hieß es, daß Carrington sofort tot gewesen war und daß man bei der Obduktion über hundertdreißig Schrotkugeln aus seinem Körper entfernt hatte. Noch weitere steckten in der Tür zur Bibliothek und in der Wand der Diele. Jennifer Carrington hatte in ihrer Aussage jede Mitwirkung an Lyddens Vorhaben, die Bücher zu stehlen, entschieden bestritten. Vielmehr sei ihr das Ganze schon entfallen, weil sie es nicht ernstgenommen habe.

Lambert überlegte und zupfte dabei gedankenverloren an den dicken Fleischwülsten unter seinem Kinn. Wenn man das Gewehr finden würde, so könnte dies Lydden zwingen, von seiner Version der Ereignisse abzugehen, denn für das Alibi gab es bisher keinen Beweis. Das war nur eine Frage des gründlichen Suchens. Aber die Safekombination ...? Lambert gefiel das nicht. Er machte sich keine großen Gedanken darüber, daß Lydden in diesem Ermittlungsstadium bei seiner Geschichte blieb. Ihm waren schon Ganoven untergekommen, die noch schworen, daß schwarz weiß sei, als sie vor dem Richter standen, der sie zu lebenslänglich verurteilte. Aber das offenkundig Unmögliche konnte bei den Geschworenen berechtigte Zweifel wecken. Eine Menge Probleme wären gelöst, wenn Lydden einfach ein volles Geständnis ablegen und damit auflösen würde, was sich zur Zeit nicht erklären ließ. Der anfängliche Verdacht, den die Polizisten gegen Jennifer Carrington hegten, schwand zusehends. Die Beweise dafür, daß sie den Tag in Manchester verbracht hatte, waren sehr überzeugend.

Lucinda gab an diesem Nachmittag wieder Unterricht, und Maltravers war allein in Brook Cottage, als Charlotte Quinn anrief.

»Haben Sie schon gehört?« fragte sie. »Von Duggie und ihr?«

»Ein bißchen«, antwortete er vorsichtig. »Aber wir warten ab, ob Malcolm bei der Zeitung noch mehr in Erfahrung bringen kann.«

»Na, es ist doch offenkundig, oder nicht?« sagte sie. »Nur sie steckt hinter all dem. Und er ist dämlich genug, sie den ganzen Tag nach Manchester fahren zu lassen, damit der Verdacht nicht auf sie fällt.«

»Ich kann Ihnen nicht ganz folgen.«

»Begreifen Sie denn nicht? Sie muß ihm gesagt haben, daß er an ihrem Alibi teilhaben kann, daß sie der Polizei gegenüber angeben werde, er sei mit ihr zusammen gewesen. Und jetzt hat sie ihn aufs Kreuz gelegt. Sie wird so tun, als ob sie von nichts wußte, und Duggie kann ihr das Gegenteil nicht beweisen. Aber sie wird die erforderlichen Zeugen dafür haben, daß sie kilometerweit weg war. Das hat sie weiß Gott clever eingefädelt.«

»Aber auch bei einem gemeinsamen Plan hätte die Polizei alle möglichen Fragen gestellt, und es wäre vielleicht herausgekommen, daß sie sich gegenseitig ein Alibi verschaffen«, argumentierte Maltravers.

»Jennifer ist intelligent genug, um sich darüber im klaren zu sein, aber sie hätte Duggie davon überzeugen können, daß es geht. Sie glauben gar nicht, wie dumm dieser Mensch ist.«

»Bleibt immer noch der Safe. Meinen Sie, Charles hätte mir gesagt, daß er als einziger die Kombination kennt, wenn das gar nicht stimmt?«

»Nein«, gab sie widerstrebend zu. »Aber die Polizei wird am Ende herausfinden, wie er es gemacht hat. Ich hoffe nur inständig, man wird beweisen können, daß auch sie beteiligt war.«

»Sie wünschen sich das sehr, was?«

»Und wie. Können Sie mir das verdenken?«

Charlotte Quinn knallte den Hörer hin und biß sich wütend auf die Lippen, um nicht wieder zu weinen. Sie hatte schon viel zu viele Tränen über Charles vergossen, und es hatte nichts genützt. Jetzt war aus ihrem tiefsten Innern etwas hervorgekommen. Sie erkannte es allmählich und hörte eine beharrliche, immer deutlicher werdende Stimme, die ihr flüsternd Absolution erteilte.

Um sechs Uhr abends trafen Maltravers und Lucinda auf dem Polizeirevier in Kendal ein. Sie baten den diensthabenden Sergeanten, mit einem der Beamten sprechen zu können, die den Mord untersuchten. Ihnen war noch eingefallen, daß sie Duggie Lyddens Auto am Mittag des vorherigen Tages vom Treedle aus gesehen hatten.

»Es tut mir leid, daß wir nicht schon früher damit herausgerückt sind«, entschuldigte sich Maltravers bei dem Detective Constable im Verhörraum. »In der ganzen Aufregung ist es uns einfach entfallen. Aber wir haben gehört, daß Sie im Zusammenhang mit dem Tod von Charles Carrington einen Mr. Douglas Lydden festgenommen haben.«

Der Beamte sah ihn durchdringend an. »Woher wissen Sie das, Sir?«

»Mein Mann ist der Herausgeber des ›Cumbrian Chronicle‹«, erklärte Lucinda. »Er hat es von einem seiner Verbindungsmänner. Aber in Kendal weiß sowieso jeder Bescheid.«

»Na schön.« Die Erwiderung war kühl. »Mr. Lydden steht uns bei den Ermittlungen zur Verfügung. Welche Informationen haben Sie?«

Nachdem Lucinda dies erläutert hatte, befragte er sie eingehend über die Zeit und ob sie sicher sei, daß es Lyddens Wagen gewesen war.

»Vollkommen«, sagte sie mit Nachdruck. »Oder besser gesagt, ich kenne niemanden hier in der Gegend, der so einen hat. Es könnte auch ein Fremder auf der Durchreise gewesen sein, aber das wäre ein riesiger Zufall.«

»Und Sie haben das Fahrzeug ebenfalls gesehen, Sir?« fragte der Beamte Maltravers. »Ich habe ein Auto gesehen, das Mrs. Stapelton kannte«, stellte er richtig. »Allerdings kann ich einen Rolls Royce von einem Reliant nur durch die Anzahl der Räder unterscheiden, und selbst dabei muß ich überlegen, welcher von beiden nur drei hat. Aber Mrs. Stapelton war sich ziemlich sicher.«

»Dann werden wir Sie wohl nicht mit einem Protokoll behelligen müssen, Sir.« Der Polizist klang so herablassend, als deute die Unkenntnis von Autotypen auf einen bedauerlichen geistigen Defekt hin. »Mrs. Stapelton kann in ihrer Aussage erwähnen, daß sie zusammen waren.«

Als sie gingen, gab man ihnen die Ankündigung mit auf den Weg, daß die Polizei sie möglicherweise später als Zeugen vor Gericht aufrufen könnte. Lucindas Aussage wurde zu Lambert gebracht, aber der tat sie ab. Sie bestätigte nur, daß sich Lydden am Tag des Mordes gegen Mittag in der Nähe von Carwelton Hall befand. Und weil er das – abgesehen von der Behauptung, Jennifer Carrington sei auch dort gewesen – gar nicht bestritt, waren Augenzeugen nur von akademischem Interesse. Dann hätten sie schon sehen müssen, wie er herauskam, zurückfuhr und im Geschäft blieb.

»Nach dem, was du ihnen gesagt hast, hatte ich eigentlich eine andere Reaktion erwartet«, stellte Maltravers fest, als er in die Zufahrt zum Haus einbog. »Deine Beobachtung könnte wichtig sein. Natürlich vorausgesetzt, sie haben nicht schon ein Geständnis von Lydden.«

»Meinst du wirklich, daß er es gewesen sein könnte?« fragte sie.

»Ich finde bloß ... ich bin mir nicht sicher.« Maltravers sah zweifelnd aus. »Ich habe Charlottes Theorie verworfen, daß er und Jennifer gemeinsam dahinterstecken, und ich bin noch immer überzeugt, daß sie sich irrt. Aber es gibt noch immer ein paar Dinge, die keinen Sinn ergeben, ganz abgesehen von der Sache mit dem Safe. Zum Beispiel, warum sollte Lydden ...«

»Mein Gott!« Lucinda zuckte zusammen, als sie Brook Cottage erreichten. Im Scheinwerferlicht war ein knallroter Ford Fiesta zu sehen, der neben dem Rasen parkte. »Der gehört Jennifer! Was macht sie hier?«

»Das werden wir gleich wissen«, sagte Maltravers. »Jedenfalls scheint die Witwe Carrington der Polizei nicht länger für Ermittlungen zur Verfügung zu stehen.«

Siebentes Kapitel

»Charlotte hat ihn um sechzehn Uhr fünfzehn gefunden.«

Der Satz kam nur zögernd über Jennifer Carringtons Lippen. Während sie auf eine Antwort wartete, spielten ihre Finger nervös mit dem elfenbeinfarbenen spiralförmigen Telefonkabel in Carwelton Hall. Nach der Freilassung gegen Kaution hatte ihr Anwalt sie nach Hause gefahren, und es war ihr gelungen, ihm noch mehr Informationen zu entlocken.

»Was!« Die Männerstimme schrie sie durchs Telefon an. »Was hat sie dort gemacht?«

»Wer weiß. Sie könnte dich sogar gesehen haben.«

»Nein, da war niemand in der Nähe, aber ... weißt du, was das bedeutet?«

»Natürlich weiß ich das! Ich denke die ganze Zeit nur daran. Die Polizei hat mich eben erst laufenlassen.«

»Was ist mit Lydden?«

»Sie behalten ihn weiter da, aber es ist noch keine Beschuldigung gegen ihn erhoben worden. Mein Anwalt hat gehört, daß die Polizei die Bücher schon gefunden hat. Aber was ist, wenn er doch mit einem Alibi kommt?«

»Das kann er bis jetzt nicht ... beruhige dich.« Er hörte sie schluchzen. »Es wird klappen. Wann bekommst du die Bücher zurück?«

»Erst einmal nicht, aber wenn sie Anklage gegen ihn erheben, werden sie sie wohl freigeben.«

»Na, am Ende dürften sie auch das Gewehr finden, und das müßte dann reichen. Wenn du erst einmal die Bücher hast, kannst du auch mit der Safe-Geschichte rausrücken. Wir machen einfach so weiter wie geplant.«

»Komm her«, bat sie.

»Nicht gleich, aber ich bin bald da.«

»Aber ich halte es alleine nicht aus.«

»Dann gehe jemanden besuchen.« Er klang ungeduldig. »Sei ganz natürlich. Die Leute erwarten, daß du darüber sprechen willst. Erzähle ihnen von Lydden. Je mehr ihn für schuldig halten, desto besser. Ruf mich morgen an.«

Er legte unvermittelt auf, weil er, anstatt sich die Sorgen von Jennifer anzuhören, nachdenken wollte. Hatte ihn Charlotte Quinn gesehen? Nein, dann hätte sie es bestimmt der Polizei gesagt. Aber ihre unerklärliche Anwesenheit konnte verheerende Folgen haben. Wenn die Polizei nur Anklage gegen Lydden erheben und diese Bücher herausgeben würde ... dann könnte er entscheiden, was zu tun ist.

Als Lucinda und Malcolm den Raum betraten, saß Jennifer Carrington in einem hölzernen Sessel mit hoher Lehne am Feuer. Neben ihr auf dem Tisch stand ein unberührter Drink. Ohne Make-up und mit verhärmtem Gesicht wirkte sie wie ein Kind, das sich ängstigte. Ihr messingfarbenes Haar war hastig und nachlässig gekämmt, und die Arme hielt sie schützend vor sich verschränkt.

»Hallo.« Die Stimme klang dünn und schrill. »Entschuldigt, aber ich mußte einfach irgendwo hingehen, und ihr wart die einzigen, die mir eingefallen sind. Ich hoffe, es stört euch nicht. Malcolm sagte, es ist in Ordnung.«

»Wann hat die Polizei Sie freigelassen?« fragte Maltravers.

»Vor ein paar Stunden. Ich bin nach Carwelton Hall zurückgefahren, weil ich sonst nicht wußte wohin. Ich habe Freunde in Manchester, aber nach allem, was passiert ist, hätte ich es nicht geschafft, dorthin zu fahren. Zuerst ging es mir einigermaßen, aber dann habe ich den Anrufbeantworter abgehört ...« Sie begann zu weinen.

»Ein paar Leute haben vorschnelle Schlüsse gezogen«, erklärte Malcolm. »Jennifer sagt, einer meinte sogar, jetzt habe sie endlich erreicht, was sie wollte. Die Anrufe waren anonym.«

Die junge Frau sah Lucinda flehend an. Ihr Gesicht war tränenfeucht. »Alle waren so grausam. Ich mußte da raus. Sie hier haben Charles nicht gekannt, bevor ich mit ihm zusammen war, und ich dachte ...« Sie griff nach den Armlehnen, als ob sie aufstehen wollte. »Ich hätte nicht kommen sollen. Vielleicht ...«

»Nein, das war richtig«, unterbrach Lucinda sie entschieden. »Wir werden dich nicht hinauswerfen. Wenn du möchtest, kannst du uns erzählen, was passiert ist.«

Lucindas Gesicht war ausdruckslos, als sie sich neben Malcolm setzte. Maltravers erinnerte sich an den Zwischenfall in der Küche, wo sie den Teller zerschlug, nachdem sie erfahren hatte, daß Jennifer und Lydden von der Polizei festgenommen worden waren. Dieses Gefühl konnte sie wohl nicht ohne weiteres abschütteln.

»Gus und ich hätten bitte auch gern etwas zu trinken«, sagte sie, und Malcolm ging zum Wandschrank.

»Wie fühlen Sie sich?« fragte Maltravers.

»Ziemlich elend.« Jennifer Carrington lächelte gequält. »Die Polizei wollte mich zuerst nicht gehen lassen, wissen Sie. Das war auch richtig so, und mein Anwalt war bei mir, aber sie haben immer weiter gefragt und mich durcheinander gebracht. Ich wurde dann freigelassen, mußte ihnen allerdings meinen Aufenthaltsort nennen.«

»Aber Duggie Lydden halten sie noch immer fest?«

Sie zeigte plötzlich einen Anflug von Zorn. »Herrgott, das will ich auch hoffen! Nach allem, was er getan hat!«

»Glauben Sie, er hat Charles umgebracht?«

»Es gibt keine andere Möglichkeit.« Für einen Augenblick starrte sie ins Feuer, dann sah sie Malcolm und Lucinda offen an. »Damit darüber Klarheit besteht – wenn ihr es anstößig findet, werde ich gehen. Aber ich will es gleich ohne Umschweife sagen: Duggie und ich hatten ein Verhältnis.«

Sie sah trotzig aus, als erwarte sie eine empörte Reaktion.

»Jennifer, das wissen wir schon seit langem«, sagte Malcolm.

»Was?« Sie seufzte. »Und ich dachte, es hätte keiner gemerkt.«

Sie trank einen Schluck aus ihrem Glas und fuhr dann ruhig und beherrscht fort:

»Ich werde mich nicht dafür entschuldigen, was ich getan habe, auch jetzt nicht, nachdem das passiert ist. Ihr wißt, wieviel älter Charles war und ... na ja, unsere körperliche Beziehung hat mich nicht zufriedengestellt.« Sie schaute Lucinda an. »Verstehst du, ich war frustriert. Ich habe Charles geliebt, aber ich brauchte ... also, ich brauchte Sex.«

Lucinda nickte unverbindlich. Jennifer Carrington

senkte den Blick. Mit gespielter Tapferkeit sprach sie weiter.

»Egal, ich habe es getan, und es ist mir gleichgültig, was andere darüber denken, denn es war nicht wichtig. Ich wußte, daß es mit Duggie keine Gefühlsbeziehung geben würde. Diskret wollte ich sein, aber wenn ihr Bescheid wußtet, war es damit wohl nicht weit her. Mehr ist nicht gewesen, nur hätte ich mir nie träumen lassen, wohin das führt. Weiß Gott nicht.«

»Ich will Ihnen sagen, was wir wissen«, unterbrach Maltravers. »Charles ist gestern früh hier vorbeigekommen, um die Conan-Doyle-Fotokopien abzugeben. Er sagte, daß Sie den Tag in Manchester verbringen. Am Nachmittag ist Charlotte Quinn nach Carwelton Hall gefahren, um sich mit ihm zu treffen, und sie fand seine Leiche. Sie kam hierher, rief die Polizei an, und ich bin mit ihr zurückgefahren.«

»Die Polizei hat mir von Charlotte erzählt.« Jennifer Carrington wischte eine Staubflocke von ihrem Kleid. »Wissen Sie, warum sie sich mit Charles treffen wollte?«

»Er hat sie aus irgendeinem Grund darum gebeten«, antwortete Maltravers ausweichend. »Ich habe sie nicht gleich gefragt warum, und später schien es nicht mehr wichtig zu sein.« In der Gewißheit, daß Malcolm und Lucinda nicht noch etwas hinzufügen würden, fuhr er fort. Jennifer Carrington hörte ihm aufmerksam zu.

»Jedenfalls waren wir dort, als die Polizei kam, also mußten wir unsere Aussagen machen. Aus den Fragen konnten wir entnehmen, daß die Bücher gestohlen worden waren. Später hörten wir, daß man Sie und Duggie verhaftet hatte. Das ist so ziemlich alles.«

Jennifer Carrington strich sich eine einzelne Haarsträhne aus dem Gesicht und trank wieder aus ihrem Glas. Sie hatte nicht gewußt, wie weit Maltravers an der Sache beteiligt war, und begriff allmählich, daß er jedes ihrer Worte genau registrierte. Im flackernden Licht des Kaminfeuers hielt er seine tiefblauen Augen unablässig auf sie gerichtet.

»Malcolm hat mir erzählt, warum Sie eben bei der Polizei waren«, sagte sie. »Ihnen ist Duggie aufgefallen, als er nach Carwelton Hall fuhr.«

»Lucinda hat auf der Hauptstraße aus Richtung Kendal einen Wagen gesehen, der aussah wie seiner«, räumte Maltravers ein. »Aber wir wissen nicht genau, wohin er gefahren ist.«

»Nun, er bestreitet gar nicht, daß er im Haus war.« Sie machte eine Pause, als ob sie ihre Worte sorgfältig wählte. »Ich will Ihnen sagen, was passiert ist. Als ich nach Hause kam, informierte mich die Polizei über Charles und die verschwundenen Bücher. Ich kann mich nicht mehr an jede Einzelheit erinnern, aber ich platzte damit heraus, daß es Duggie gewesen sein muß.«

Die blauen Augen wurden schmal. »Warum haben Sie das gesagt?«

»Weil er mir das vorgeschlagen hat. Er meinte tatsächlich, ich solle die Bücher nehmen und mit ihm davonlaufen; wir könnten ein Vermögen machen.«

»Das ist lächerlich«, widersprach Malcolm. »Sobald er versucht hätte, die Bücher zu veröffentlichen, wäre er verhaftet worden.«

»Natürlich.« Maltravers zündete sich eine Zigarette an. »Aber es gibt noch andere Möglichkeiten. Zum Beispiel reiche Sammler, denen es egal ist, wie sie in den Besitz von unbezahlbaren Stücken für ihr Privatvergnügen kommen. Es würde wohl nicht an skrupellosen Käufern für die Mona Lisa mangeln, wenn sie mal hinten von einem Lieferwagen fiele. Andererseits ...«

Er brach ab, obwohl er gar nicht beabsichtigt hatte weiterzusprechen. Jennifer Carrington sollte rätseln, worüber er nachdachte. Vielleicht kam etwas dabei heraus. Wenn sie den Mord gemeinsam mit Lydden geplant, ihn aber dann ausgebootet hatte, wie Charlotte meinte, würden die Bücher am Ende ihr zufallen, und nichts könnte sie von einer Veröffentlichung abhalten. Jedenfalls nicht ihr Gewissen. Da war auch noch die Sache mit der Safe-Kombination. Er wollte in Erfahrung bringen, was sie darüber wußte.

»Na ja, was haben Sie ihm geantwortet?« knüpfte er an.

»Keinen Blödsinn zu reden.« Sie sah ihn flehentlich an. »Das war gegen die Spielregeln. So etwas hätte ich Charles niemals angetan! Ja, ich weiß schon, was Sie denken. Wenn ich mit einem Liebhaber schlief, warum sollte ich noch etwas für meinen Mann empfinden? Da fangen immer alle an zu moralisieren. Aber so war es nicht.«

»Es ist für die meisten Leute riskant, Moral zu predigen«, stellte Maltravers fest. »Aber das ist unwichtig. Es geht darum, daß Sie Lydden verdächtigt haben, als Sie von den verschwundenen Büchern erfuhren. Wissen Sie, was er bei der Polizei zu Protokoll gegeben hat?«

»Ja sicher, und ich weiß nicht, ob ich darüber lachen oder weinen soll«, erwiderte sie ärgerlich. »Als sie mit mir zurückfuhren, um seine Version zu überprüfen, sagte er, daß er mittags auf Carwelton Hall war. Er will mich dort angetroffen und mit mir geschlafen haben, bis er dann gegen zwei wieder ging.«

»Aber Sie waren den ganzen Tag in Manchester.« Maltravers beugte sich nach vorn und tippte seine Zigarettenasche ins Feuer. »Nicht wahr?«

Jennifer Carrington sah ihn genau an, als er sich wieder zurücklehnte. Aber sein Gesicht war ausdruckslos und verriet nicht, ob hinter der beiläufigen Frage irgendeine Verdächtigung steckte.

»Die Polizei wollte das auch wissen, und zuerst fiel mir nur ein, daß ich zum Tanken in dem Dorf nahe der M 6 angehalten habe«, antwortete sie. »Aber selbst mir war klar, dies beweist nur, daß ich losgefahren bin. Dann fragten sie, was ich in Manchester gemacht habe, und ich zeigte ihnen meine Einkaufsquittungen. Als ich erwähnte, daß ich aus einem Bankautomaten am Deansgate Geld abgehoben hatte, wollten sie auch dafür den Beleg sehen. Wußtet ihr, daß darauf die Zeit und das Datum gedruckt sind?«

»Ist mir nie aufgefallen.« Lucinda klang überrascht.

»Es steht aber drauf, und die Zeit war zehn Uhr neunundzwanzig«, erklärte Jennifer Carrington weiter. »Ich bin direkt von dort zu Sherratt & Hughes gegangen, um für Charles ein Buch zu kaufen. Das habe ich mit der Kreditkarte bezahlt, in dem Geschäft müssen sie also noch einen Durchschlag von dem Formular mit meiner Unterschrift besitzen. Danach habe ich am St. Ann's Square Kaffee getrunken und bin vor dem Mittag noch ein Weilchen durch das Kaufhaus Debenhams in der Market Street geschlendert.

Am Nachmittag habe ich noch weiter in der City eingekauft, unter anderem einen Schlips für Charles. Dann fuhr ich noch nach Timperley, wo ich mir eine ganze Weile Kleider in einem Geschäft ansah, und danach habe ich eine Freundin besucht. Es war sechs Uhr, als ich dort ankam, denn ich weiß noch, wie sie etwas über die beste Zeit für einen Drink sagte. Wir aßen gemeinsam zu Abend, und gegen halb neun bin ich weggefahren.«

»Und die Leute in den Geschäften werden Sie wiedererkennen?« Maltravers' Tonfall klang mehrdeutig.

»Bei Debenhams und der Buchhandlung bin ich mir nicht sicher, denn da war es voll. Aber in Timperley erinnern sie sich bestimmt, weil sie mich dort kennen, außerdem habe ich ein Kleid gekauft, das sie für mich ändern.«

»Nun, der Geldautomat und die Quittung von der Kreditkarte decken den Vormittag wohl ab«, bestätigte Maltravers. »Und Lydden behauptet noch immer, Sie mittags in Carwelton Hall getroffen zu haben? Warum?«

»Weiß der Teufel«, antwortete sie. »Ich habe ihm gestern gesagt, daß ich nach Manchester fahre. Ich könnte mir höchstens vorstellen, daß er versucht, mich mit hineinzuziehen. Er kann sehr nachtragend sein. Vielleicht nimmt er an, ich habe keine Beweise dafür, wo ich war.«

»Wie ist er denn in Carwelton Hall hineingekommen?« warf Malcolm ein. Jennifer Carrington sah ihn reumütig an. »Den Schlüssel hat er von mir, weil ich auch einen von seinem Haus besaß. Das war alles ein bißchen albern, ich hatte es schon vergessen. Seinen Schlüssel habe ich verloren.«

Sie rieb die Vorderseite ihrer Beine, als wäre ihr kalt. »Aber da ist noch etwas anderes. Mein Anwalt hat erfahren, daß die Polizei Charles' Bücher in einem Versteck in Duggies Haus fand.«

»Und haben Sie eine Ahnung, wie er dieses kleine Problem erklärt hat?« fragte Maltravers. »Behauptet er, Sie hätten sie dorthin gebracht?«

»Nein, soweit ich weiß, nicht«, entgegnete sie ruhig. »Aber wenn er der Polizei schon erzählt, daß er mich in Carwelton Hall getroffen hat, dann ist er wohl zu jeder verrückten Erklärung fähig ... bis auf eine: Ich kann mir nicht vorstellen, wie er den Safe aufbekommen hat, denn Charles wußte als einziger die Kombination, und es ...«

»Es gab auch ein eingebautes Nötigungssignal.« Sie starrte Maltravers überrascht an, als er den Satz beendete. »Charles erzählte es mir neulich abend nach dem Essen, und ich habe die Polizei darauf hingewiesen.«

»Deshalb haben die mich also danach gefragt. Sie wollten wissen, ob ich die Kombination kenne.«

»Und kennen Sie sie?«

Seine hartnäckigen Fragen fingen an, sie nervös zu machen. Anstatt zu akzeptieren, daß sie nichts davon wußte, ließ er einfach nicht locker.

»Nein, und ich wollte sie auch nicht wissen. Nach ein paar Drinks plaudere ich alles mögliche aus, und ich wußte, wie wichtig Charles diese Bücher waren. Ich hätte es mir nie verziehen, wenn durch meine Schuld etwas passiert wäre. Wir kamen mal darauf, als Stephen Campbell bei uns war und seine Frau danach fragte. Charles sprach über das Alarmsystem und erklärte ihnen, was ich davon hielt. Er sagte, daß jetzt niemand außer ihm die Kombination wüßte. Aber in seinem Büro hatte er sie zusammen mit dem Testament in einer Kassette deponiert, die nur im Todesfall geöffnet werden durfte.«

»Was meinte er damit, daß *jetzt* niemand die Kombination wüßte?« fragte Maltravers.

»Die Familie hatte sie immer gekannt, aber Margaret – seine erste Frau – und die Kinder waren tot. Sonst gab es niemanden.«

»Und schon gar nicht Duggie Lydden«, kommentierte Maltravers. »Wie also ist der Safe geöffnet worden? Campbell hatte vielleicht Zugang zu der Kassette.«

»Stephen?« Jennifer Carrington klang ungläubig. »Selbst wenn das stimmt, hätte er nie hineingesehen. Ich war einmal seine Sekretärin. Er ist grundehrlich.«

Maltravers warf seine Zigarettenkippe ins Feuer. »Da ist noch etwas anderes, das ich nicht verstehe. Wie konnte Duggie wissen, daß Charles gestern nachmittag früher nach Hause kommen würde, wenn er ihn zwingen wollte, den Safe zu öffnen? Wer hat ihm das gesagt?«

»Ich bestimmt nicht.«

»Ich behaupte nicht, daß Sie es waren. Aber wer wußte es sonst?«

Jennifer Carrington hielt einen Augenblick inne. Wen konnte sie noch ins Spiel bringen? »Natürlich seine Sekretärin und andere Leute im Büro. Er könnte es auch jemandem aus seiner Freimaurerloge gesagt haben. Vielleicht gibt es noch mehr.«

»Mich zum Beispiel«, sagte Maltravers trocken, »denn ich habe Charles am Morgen gesehen. Und ich habe ein schwaches Alibi. Allein, ohne Zeugen, hier im Haus gesessen und gelesen, bis Charlotte herkam, nachdem der Mord passiert war. Aber ich war es nicht ... und hätte Charles Duggie davon erzählt?«

»Das könnte sein.« Jennifer Carrington sprach, als ob ihr gerade etwas eingefallen sei. »Er wollte zwar nicht zu der Sitzung gehen, aber er ist selbst auch bei den Freimaurern.«

»Wenn er das erfahren hat, wußte er außerdem, daß das Haus leer sein würde, wenn Charles zurückkam.

Denn Sie haben ihm gesagt, Sie seien in Manchester«, stellte Maltravers nachdenklich fest. »Ja, das kann sein.«

Unvermittelt beschloß er, nichts weiter zu sagen. Er leerte sein Glas und ging dann hinaus, um allen noch etwas einzugießen. Während er in der Küche Malcolms Whisky mit etwas Wasser auffüllte, mußte er sich eingestehen, daß alles an der Frage hing, wie der Safe geöffnet wurde, egal ob Lydden allein vorgegangen oder Jennifer beteiligt gewesen war und ihn jetzt aufs Kreuz legte. Ihre Geschichte mit Campbell und seiner Frau, die gehört hatten, daß einzig und allein Carrington die Kombination kannte, ließ sich leicht überprüfen. Und es war kaum anzunehmen, daß Carrington Lydden die Zahlen genannt hätte.

Maltravers starrte sein Spiegelbild in der dunklen, vorhanglosen Fensterscheibe über dem Waschbecken an. Die Vorstellung des offenen Safes war unwirklich wie ein Zaubertrick, mit eigenen Augen sah man etwas, was nicht möglich war. Wenn es ihm doch nur gelänge, den doppelten Boden, den versteckten Spiegel, den raffinierten Mechanismus in der Schachtel zu finden ... Aber hier ging es nicht um Zauberei, sondern um menschliche Gerissenheit. Als er wieder ins Wohnzimmer trat, bestand Lucinda gerade darauf, daß Jennifer blieb.

»Du fährst jetzt nicht nach Carwelton Hall zurück«, sagte sie entschieden. »Und wir werden dich auch nicht allein in einem Hotel übernachten lassen. Das kannst du dir morgen früh noch einmal überlegen.«

Lucinda überging zwar die schwachen Proteste, aber für Maltravers wirkte ihr Angebot ein wenig reserviert. Während des Essens, in dem Jennifer Carrington lustlos herumstocherte, hielten sie ein Minimum an Konversation aufrecht. Dann ging sie zum Schlafen hinauf ins zweite Gästezimmer, Lucinda gab ihr dort etwas Nachtzeug. Maltravers und Malcolm waren gerade mit dem Abwasch beschäftigt, als Lucinda wieder herunterkam.

»Und was hältst du von der ganzen Sache?« Maltravers fuchtelte suchend mit einem Glas herum, das er eben abgetrocknet hatte und wegstellen wollte.

»Laß es einfach auf dem Tisch stehen«, sagte Lucinda zu ihm. »Na ja, ich würde meinem Mann nie antun, was sie mit Charles gemacht hat, aber manche Frauen wahrscheinlich schon. Ich behalte meine Meinung für mich.«

»Ob sie sich nach dem Alphabet durch das Telefonbuch von Kendal gebumst hat, ist egal«, meinte Maltravers. »Aber hängt sie mit drin in dem Mord an Charles?«

»Glaubst du es denn?«

»Alles, was sie uns über Lydden erzählt hat, ist lächerlich«, antwortete er. »Tatmotiv und -möglichkeit stehen ihm beinahe auf der Stirn geschrieben, aber anstatt mit einem halbwegs anständigen Alibi aufzuwarten, behauptet er, Jennifer Carrington auf Carwelton Hall getroffen zu haben. Und das, nachdem sie ihm anscheinend gesagt hat, sie würde weit weg sein – mehr als hundertzehn Kilometer entfernt, in Manchester, was sie wohl auch beweisen kann. Auf der zehnstufigen Blödheitsskala liegt der bei elf!«

Er hängte das Geschirrtuch über den hölzernen Handtuchhalter an der Küchentür. »Aber sehen wir uns einmal ihre Geschichte an. Gegen halb elf hebt sie das Geld aus dem Bankautomaten ab und geht zu Sherratt & Hughes. Von Deansgate aus ist das nur ein Fußweg von wenigen Minuten, also dauert das Ganze allerhöchstens eine Viertelstunde. Dann fährt sie nach Carwelton Hall zurück und kommt dort ungefähr um zwölf an. Nachdem sie Lydden getroffen hat, wie er sagt, fährt er wieder ab, und sie kann mit dem Auto rechtzeitig in Timperley am anderen Ende von Manchester sein. Das ist möglich, obwohl ...«

Lucinda sah ihn mitleidig an, als sie ihm ins Wort fiel. »Na hervorragend, Gus. Ich kenne Dutzende Frauen, die mitten am Tag ihren Einkauf unterbrechen, um eine Zweihundertfünfzig-Kilometer-Rundreise für eine schnelle Nummer zu machen. Ich habe im Augenblick wirklich gemischte Gefühle, was Jennifer angeht, aber das traue ich ihr nicht zu. Und selbst wenn – was ist damit bewiesen? Duggie kann hinterher immer noch zum Haus zurückgefahren sein.«

»Ja, ich glaube, das muß noch einmal durchdacht werden«, stimmte Maltravers zu. »Aber warum hat er nicht einfach geleugnet, gestern überhaupt in der Nähe von Carwelton Hall gewesen zu sein und das mit irgendeiner Geschichte abgesichert?«

»Es könnte sein, daß wir nicht die einzigen waren, die sein Auto gesehen haben«, stellte Lucinda klar. »Vielleicht gab es noch jemanden. Er weiß davon und vermeidet deshalb das Risiko zu behaupten, er sei gar nicht da gewesen. Und erinnere dich an Jennifers Worte, er wolle sie mit hineinziehen. Wenn es Duggie paßt, kann er das verschleiern. In puncto Gemeinheit liegt er auf deiner Skala bei zwölf.«

»Sie hat recht«, fügte Malcolm hinzu. »Duggie hat sich eine Menge Feinde gemacht, und nicht nur dadurch, daß er es mit den Frauen anderer Männer treibt. Manchmal ist er ein ausgemachter Schweinehund. Aber es bleibt immer noch die Kombination. Woher kannten Jennifer oder Duggie die Zahlen? Oder überhaupt irgendjemand?«

Maltravers schüttelte den Kopf. »Watson, für dieses Problem braucht es drei Schachteln.«

»Sicherlich drei Pfeifen, Holmes«, korrigierte Malcolm.

»Nicht bei mir, ich rauche Zigaretten. Da fällt mir ein, ich habe oben noch ein Buch, das ich zu Ende lesen muß.«

Maltravers sah die Fotokopien der *Feuerhexe von Attwater* lange an, bevor er die Seiten aufschlug. Es war unheimlich. Ein privates Buch über den bedeutendsten literarischen Detektiv und ein erdachtes Geheimnis standen hundert Jahre später im Mittelpunkt eines wirklichen Mordes im selben Haus. Ihm kam der grimmige Gedanke, daß Charles Carrington vielleicht nicht ermordet worden wäre, wenn er die Verpflichtung seiner Familie gegenüber Conan Doyle weniger ernst genommen und das Buch zur Veröffentlichung freigegeben hätte. Außerdem hegte Maltravers Zweifel an Jennifers bombensicherem Alibi für den bewußten Tag. Normalerweise gab es im Leben keine derart passenden Zufälle. Sie hatte ihren intelligenten Mann getäuscht; konnte sie nicht auch ihren Liebhaber getäuscht haben, der offenkundig dumm war?

Er blätterte bis zu der Stelle, an der er unterbrochen worden war, als Charlotte Quinn kam, und ließ sich wieder von der weniger bedrohlichen Literatur fesseln.

Die Bediensteten von Meldred Hall

Nach dem Mittagessen begab ich mich zu Holmes, der das restliche Hauspersonal befragte. Da war zunächst Mrs. Broom, die ebenso wohlgenährte wie leicht erregbare Köchin.

»Es ist die Feuerhexe!« platzte sie heraus, ehe Holmes noch begonnen hatte. »Margaret Seymor ist wiedergekommen!«

»Wieder?« fragte Holmes mit sanfter Stimme. »Hat es denn schon frühere Besuche dieser Erscheinung gegeben?«

»Natürlich, Sir. Jeder, der hier geboren und aufgewachsen ist, kennt den bösen Geist.«

»Überaus interessant«, sagte Holmes und zwinkerte mir heimlich zu. »Dennoch würde ich gern wissen, was Sie an dem Abend gemacht haben, als der Anschlag auf Miss Eleanor verübt wurde.«

»Ich gab gerade dem Wildhüter Bates einen Happen zu essen«, antwortete sie. »Er war auf dem Heimweg wegen Alice McGregor hier vorbeigekommen – ich denke, wir werden bald von ihr hören –, aber sie hatte mich darum gebeten, eine Freundin in Kendal besuchen zu dürfen. Es gab nicht viel zu tun, Mr. Braithwaite war außer Haus, deshalb habe ich sie gehen lassen, nachdem sie mit dem Abwasch fertig war. Bates und ich unterhielten uns in der Küche, als wir hörten, wie ein Pferd in den Stallhof galoppierte. Wir wunderten uns, warum Miss Eleanor das Tier so scharf ritt, aber bevor wir nachsehen konnten, was da nicht stimmte, kam der Stallbursche hereingerannt und sagte, es sei allein zurückgekommen. Mr. Painter und Bates gingen mit dem Jungen los. Ich wartete und war furchtbar durcheinander. Sie brachten sie in die Küche, und ich habe eigenhändig die Wunden in ihrem zerkratzten Gesicht gewaschen. Der Doktor sagte, das war gut so.«

Mrs. Broom verschränkte die Arme, um anzudeuten, daß ihre Geschichte beendet war.

»Wann haben Sie an diesem Tag den Pferdeknecht Johnson das letzte Mal gesehen?« fragte Holmes. Die Köchin runzelte nachdenklich die Stirn.

»Er war zum Mittagessen hier, das bekommt er immer im Haus. Dann habe ich ihn am Nachmittag gesehen, als ich einmal draußen im Hof Luft schnappte. Was danach war, weiß ich nicht mehr.«

Bevor Holmes sie entließ, fragte er, ob Bates an diesem Abend noch einmal im Hause erwartet wurde. Mrs. Broom bestätigte, daß er üblicherweise Bescheid sagte, wenn er seine Arbeiten beendet hatte. Dann bat Holmes darum, die zwei Küchenmädchen hereinzuschicken. Beide waren sehr bekümmert. Alice McGregor bedauerte noch immer, daß sie nicht zugegen gewesen war, als Miss Braithwaite vielleicht ihrer Hilfe bedurft hätte, und ihre Kollegin Janet Hemsdale, ein Mädchen aus der Nachbarschaft, benahm sich beinahe hysterisch.

»Die Leute sagen, der Vogel speit Feuer!« behauptete sie auf der Stelle. »Gott schütze uns vor der Feuerhexe!«

»Wenn Sie die Gegend in der Nähe des Waldes meiden, wird Ihnen nichts geschehen«, beruhigte sie Holmes.

»Wir sind nirgendwo sicher!« widersprach sie. »Auf dem Hause liegt ein Fluch!«

»Das höre ich zum erstenmal. Was ist vorgefallen?«

»Etwas Unheimliches!« Das Mädchen schauderte.

»Alice stürzte neulich beim Laufen und schnitt sich in die Hand. Der Köchin zerbrach in der Küche ein ganzer Tellerstapel. Und der Simpkins ging beim Staubwischen ein Teil von Miss Eleanors Lieblingsporzellan kaputt.«

»Eine Reihe kleiner Haushaltsunfälle ergibt noch keinen Fluch«, sagte Holmes streng. »Solcher Unfug ist von keinerlei Nutzen.«

»Vergeben Sie ihr, Mr. Holmes«, bat Alice McGregor. »Janet regt sich immer so auf.«

»Dann sollten Sie und Ihre Kollegen dafür sorgen, daß sie sich beherrscht. Ihre Aufgabe ist es, sich dem Hausherrn und Miss Eleanor nützlich zu machen und nicht irgendwelchen Dummheiten zu frönen. Das ist alles.«

Die Tür schloß sich, und Holmes seufzte. »Ein gewisses Maß an Besorgnis hier im Haus war natürlich zu erwarten. Aber der kindische Aberglaube dieses Mädchens Hemsdale geht zu weit. Wie es scheint, hat der weibliche Teil des Personals kaum etwas Hilfreiches beizutragen.«

Die Zimmermädchen beider Etagen bestätigten diese Feststellung. Eines von ihnen erklärte in feierlichem Ernst, der große Vogel könne sich unsichtbar machen, und er würde jeden angreifen, der seine Herrin erzürne. Als alle wieder gegangen waren, klang Holmes belustigt und niedergeschlagen zugleich.

»Eine notwendige Übung, aber von geringem Wert«, sagte er.

»Kaum Fortschritte also«, bemerkte ich.

»Meine bisherigen Untersuchungen waren durchaus nicht ergebnislos«, stellte er richtig. »Die Fußspuren am See deuten auf einen Übeltäter aus unserer sterblichen Welt hin, und es gibt auch bestimmte Anhaltspunkte, was seine Taten betrifft.«

Er zählte diese Anhaltspunkte an den Fingern auf. »Erstens: Alle Geschehnisse fanden in der Nähe des Hexenwaldes statt. Zweitens: Sie ereigneten sich stets bei Dunkelheit oder kurz in der Dämmerung. Drittens: Braithwaite und seine Schwester wurden beide von der Frau attackiert, bevor der Vogel erschien. Viertens: Der Vogel zog sich nach relativ kurzer Zeit zurück. Er hat den Hund getötet, seine menschlichen Opfer wurden zwar verletzt, blieben jedoch am Leben. Zwischen den ersten drei Anschlägen verging jeweils ungefähr ein Monat, der vierte folgte dann innerhalb weniger Tage. Teile des Bildes, Watson, im Moment noch unvollständig, aber sie passen zusammen.«

Einen Augenblick lang sah er nachdenklich aus. »Und wir dürfen natürlich den Hilfsbutler nicht außer acht lassen.«

»Adams?« fragte ich überrascht. »Hat er nicht in Liverpool auf einem Schiff angeheuert?«

»Wir können uns fest darauf verlassen, daß Braithwaite die elementaren Fakten richtig ermittelt hat. Adam ist an diesen Anschlägen ebenso unschuldig wie am Verschwinden des Whiskys aus der Karaffe.«

»Woher wollen Sie das wissen?« erkundigte ich mich. »Und wenn er nicht der Täter war, wer dann?«

»Als Hilfsbutler wurde er von Painter ausgebildet, um am Ende dessen leitende Position zu übernehmen. Wir können daraus schließen, daß er durchaus Zugang zum Keller und den dortigen Beständen hatte«, erläuterte Holmes. »Wenn der Mann zum heimlichen Trinken geneigt hätte, wäre er nicht zu einem Diebstahl aus der Karaffe gezwungen gewesen, wo es so offensichtlich war. Ich weiß nicht, wer den Whisky gestohlen hat, aber es gibt keine Indizien dafür, daß er von irgend jemandem getrunken worden ist, der zum Hauspersonal gehört. Die Schlußfolgerungen daraus sind eindeutig und möglicherweise von größter Wichtigkeit.«

Holmes verbrachte eine Stunde in Braithwaites Bibliothek, dann begleitete ich ihn zu dem Häuschen von Johnson, dem Pferdeknecht. Dessen Frau bestätigte, daß er am Abend des Anschlags auf Miss Eleanor gegen sechs Uhr nach Hause gekommen und nach dem Essen in die nahe Gastwirtschaft nach Attwater gegangen war, um wie üblich Cribbage zu spielen.

»Woher stammen Sie und Ihr Mann eigentlich?« fragte Holmes.

»Johnson ist in Whitehaven geboren und aufgewachsen. Nach seinem Unfall fing er im Stall bei Sir Henry an. Dort haben wir uns auch kennengelernt. Ich war Küchenmagd auf Coniston Manor und bin im Dorf groß geworden. Wohlgemerkt«, fügte sie hinzu, »die Großmutter meines Mannes väterlicherseits war aus Kendal, und er hat noch Verwandte in der Stadt. Wir besuchen sie immer an seinem freien Tag im Monat.«

In zwanglosem Gespräch entlockte ihr Holmes noch weitere Einzelheiten über Johnsons Verbindung mit dem Ort, einschließlich der Adresse seines Cousins. Dann erhoben wir uns, um zu gehen. An der Haustür machte ich noch eine Bemerkung über das prächtige Messingfernrohr, das in einem Glaskasten auf dem Tisch stand. »Ein Andenken an die frühere Tätigkeit Ihres Mannes?« äußerte ich.

»Ja, Sir«, sagte Mrs. Johnson. »Die See fehlt ihm

sehr. Er geht damit oft in die Berge auf der anderen Seite des Tals, von wo aus er die Schiffe beobachten kann. Er sagt, daß ...«

Mrs. Johnson wurde von einem heftigen Klopfen an der Haustür unterbrochen. Draußen stand der Stallbursche Henry, und seine Erregung war ihm anzusehen.

»Mr. Holmes, Sir!« keuchte er. »Mein Herr hat mich losgeschickt, um Sie zu suchen. Könnten Sie sofort zum Haus zurückkommen?«

»Was ist geschehen?« verlangte Holmes zu wissen.

»Ich weiß es nicht, Sir, aber der Wildhüter Bates ist eben unerwartet gekommen.«

Die Nachricht aus dem Wald

Wir fanden Braithwaite in seinem Arbeitszimmer. Bei ihm war der Wildhüter, ein stämmiger Mann mit groben Gesichtszügen, der grobe Tweedhosen und gut verarbeitete Stiefel trug. Er hatte einen daumendicken Stock bei sich, wie ihn die Schafhirten in Westmorland benutzen.

»Bates hat dies auf der abgelegenen Seite des Hexenwaldes gefunden«, erklärte Braithwaite und hielt Holmes ein Stück Papier hin. »Er dachte, es könnte wichtig sein.«

Ich schaute Holmes über die Schulter, als er das Blatt untersuchte. Es war zerknittert und ausgeblichen, hatte offenbar einige Zeit im Freien gelegen. Die Ziffern 1, 2, 19, 9, 3 und 8 waren darauf vermerkt.

»Die Ziffern sagen mir nichts, obwohl ich ...«, begann Braithwaite, aber Holmes fiel ihm ins Wort.

»Hervorragend, Bates! Ich freue mich, daß ein Mitglied des Hauspersonals imstande ist, vernünftig zu handeln. Weiß sonst noch jemand von Ihrer Entdekkung?«

»Nein Sir, ich habe das gleich zu Mr. Braithwaite gebracht.«

»Bestens«, meinte Holmes zu ihm. »Man wird Sie zweifellos fragen, warum Sie hierhergekommen sind. Sie sagen nichts, außer daß Sie ein wichtiges Beweisstück gefunden haben und auf meine ausdrückliche Anweisung hin nicht darüber sprechen dürfen. Ist das klar?«

»Sie können sich auf mich verlassen, Sir.« Bates grüßte nach Seemannsart, indem er zwei Finger an die Stirn legte, und ging hinaus.

»Ist es denn wichtig?« fragte Braithwaite.

»Das kann ich vorerst noch nicht sagen«, erwiderte Holmes. »Aber wenn es sich herumspricht, daß Bates etwas angeblich Wichtiges gefunden hat, wird das dem einen oder anderen zu denken geben. Können wir mit seiner Diskretion rechnen?«

»Unbedingt«, sagte Braithwaite überzeugt.

»Gut«, beschloß Holmes. »Dann wollen wir uns die Ziffern mal ansehen. Sie können also nichts damit anfangen?«

»Nicht das geringste«, sagte Braithwaite. »Aber vielleicht handelt es sich um eine Art Code? Wenn damit Buchstaben des Alphabets numeriert worden sind, ergibt das ABSICH ... Beinahe ein Wort, aber was bedeutet das?«

»Nach einem Wort wie ABSICHT könnte alles mögliche folgen«, befand Holmes. »Die Erklärung ist sowieso zu oberflächlich. Nur besonders einfältige Gemüter würden einen derart simplen Code benutzen, den man binnen Sekunden entschlüsseln kann. Aber wir haben es hier nicht mit Tätern niederer Intelligenz zu tun.«

»Dann ist der Code vielleicht komplizierter«, gab ich zu bedenken.

»Möglich.« Holmes studierte den Zettel eingehend und schüttelte dann den Kopf. »Die sieben normalerweise verwendeten Permutationen können wir ausschließen, es sei denn, Sie messen dem Wort ›Ingwer‹ irgendwelche Bedeutung bei, das in einem Fall herauskommt.«

»Dürfte ich es noch mal anschauen?« fragte Braithwaite, und Holmes gab ihm das Blatt zurück. »Könnte es irgendein Spielstand sein? Dann ergibt es logischerweise keinen Sinn, und ...«

»Cribbage!« rief ich triumphierend. »Wir haben doch gerade erfahren, daß unser Pferdeknecht in der Dorfwirtschaft Cribbage zu spielen pflegt. Was meinen Sie, Holmes?«

»Daß es schwierig ist, Zusammenhänge zwischen einem gewöhnlichen Kartenspiel beim Bier und diesen Untaten herzustellen«, entgegnete er. »Ihre Kenntnis des Spiels ist ohnehin unzulänglich, Watson. Einen Stand von neunzehn kann es beim Cribbage nicht geben, und die Punkte werden auf einer Wandtafel notiert, nicht auf einem Zettel.«

Er lächelte, als er meine Enttäuschung sah.

»Ein guter Einfall, doch er trifft, wie ich denke, nicht zu. Aber die Möglichkeit, daß es sich um einen Code handelt, führt zu dem Schluß, daß mehr als eine Person beteiligt sein muß: eine im Haus und eine außerhalb. Zwei Leute, die zusammenarbeiten, würden nicht schriftlich miteinander verkehren.«

»Und warum verständigen Sie sich in verschlüsselter Form?« fragte Braithwaite.

»Die Nachricht könnte im Wald für den anderen hinterlegt worden sein«, sagte Holmes. »Und durch die Verschlüsselung vermag ein Fremder nichts daraus zu entnehmen, wenn er sie findet. Es sei denn, er dechiffriert sie.«

»Wären Sie dazu in der Lage?« fragte Braithwaite.

»Wenn ich genügend Zeit hätte, schon«, antwortete Holmes. »Unser Problem besteht darin, daß die Nachricht nicht mehr als zwei Worte umfassen kann. Daraus läßt sich wenig entnehmen. Aber diese Kürze mag auch ein Indiz der Dringlichkeit sein, womit klar wäre ... Moment mal! Bitte noch einmal die Notiz!«

Braithwaite gab Holmes das Papier, der es erneut fixierte. »Es war ein eitles Unterfangen von mir, nur sieben Kombinationen auszuprobieren. Die achte ergibt ›Kirkby‹. Ergibt das irgendeinen Sinn?«

»Kirkby Lonsdale liegt nur ein paar Kilometer entfernt. An der Grenze von Yorkshire«, sagte Braithwaite.

»Ein Treffpunkt?« überlegte Holmes. »Unser Eintreffen mag die Täter in Sorge versetzt haben. Das Dorf in einiger Entfernung könnte der geeignete Ort für einen Kriegsrat sein. Wir werden uns nach Kirkby Lonsdale begeben, Watson, und feststellen, ob es Berichte über Fremde in dieser Gegend gibt.«

»Wir können kaum an jede Tür klopfen«, wandte ich ein.

»Wenn Sie sich mit jemandem in einem kleinen Dorf treffen wollten, wo würden Sie Ihr Stelldichein abhalten? In der Kirche? In der Gastwirtschaft? Vor einem öffentlichen Gebäude? Die Auswahl ist begrenzt. Morgen brechen wir nach Kirkby auf, und in der Zwischenzeit wird Bates verbreiten, daß er uns etwas nicht näher Bezeichnetes von großer Wichtigkeit übergeben hat. Damit zeigen wir, daß sich das Netz schließt.«

»Sie hoffen, die Täter zu unüberlegten Handlungen verleiten zu können«, bemerkte Braithwaite.

»Genau«, sagte Holmes. »Bis jetzt kennen wir nur den Wegweiser nach Kirkby. Unser Besuch dort muß nicht zwangsläufig die gewünschten Antworten erbringen.«

Am Abend warteten wir vor dem Essen im Arbeitszimmer auf Braithwaite. Holmes war schweigsam und in Gedanken versunken.

»Es paßt mir eigentlich nicht, eine schnellere Gangart einzuschlagen, Watson«, verkündete er plötzlich. »Aber mir bleibt keine Wahl. Haben Sie heute schon die ›Times‹ gelesen?«

»Nur sehr flüchtig.«

»Es gab da einen Bericht über einen Mord in Marseille. Als Braithwaite uns von den rätselhaften Geschehnissen hier berichtete, war ich schon seit längerer Zeit intensiv mit einer ernsten Angelegenheit befaßt, und nur das zeitweilige Abflauen bestimmter Vorgänge erlaubte es mir, mich seinem Fall zu widmen. Aber in den nächsten Tagen muß ich nach London zurück.«

»Läßt sich denn dieser Fall in der verbleibenden Zeit lösen?« fragte ich.

»Ich hoffe es sehr«, erwiderte er. »Es war eine Belastung für mich, diesen Fall zu übernehmen, und ich fürchte, ich bin vielleicht nicht in Bestform. Diese Geschichte ist schrecklich für Braithwaite und dessen Schwester, aber wenn ich bei der anderen Sache versage, wird es schrecklich für die halbe zivilisierte Welt.«

»Dann müssen Sie sofort noch London zurückkehren«, drängte ich ihn. »Ich werde hier weitermachen, so gut ich kann.«

»Und Sie könnten es gewiß sehr gut«, sagte er mit stillem Lächeln. »Aber noch ist das nicht erforderlich. Ich habe gewisse Vorkehrungen getroffen, das heißt, man wird mich sofort holen, falls dies notwendig ist.«

Braithwaites Eintreten hinderte mich daran, ihm weitere Fragen zu stellen, aber seine düstere, schicksalsschwere Stimmung hatte sich auf mich übertragen.

Während des Essens, das Painter mit Unterstützung eines der Mädchen servierte, wandte sich Holmes bedächtig an unseren Gastgeber.

»Watson und ich brauchen morgen zwei Pferde«, sagte er. »Ich muß Nachforschungen anstellen, die mich gewiß zur Lösung führen werden.«

Mir fiel auf, daß über Painters Gesicht ein Anflug von Interesse huschte. Holmes Bitte würde schnell im ganzen Haus bekannt werden.

»Das müßte genügen«, fand Holmes, nachdem die Bediensteten gegangen waren. »Es wird interessant sein zu sehen, wie es wirkt.«

Am nächsten Tag machten wir uns auf den Weg und ritten gegen Mittag über die Teufelsbrücke nach Kirkby Lonsdale hinein. Zum Essen suchten wir die größte Schenke auf, wo Holmes den Wirt in ein Gespräch verwickelte. Dank einiger Fragen meines Freundes über die Angelei wurde der Mann mitteilsamer und unterbrach lediglich, um jeden neuen Gast mit Namen zu begrüßen.

»Sie kennen Ihre Kundschaft gut«, meinte Holmes.

»Nach sechzehn Jahren sollte ich das auch, Sir«, erwiderte der Mann. »Es kommt kaum jemals ein Fremder durch diese Tür. Sie sind die ersten seit Jahresfrist.«

»Bemerkenswert«, sagte Holmes. »Aber wir müssen aufbrechen, Herr Wirt. Vielen Dank für Ihre Gastfreundschaft.«

Nachdem wir gegangen waren, schüttelte Holmes den Kopf. »Das ist ganz sicher nicht der Treffpunkt gewesen. Wir müssen uns trennen. Sie gehen zur Kirche, und ich ziehe anderswo Erkundigungen ein. Es geht darum, ob sich hier in den letzten Tagen ein Mann und eine Frau aufhielten, die den Dorfbewohnern unbekannt waren.«

»Ein Mann und eine Frau. Woher wissen Sie das?«

»Braithwaite und seine Schwester haben jeweils die Frau gesehen, und ich halte es für wahrscheinlich, daß sie einen Mann zum Komplizen hat. Wir treffen uns hier in zwei Stunden wieder.«

Meine Ermittlungen blieben ohne Ergebnis. Ich traf den Küster an, aber er konnte mir nichts sagen. Dann versuchte ich es bei einer älteren Frau – zweifellos die Klatschbase des Dorfes –, deren Haus oberhalb der alten normannischen Kirche stand. Dank der günstigen Lage dieses Gebäudes konnte sich kein Fremder in der Nähe von St. Mary's bewegen, ohne daß sie es bemerkt hätte. Sie tischte mir eine ausführliche Schilderung aller Vorgänge der zurückliegenden Wochen auf, bis ich eine Möglichkeit fand, mich zu empfehlen. In der Hoffnung, daß Holmes mehr Glück beschieden gewesen war, machte ich mich auf den Rückweg, aber meine Zuversicht schwand schon, als ich von weitem sein Gesicht sah.

»Meine Spur war kalt, Watson«, verkündete er grimmig. »Und Sie sehen auch nicht aus, als hätten Sie größeren Erfolg gehabt.«

»Das einzige, was ich erfahren habe, ist, daß am vierzehnten ein Wanderzirkus in der Stadt war«, erwiderte ich. »Ansonsten gibt es keine Hinweise auf irgendwelche Fremden in ...«

Holmes schlug sich mit der Hand an die Stirn. »Was bin ich für ein Dummkopf!«

»Wie meinen Sie das?«

»Ein Gedankengang muß nicht schon deshalb richtig sein, Watson, weil er raffiniert ist«, antwortete er. »Aber das Ausgeklügelte daran schmeichelt unserer Eitelkeit, und wir laufen Gefahr, die Augen vor der Wahrheit zu verschließen, weil die vergleichsweise profan ist. Meine Genialität – wie Sie dies freundlicherweise manchmal nennen – hat mich davon abgehalten, etwas Simples zu berücksichtigen. Wir müssen wieder nach Meldred Hall!«

»Aber ich begreife nicht ...«, begann ich.

»Das ging mir ebenso, Watson«, unterbrach er. »Wenn man die Stecknadel sucht, sollte erst einmal sichergestellt sein, daß es der richtige Heuhaufen ist.«

Wir ritten zurück, und ich konnte mir nicht erklären, warum Holmes plötzlich so zufrieden war. Aber er blieb wortkarg, so daß ich den Knoten nicht selbst zu entwirren vermochte.

Als wir Meldred Hall kurz nach sieben Uhr erreichten, kam uns Johnson entgegengeeilt.

»Mr. Holmes! Sie müssen sofort ins Haus kommen.«

»Was ist geschehen?« wollte Holmes wissen.

»Die Feuerhexe hat wieder zugeschlagen!«

Holmes sprang aus dem Sattel. »Ihr Herr und Miss Eleanor. Gebe Gott, daß ihnen nicht noch mehr zugestoßen ist!«

»Es geht beiden gut, Sir«, versicherte ihm Johnson. »Sie hat eins von den Mädchen angefallen.«

»Was ist denn das schon wieder für ein Unfug?« murmelte Holmes, als wir von den Ställen hinüber zu Braithwaite liefen, der an der vorderen Treppe auf uns wartete.

»Es ist Alice McGregor«, sagte er in Beantwortung von Holmes' fragendem Blick. »Sie wurde am Nachmittag überfallen.«

»Von dem Vogel?«

»Nein, von Mad Meg, einem verwirrten Weib aus dem Dorf. Das Mädchen wird Ihnen alles erzählen.«

Er brachte uns zum Dienstbotenflügel im hinteren Teil des Hauses, wo sich Mrs. Broom um Alice McGregor kümmerte. Unter dem Verband am Kopf des Mädchens sah man die Ausläufer eines Blutergusses. Trotz der Verletzung konnte sie Holmes von dem Vorfall berichten.

»Ich war das Geflügel füttern«, sagte sie. »Als ich wiederkam, stand Mad Meg vor mir und schlug mit ihrem Stock auf mich ein. Im Fallen hörte ich, wie sie sagte, sie sei die Feuerhexe.«

»Was waren ihre genauen Worte?«

Das Mädchen überlegte einen Augenblick. »Die Feuerhexe wird euch alle holen.«

Holmes schaute zu Braithwaite hinüber. »Hat man diese Frau schon dingfest gemacht?«

»Die Polizei war in ihrer Kate in Attwater, aber sie ist nirgends zu finden. Ich habe angeordnet, daß sie so schnell wie möglich hierhergebracht wird.«

»Sehr gut«, sagte Holmes und wandte sich wieder dem Mädchen im Bett zu. »Sie müssen jetzt ruhen. Das war sehr tapfer von Ihnen.«

Unten im Erdgeschoß sprach Holmes noch mit anderen Bediensteten. Niemand hatte Mad Meg an diesem Tag in der Nähe des Hauses gesehen. Doch sonst, so wurde gesagt, käme sie oft und bettelte um Essen oder alte Kleider. Eine Weile unterhielt sich mein Freund danach allein mit Painter.

»Es ist bald geschafft, Watson«, stellte er fest, nachdem wir wieder gemeinsam im Wohnzimmer saßen. »Jetzt warten wir auf die Festnahme von Mad Meg.«

Er wärmte sich die Hände am Kamin. »Ist Ihnen aufgefallen, wie kühl es in den Räumen der Dienstboten war?« Nach dieser Bemerkung sagte er nichts weiter, aber in seinen Augen lag ein Schimmer von Zufriedenheit.

Ungefähr drei Stunden später brachten ein Polizeisergeant und ein Konstabler Mad Meg zum Haus. Es ließ sich gut denken, was ihr Spitzname »verrückte Meg« bedeuten sollte. Die jämmerliche Gestalt war in elendste Lumpen gehüllt, und das strähnige Haar hing ihr ins runzlige Gesicht. Die Augen irrten unruhig in der Küche umher, wo das gesamte Hauspersonal versammelt war. Ihr sabbernder Mund zuckte, und sie murmelte etwas Unverständliches, gleichzeitig spielten die knotigen Hände mit ein paar Wildblumen, die sie irgendwo gepflückt hatte. Soweit ich es medizinisch beurteilen konnte, würden wir gewiß nichts Vernünftiges aus ihr herausbekommen.

»Dies ist also die Feuerhexe«, sagte Holmes nachdenklich. »Was gibt es über sie zu berichten, Sergeant?«

»Eine Schwachsinnige aus dem Ort, Mr. Holmes. Mad Meg hat zeitlebens hier gewohnt. Ihr Verstand ist zurückgeblieben, aber bis jetzt war sie harmlos. Sie zieht umher, brabbelt vor sich hin, spricht zu den Vögeln und dergleichen. Es scheint, als ob sich ihr Geisteszustand verschlechtert hat.«

Er schaute uns vielsagend an. »In Attwater geht das Gerücht um, der Geist von Margaret Seymor sei ihr erschienen und habe seine Kräfte auf sie übertragen.«

»Völlig einleuchtend.« Holmes nickte zustimmend. »Ich würde vorschlagen, daß wir sie ihrem jüngsten Opfer gegenüberstellen.«

»Genau das dachte ich auch, Sir«, erwiderte der Mann begeistert. »Wenn das arme Ding dazu in der Lage ist.«

»Unsere Anwesenheit wird sie überzeugen, daß ihr keine Gefahr droht.«

Alice McGregor wurde von der fürsorglichen Mrs. Broom am Arm in die Küche geführt, und sie wich voller Angst zurück, als sie das schwachsinnige Weib erblickte.

»Fürchten Sie sich nicht«, sagte Holmes. »Ist das die Frau, die Sie angegriffen hat?«

»Ja«, antwortete das Mädchen zaghaft.

Mad Meg warf ihr einen bösen Blick zu und spie sie dann plötzlich an.

»Gott steh mir bei!« schrie Alice und rieb verzweifelt ihr Mieder, auf dem der Speichel gelandet war. »Die Feuerhexe hat mich verflucht!«

»Das reicht!« rief der Sergeant. »Seien Sie unbesorgt, junge Frau, es wird Ihnen nichts geschehen!«

Während Mrs. Broom das schluchzende Mädchen tröstete, zwangen die Polizeibeamten Mad Meg auf die Knie. Holmes ging durch den Raum, blieb einen Augenblick vor ihr stehen und beugte sich dann herunter, um eingehend ihr verhutzeltes Gesicht zu betrachten.

»Tun Sie Ihre Pflicht, Sergeant«, sagte er. »Es ist eine betrübliche Angelegenheit, aber das Gesetz muß entscheiden, ob die geistige Verfassung dieser Frau zu einer Übertretung geführt hat. Auf Meldred Hall braucht sich niemand mehr zu ängstigen.«

»Aber was ist mit dem Vogel?« fragte Braithwaite.

»Der Sergeant hat darauf bereits eine Antwort gegeben«, erwiderte Holmes. »Mad Meg wird nachgesagt, daß sie mit den Vögeln spricht, und wer weiß, welch außergewöhnliche und ungeahnte Macht ihr sonderbarer Geist über sie hat? Hier in der Nachbarschaft gibt es Bussarde, und Jagdvögel kann man abrichten. Nicht wahr, Sergeant?«

»Ganz recht, Sir.« Der Mann schien erfreut. »Mad Meg hatte es immer mit Tieren.«

Als man das erbarmungswürdige Weib abführte, wandte sich Holmes an Braithwaite. »Sehen Sie, es ist nichts Übernatürliches. Nur eine arme Irre, die gemeingefährlich geworden ist. Sie müssen Ihrer Schwester vom Abschluß dieser Angelegenheit berichten. Watson und ich werden auf Sie warten.«

Holmes und ich verließen die Küche und gingen in Braithwaites Arbeitszimmer. Mein Gefährte schloß hinter sich die Tür.

»Aus dieser Frau werden wir auch am Morgen nicht klüger«, stellte er fest. »Aber sie könnte zumindest etwas zugänglicher sein, wenn die Wirkung des Alkohols nachgelassen hat, den ihr Atem so offenkundig verriet. Was für eine wunderbare Farce!«

»Dann ist Mad Meg gar nicht die Täterin?« rief ich.

»Watson, enttäuschen Sie mich nicht«, sagte Holmes unwirsch. »Diese Flunkerei mag die Polizei und ein paar Zweifler im Dorf täuschen, aber Sie werden doch nicht auch darauf hereinfallen!«

»Einiges daran ist doch überzeugend. Wenn man diesen Bussard ausfindig macht ...«

»Es gibt keinen Bussard«, wandte Holmes wegwerfend ein. »Das war nur mein Beitrag zur Irreführung. Trotzdem müssen wir weiter so tun, als ob wir uns von diesem extra ausgelegten Köder in eine falsche Richtung leiten ließen. Nur Braithwaite können wir ins Vertrauen ziehen.«

Ein paar Augenblicke später war unser Gastgeber wieder da. »Mr. Holmes, ich habe mit meiner Schwester gesprochen, aber ich kann mich gegenwärtig keineswegs damit zufriedengeben, daß ...«

»Natürlich können Sie das nicht«, sagte Holmes. »Dieser verzweifelte Versuch, mich von meinem Ziel abzubringen, war eine Beleidigung für jeden Verstand. Das Bild ist jetzt so gut wie vollständig. Noch ein paar Informationen, und ich weiß, wo ich suchen muß. Unterrichten Sie Painter, daß Watson und ich morgen früh nach London abreisen werden, weil unsere Aufgabe hier erfüllt ist.«

»London?« rief Braithwaite. »Wie kann die Antwort dort liegen?«

»Sie ist nicht dort«, antwortete Holmes. »Und wir werden ebensowenig dort sein. Wir verlassen den Zug in Manchester und kehren so bald wie möglich zurück. Können Sie uns ein kleines Gasthaus ein paar Kilometer von hier – westlich übrigens – empfehlen, wo man uns für harmlose Gäste halten würde? Man sollte uns mit falschem Namen nicht erkennen.«

Braithwaite nannte ein geeignetes Haus, und Holmes ließ sich erklären, wie wir dorthin gelangen konnten.

»Das klingt ideal«, sagte er. »Watson, ich muß Sie bitten, die Rolle eines Naturkundlers zu übernehmen, der in den Lake District gekommen ist, um die Frühblüher zu katalogisieren. Braithwaite, Sie hören auf dem Postwege von mir. Ich weiß noch nicht wann, aber Sie müssen jede meiner Instruktionen unbedingt befolgen. Um einen berühmten Sohn dieser Gegend zu zitieren, wir sind vom Abdruck zur Fährte gelangt und werden nun zu Ansitz und Abschuß fortschreiten.«

Er starrte mit einem Ausdruck gespannter Erwartung ins Feuer.

»Aber vielleicht können wir die verbleibende Zeit noch zur Erörterung einiger juristischer Angelegenheiten nutzen. Als ein Kronanwalt Ihrer Majestät müssen Sie mit verschiedenen Fällen befaßt gewesen sein, die mich interessieren.«

Unser Gastgeber sah ziemlich überrascht aus, willigte aber ein, und während des restlichen Abends befragte Holmes Braithwaite über seine Tätigkeit, ohne noch einmal auf die Sache Bezug zu nehmen, derentwegen wir nach Meldred Hall gekommen waren.

Das Ende des großen Vogels

»Das Gerücht ist jetzt unser Verbündeter, Watson.« Holmes gestikulierte vor dem Abteilfenster, als unser Zug am nächsten Morgen in Oxenholme abfuhr. »Die Nachricht von der Festnahme Mad Megs wird sich wie ein Lauffeuer verbreiten, und ebenso unzweifelhaft wird man daraus auf ihre Schuld schließen. Schließlich gibt sich sogar der große Sherlock Holmes damit zufrieden, daß sie die Feuerhexe ist, was für ein Verdacht soll da noch bleiben?»

Ich stellte keine weiteren Fragen. Mein Freund hatte die unerschütterliche Gewohnheit, in Andeutungen zu sprechen, wenn er kurz vor der Lösung eines Mysteriums stand, aber noch keine Beweise für die letzten Einzelheiten besaß.

In der Oxford Street in Manchester kauften wir passende ländliche Bekleidung und begaben uns dann auf den Weg zur nahegelegenen Universität. Dort erhielten wir einige wissenschaftliche Geräte und Nachschlagewerke, um unsere beabsichtigten Rollen glaubhaft zu machen. Holmes erwarb darüber hinaus ein leistungsstarkes Fernglas. Durch unsere Verkleidung unkenntlich, kehrten wir aus der Baumwollstadt wieder nach Norden zurück und stiegen in dem kleinen, aber sauberen und gemütlichen Lyth Valley Inn ab, das am Fuße der Berge westlich von Meldred Hall lag. Unsere Ausstattung mit Bänden über die englische Flora und Kisten für Sammelexemplare schienen den Wirt und seine Frau davon zu überzeugen, daß wir tatsächlich Naturforscher waren. So gingen wir, versehen mit Hinweisen, wo sich seltene Pflanzen finden ließen, am nächsten Morgen los.

»Hier trennen sich unsere Wege, Watson«, verkündete Holmes, als wir das kleine Dorf hinter uns gelassen und einen Bach erreicht hatten, der mit hellem Klang über Felsbrocken plätscherte. »Sie müssen weitermachen und genügend Exemplare sammeln, um unsere Geschichte überzeugend erscheinen zu lassen. Wir treffen uns heute abend im Gasthof.«

Er durchwatete das flache Wasser und entfernte sich in Richtung der Hügel vor uns. Ich verfolgte seine hochaufgeschossene Gestalt mit den Augen, bis sie nach dem Erklimmen einer Rasenfläche fast nicht mehr zu sehen war, dann widmete ich mich meiner Aufgabe als »Botaniker«. Bis zum Nachmittag hatte ich eine ansehnliche Zahl von Pflanzen gesammelt, und am frühen Abend machte ich mich auf den Rückweg zum Gasthaus. Holmes war noch nicht da, und ich saß in einem warmen und winzigen Nebenzimmer des Schankraumes, als er schließlich eintraf. Er fragte die Wirtin, ob sie ihm etwas zu essen servieren könne, und kam dann mit seinem Bier zu mir auf die Eichenbank am Kamin.

»Die Lady war sehr beeindruckt von Ihren Sammelergebnissen«, meinte er lächelnd. »Sie haben ihr ordentlich etwas vorgespielt. Ich war ebenfalls erfolgreich, wenngleich es nichts Greifbares zum Vorzeigen gibt. Aber ich habe in den Bergen entdeckt, wonach ich suchte. Außerdem konnte ich einen Weg nach Meldred Hall ausfindig machen, der die Straße nicht berührt.«

»Waren Sie dort? Im Haus?«

»Ich habe es nur von weitem beobachtet«, antwortete er. »Dann ist es mir noch gelungen, vom Postamt eines kleinen Dorfes aus an Braithwaite zu schreiben. Die Falle schnappt zu, Watson, und es gibt kein Entrinnen.«

Am nächsten Morgen gaben wir unser Quartier mit der Begründung auf, näher zur Küste ziehen zu wollen. Statt dessen begaben wir uns weiter hinauf in die Berge. Holmes zeigte mir den Hirtenweg, auf den er am Vortag gestoßen war, und bald standen wir oberhalb des weiten, flachen Tales. In der Ferne konnte man noch undeutlich Meldred Hall erkennen. An einer Stelle blieb Holmes stehen und richtete sein Fernglas auf das Haus.

»Braithwaite hat getan, was er sollte«, bemerkte er, ohne zu erklären, wie er das feststellen konnte.

Wir schritten wieder bis zur Höhe des Weidelandes

hinunter, und im Verlaufe einer weiteren Stunde waren wir um den See bei Lowman's Farm herum bis in den Hexenwald gelaufen. Am Rande einer Lichtung im Unterholz schlugen wir unser Lager auf, um den Proviant zu uns zu nehmen, den wir vor der Abreise im Gasthof gekauft hatten. Am späten Nachmittag hörten wir, daß zwischen den Bäumen jemand näherkam.

»Mr. Holmes?« flüsterte eine Stimme, und Augenblicke später erschien Braithwaite aus dem Gebüsch neben der Lichtung.

»Hier drüben«, rief Holmes gedämpft, und Braithwaite setzte sich hinter dem Schutzschirm aus abgestorbenem Adlerfarn zu uns. »Sie haben meine Anweisung genau befolgt?«

»Ja, obwohl dies unter dem Hauspersonal große Besorgnis ausgelöst hat. Die Leute waren über meine Absicht entsetzt, Meldred Hall zu verkaufen und mehr als die Hälfte von ihnen in so kurzer Frist zu entlassen. Mrs. Broom brach in Tränen aus, und ich fühlte mich im tiefsten Innern versucht, sie mit der Erklärung zu trösten, daß alles nur eine von Ihnen ersonnene List sei.«

»Es freut mich, daß Sie Ihr Mitgefühl gezügelt haben«, sagte Holmes trocken. »Alle müssen absolut überzeugt sein, daß Sie es ernst meinen. Und jeder weiß über Ihre vermeintlichen Absichten Bescheid?«

»Ich habe heute morgen das gesamte Haus- und Stallpersonal in mein Arbeitszimmer bestellt«, antwortete Braithwaite. »Auch der Wildhüter Bates wurde zu dieser Zusammenkunft ins Haus geholt. Nur die Pächter müssen noch informiert werden.«

»Und welche Zeit haben Sie angegeben, zu der Sie

heute abend das Haus verlassen werden, um dies zu tun?«

»Ich sagte zu Painter, daß ich um sieben direkt zu Lowman's Farm und dann zu den anderen gehen würde. Er wird es zweifellos dem restlichen Personal mitgeteilt haben.«

»Und was ist mit Ihrer Schwester?« erkundigte sich Holmes.

»Ich habe gesagt, daß sie von meinem Vorhaben weiß, aber wegen ihres gegenwärtigen Zustands dürfe unter keinen Umständen mit ihr darüber gesprochen werden.«

»Bestens«, meinte Holmes. »Machen Sie sich keine Sorgen darüber, was als nächstes geschieht. Wir sind beide bei Ihnen, auch wenn Sie uns nicht sehen können.«

An diesem Abend herrschte ein scharfer Frost, und ich war froh, daß wir uns in Manchester solide Wollkleidung gekauft hatten, denn es war nicht möglich, ein Feuer anzuzünden. Bei Einbruch der Dämmerung machten wir uns auf den Weg zum Waldrand, wo wir uns ins Gebüsch duckten und aufmerksam in Richtung Meldred Hall schauten. Kurz nach sechs huschte wenige Meter vor unserem Versteck eine Gestalt in der Finsternis vorbei, die ich nicht genauer ausmachen konnte.

»Der Köder ist geschluckt, Watson«, raunte Holmes.

Eine Stunde später vernahmen wir Hufgetrappel, und ein Lichtschein bewegte sich in der Dunkelheit auf und ab. Während wir auf der Lauer lagen, wurden die verschwommenen Umrisse von Braithwaite und seinem Pferd sichtbar. Am Sattel war eine Lampe befestigt, die Mensch und Tier in einen flackernden Schimmer tauchte. Wir krochen hervor und folgten ihm. Meine militärischen Kenntnisse kamen mir sehr zupaß, denn es galt, unendliche Vorsicht walten zu lassen und immer einige hundert Meter hinter ihm zu bleiben. In der Hand trug ich meine alte Dienstpistole. Braithwaite ritt durch den Wald und wieder hinaus bis um den See, der wie ein Spiegel aus kaltem Silber im weißen Mondlicht lag. Es war totenstill, und wir ließen uns noch weiter zurückfallen, weil unsere Deckung spärlicher wurde. Wir verharrten in jedem Strauch, um sicher zu gehen, daß die Luft rein war, bevor ins nächste Versteck gewechselt werden konnte. Plötzlich sahen wir, wie aus dem Unterholz neben dem Reiter vor uns orangefarbene Flammen hervorschossen.

»Schnell, Watson! Wir haben sie!« rief Holmes und rannte los.

Das Feuer erwies sich als lodernde Fackel, welche von einer Person, die im Dunkel nicht zu erkennen war, vor die Augen von Braithwaites Pferd gestoßen wurde. Das Tier wieherte, bäumte sich auf und warf dabei seinen Reiter ab. Im gleichen Augenblick sprang ihn die Gestalt an, Holmes rief eine Warnung, aber da stolperte ich über irgend etwas und riß ihn im Fallen mit mir zu Boden. Während wir uns wieder aufrappelten, schleuderte die Gestalt die Fackel beiseite und stürzte am Seeufer davon. Wir eilten zu Braithwaite, und mir erstarrte das Blut in den Adern, denn ein riesiger Vogel, größer als alles, was ich bisher gesehen hatte, glitt lautlos und schrecklich über das stille Wasser heran und ging über dem reglosen Körper nieder.

»Den Revolver, Watson! Schießen Sie um Himmels willen!« rief Holmes.

Ich legte an, war aber bei der Finsternis und in dem rasenden Durcheinander von schreiendem Mann und kreischendem Vogel zu verwirrt, um einen Schuß zu riskieren. Während ich noch rannte, hörte ich den Ruf einer Eule. Augenblicklich flog der Vogel auf, stand noch kurz über seinem Opfer in der Luft und schwebte dann über den See davon. Im Schwarz der Nacht wirkte er gewaltig und grauenhaft. Deutlich konnte ich sehen, wie sich an seinem Kopf zwei große gebogene Hörner vor dem kalten Mond abzeichneten. In einem Anfall von Wut hob ich die Pistole noch einmal und feuerte auf die abscheuliche Erscheinung. Durch Zufall – in dieser Situation kann von Treffsicherheit wohl keine Rede sein – traf eine Kugel ihr Ziel. Der Vogel stieß einen heiseren Schrei aus, geriet ins Trudeln, fiel in sich zusammen und stürzte wie ein zerbrochener Drachen in das eiskalte Wasser. Von der anderen Seite des Sees erklang ein Schmerzensschrei.

Holmes hockte bereits bei Braithwaite, als ich hinzugerannt kam. An der Seite wies das Gesicht einen fürchterlichen Schnitt auf. Er war tiefer als die Verletzungen von den Vogelkrallen.

»Gott sei Dank, er ist nicht ernsthaft verletzt«, sagte Holmes. »Es war sehr mutig von ihm, sich selbst in Gefahr zu begeben, damit diese Teufelei ans Licht kommt.«

Er schaute hinüber zum See, wo eine große Menge dunkler Federn trieb. Auf der glänzenden Wasserfläche breiteten sich kreisförmige Wellen zum Ufer aus.

»Ein bemerkenswerter Schuß, Watson«, äußerte er. »Diese mißbrauchte und gefährliche Kreatur mußte einfach getötet werden.«

»Reine Glückssache«, sagte ich. »Aber was wird mit ihren menschlichen Komplizen?«

»Sie werden nicht weit kommen. Ich werde mit Braithwaites Pferd zurückreiten und Alarm schlagen. Kümmern Sie sich um ihn, bis ich Hilfe geholt habe.«

»Aber wer sind diese Leute?« fragte ich, während er sich anschickte zu gehen.

»Die sogenannte Alice McGregor und ihr Bruder«, entgegnete er und schwang sich in den Sattel. »Sie haben schreckliche Rache für einen Toten genommen.«

Bruder und Schwester

Holmes kehrte in Begleitung von Painter und dem Pferdeknecht Johnson zurück, und gemeinsam brachten wir Braithwaite ins Haus. Ich behandelte seine Verletzungen, von denen sich nur der Schnitt als tief erwies, der Rest war leichterer Art. Unterdessen erfuhren wir, daß der Farmer Lowman, der durch meine Schüsse aufgeschreckt worden war, Alice McGregor und ihren Bruder dabei ertappt hatte, wie sie zwei seiner Pferde zu stehlen versuchten. Er und seine beiden kräftigen Söhne hatten sie festgesetzt und warteten auf weitere Anweisungen. Holmes befahl, beide an einem sicheren Ort einzusperren und am Morgen nach Meldred Hall zu bringen, wohin auch die Polizei gerufen werden sollte.

Kurz nachdem es hell zu werden begann, schickte man den Stallburschen nach Kendal, um die Beamten zu holen, und Holmes beauftragte Johnson, die Überbleibsel des Vogels aus dem See zu fischen. Er kam zusammen mit Lowman wieder, der sein Gewehr auf die beiden Delinquenten gerichtet hielt. Alice McGregor trug ein paar schäbige Lumpen, und ihr Gesicht war schmutzverschmiert; sie hatte sich mit Hilfe von Theater-Schminke künstlich älter gemacht. Der Bruder, ihr im Alter um einige Jahre voraus, war ein griesgrämig dreinblickender Mensch mit Bart und schmalem, hinterlistigem Gesicht. Er trug ein ausrangiertes Norfolk-Jackett, das früher einem Gentleman gehört haben mochte.

Holmes widmete seine Aufmerksamkeit zuerst dem Vogel, der von Johnson im Garten vor der Küche abgelegt worden war. Der Pferdeknecht hatte auch einen hölzernen Käfig gefunden, er stammte – wie Holmes bereits vermutet hatte – vom Seeufer.

»Ein Steinadler.« Holmes kniete nieder und löste die nasse Lederhaube mit dem Widdergehörn vom Kopf. »Ein edler Vogel, mißbraucht für eine niederträchtige Tat.«

Wir begaben uns wieder ins Haus, wo Braithwaite mit seiner Schwester, die unbedingt dabeisein wollte, im Wohnzimmer saß. Holmes wies Lowman an, die Verbrecher hereinzubringen.

»Da haben Sie Ihren Vogel von der Feuerhexe«, sagte er grimmig zu Braithwaite und zeigte ihm die Haube. »Auf den Geruch von Blut abgerichtet durch diesen Mann, der das Ganze gemeinsam mit seiner Schwester geplant hat.«

»Aber Alice McGregor war ...«, begann Braithwaite. Doch Holmes hob die Hand und unterbrach ihn.

»Nicht Alice McGregor«, stellte er richtig, »sondern Alice Fleming und ihr Bruder Duncan, verwandt mit dem Mörder Stuart Fleming, der vor vier Jahren in Carlisle hingerichtet wurde, wobei Sie der Vertreter der Anklage waren.«

Er fuhr herum zu dem Pärchen, das mit hängenden Köpfen vor uns stand.

»Wollen Sie dies bestreiten? Dann ist Ihr Schweigen ein Eingeständnis.« Er wandte sich wieder Braithwaite zu. »Als ich neulich abend im Gespräch mit Ihnen von diesem Fall hörte, war das der letzte Mosaikstein. Nach Ihrem Bericht von dem seltsamen Vogel überlegte ich zuerst, ob es nicht irgendeine exotische Spezies sein könnte, deren Federbusch im Dunkeln wie ein Gehörn aussah. Aber die Nachschlagewerke in Ihrer Bibliothek wiesen für die Ornithologie der ganzen Welt nichts Passendes aus, und so konzentrierte ich mich auf andere Möglichkeiten. Der mächtigste Vogel auf den britischen Inseln ist der große Steinadler, er kommt am häufigsten in Schottland vor. Aber selbst das ergab für mich noch keinen Sinn, bis mir dieses Mädchen aus Schottland einfiel, das sich Alice McGregor nannte und vor drei Jahren in Ihre Dienste getreten war. Als Sie mir dann erzählten, daß Fleming aus einer großen Familie stammte, war das Bild komplett.

Diese beiden wollten sich an Ihnen für die Verurteilung ihres Bruders rächen. In der ersten Phase des Planes kamen sie nach Meldred Hall und hörten die Geschichte von der Feuerhexe. Gemeinsam heckten sie dann dieses teuflische Komplott aus. Fleming hier muß im schottischen Hochland einen jungen Adler aus dem Nest genommen und ihn abgerichtet haben, als er heranwuchs. Er sollte alles angreifen, was nach Blut roch, und auf ein Signal hin zurückkommen. Das war der Eulenruf, den Sie hörten, Miss Braithwaite, bevor Ihnen die Sinne schwanden.

Bis zum Abschluß der Dressur konnten sie nichts unternehmen, deshalb blieb die vermeintliche Alice McGregor während dieser Zeit als ordentliches Dienstmädchen bei Ihnen. Schließlich kam Fleming selbst hier in die Gegend. Er schlief irgendwo am Fuß der Berge im Freien. Meine Erkundigungen unter den Gebirgshirten ergaben, daß sie in den letzten Monaten einen Adler gesehen hatten. In den Wald wurde er mit dem Käfig gebracht.

Die Entnahme von Whisky aus Ihrer Karaffe – wofür dem unglücklichen Adams die Schuld zugeschrieben wurde – war ebenfalls das Werk dieser Frau. Abgesehen von der natürlichen Vorliebe des Schotten für dieses Getränk, erwies es sich für ihren Bruder auch draußen in der Kälte des Winters als sehr nützlich.«

Während Holmes sprach, beobachtete ich, wie sich in den Gesichtern der überführten Geschwister zunehmend Zorn und Verbitterung zeigten.

»Vor jedem Angriff des Vogels mußte das Opfer mit Blut in Berührung kommen«, fuhr mein Gefährte fort. »Im Falle Ihres Hundes war irgend etwas ins Gras gelegt worden – vielleicht ein Kaninchen. Er lief dorthin und nahm den Geruch an. Dann ließ Fleming den Vogel los, und der tötete den Hund als eigentliches Opfer. Bei anderer Gelegenheit schlug vorher immer Alice zu, damit Blut auf die Gesichter kam. In Ihrem Fall, Braithwaite, verfuhr sie wie die legendäre Feuerhexe in der Zelle. Das Blut in Ihrem Mund stammte aus jener selbst beigebrachten Schnittwunde an der Hand, von der es hieß, sie sei das Ergebnis eines Sturzes. Und Ihre Schwester attakkierte sie mit einem Dornenzweig.«

Braithwaite sah die beiden voller Abscheu an.

»Aber warum haben sie den Vogel zurückgerufen?« fragte er. »Sie hätten uns doch beide von ihm töten lassen können.«

»Ich nehme nicht für mich in Anspruch, ihre Gedanken vollkommen zu durchschauen«, antwortete Holmes. »Die menschliche Seele hat viele dunkle Seiten, die nur der einzelne selbst versteht. Wer imstande ist, ein solches Verbrechen zu planen und auszuführen, wird auch sonst nicht nach den Regeln der Vernunft handeln.«

Eleanor Braithwaite beugte sich in ihrem Sessel nach vorn.

»Alice, sehen Sie mich an«, sagte sie leise. Die Frau hob düster den Blick. »Sie haben in diesem Hause nur Freundlichkeit erfahren. Wie konnten Sie uns so etwas Schreckliches antun?«

Das Gesicht des Dienstmädchens glühte vor Haß.

»Wo hat dieser Mann im Gerichtssaal Freundlichkeit gezeigt?« schrie sie und zeigte auf Braithwaite. »Unser Bruder wurde damals gehängt, weil er es gesagt hat. Er kannte kein Erbarmen, und wir werden ihm das nie verzeihen!«

»Er hat seiner gesetzlichen Pflicht als Anwalt der Krone genügt«, sagte Holmes streng. »Ihr Bruder war des Mordes an einem wehrlosen Mann überführt worden, der ihn wegen eines Diebstahls verfolgte, und er hatte sein Schicksal verdient. Darüber können Sie sich nicht hinwegsetzen.«

»Die Liebe setzt sich darüber hinweg«, entgegnete die Frau trotzig. »Und wir haben unseren Bruder geliebt.«

»Auch ich liebe meinen Bruder«, erwiderte Eleanor Braithwaite entschlossen. »Aber wenn er sich eines gemeinen Verbrechens schuldig gemacht hätte, müßte ich ihn dafür verurteilen.«

»Dann möge Ihnen der Himmel vergeben, daß Sie so herzlos ...«

»Genug!« schrie Holmes. »Nach Ihrer Untat werden Sie diese Dame nicht noch in meiner Gegenwart beleidigen. Übergeben Sie die beiden der Polizei, Lowman.« Er beobachtete, wie die Geschwister den Raum verließen, und wandte sich an Eleanor Braithwaite. »Ich war ein wenig betroffen, Sie heute morgen hier zu sehen. Sie hätten sich dem Anblick dieser Kreaturen nicht aussetzen müssen.«

»Ich verstehe sie nicht«, sagte sie und schüttelte den Kopf. »Von was für einer Liebe spricht sie?«

Holmes zuckte die Schultern. »Das gehört zu den Emotionen, die ich nicht nachvollziehen kann, obwohl sich mir mehr als einmal Gelegenheit bot, ihre Wirkung zu studieren. Meine Schlußfolgerung ist, daß Liebe ebensooft zerstört, wie sie bereichert. Im vorliegenden Falle können wir nur vermuten, daß die Empfindungen der beiden für ihren Bruder den Wunsch geweckt haben, das eigene Leid auf Sie hier zu übertragen – vielleicht nicht durch Mord und Totschlag, sondern durch allmählichen Wahnsinn.«

Auf Holmes' grimmigem Gesicht zeigte sich plötzlich ein Lächeln.

»Doch nun ist es vorbei, und Sie können dem Personal mitteilen, Braithwaite, daß Sie hier wohnen bleiben und alle behalten werden.«

»Es wird sie sehr freuen, dies zu hören«, erwiderte er bewegt. »Aber warum baten Sie mich, so zu tun, als wolle ich ausziehen?«

»Ich spekulierte darauf, daß Alice McGregor und ihr Bruder einen letzten – möglicherweise tödlichen – Anschlag unternehmen würden, wenn sie hörte, daß sie entlassen werden sollte. Meine Anordnung, allen nach Bekanntgabe dieser Neuigkeit einen Tag frei zu geben, erfolgte, damit sie genügend Zeit zur Verständigung mit ihrem Bruder und für die Vorbereitungen hatte. Sie mußten dan nur noch beiläufig erwähnen, daß Sie am Abend zu Lowman's Farm reiten würden, und die Falle konnte zuschnappen. Ich war überzeugt, Watsons und meine Gegenwart würden Ihre Sicherheit gewährleisten. Es ist höchst bedauerlich, daß wir Sie nicht vor dem Angriff des Vogels eingeholt haben.«

»Im Vergleich zu meiner Erleichterung sind die erlittenen Schmerzen unbedeutend«, versicherte ihm Braithwaite. »Wenn Sie uns bitte entschuldigen würden, ich möchte das Hauspersonal zusammenrufen.«

Eleanor Braithwaite verließ den Raum gemeinsam mit ihrem Bruder, und kurze Zeit später hörten wir Jubelrufe aus dem Arbeitszimmer.

»Und der Pferdeknecht Johnson hatte gar nichts damit zu tun«, bemerkte ich.

»Ebensowenig wie die arme Mad Meg«, fügte Holmes hinzu. »Sie haben diesen Überfall nur vorgetäuscht: Fleming muß seine eigene Schwester geschlagen haben, um den Verdacht abzulenken, nachdem ich verkündet hatte, daß ich der Lösung nahe sei.«

»Und der von Bates gefundene Zettel war unwichtig«, äußerte ich.

»Im Gegenteil, er war von entscheidender Bedeutung«, sagte Holmes, »wenn mich auch meine eigene Findigkeit mit der Vermutung, es handele sich um einen Code, in die Irre geführt hat. Zufällig ergaben die Zahlen das Wort ›Kirkby‹, und ich war sofort überzeugt, daß dies die richtige Spur sei. Erst als Sie mir von einem Wanderzirkus berichteten, der am vierzehnten des Monats in der

Stadt gastiert hatte, erkannte ich, daß es einfach Datumsangaben waren. Wie mir Painter später erklärte, sind es die freien Tage von Alice Fleming für die Monate seit letztem Oktober. Ich wußte, daß Braithwaite üblicherweise seinen Leuten einmal im Monat frei gab, denn Mrs. Johnson erwähnte, daß sie und ihr Mann an einem Tag die Verwandten in Kendal besuchen. Alice muß ihre freien Tage dem Bruder aufgeschrieben haben, der den Zettel versehentlich im Wald verlor.

Denken Sie auch daran, was uns Mrs. Broom erzählte. An dem Nachmittag, als Eleanor Braithwaite überfallen wurde, hatte Alice um Freistellung außer der Reihe gebeten. Natürlich besuchte sie keine Freunde, sondern sie beging den Überfall auf Miss Braithwaite.«

»Aber wie hat sie sich darüber mit ihrem Bruder verständigt?« fragte ich. »Er muß doch angenommen haben, daß sie vor ihrem nächsten freien Tag nicht würde kommen können.«

»Wie Sie wissen, liegt ihr Zimmer auf der Rückseite des Hauses«, antwortete Holmes. »Als wir sie dort nach dem vermeintlichen Angriff von Mad Meg aufsuchten – natürlich auch ein Anlaß, bei dem sie unerwartet ihren Bruder rufen mußte –, haben Sie vielleicht wahrgenommen, daß es in dem Raum auffallend kalt war. Ich machte später Ihnen gegenüber noch eine Bemerkung zu diesem Umstand. Wie schon bei früheren Gelegenheiten, hatte sie das Fenster fast den ganzen Tag weit offengelassen, ein deutliches Signal für jemanden, der von den Bergen aus mit einem Fernrohr herüberschaut, so wie Johnson in entgegengesetzter Richtung vorbeifahrende Schiffe zu beobachten pflegt.

Sie werden sich erinnern, Watson, daß ich auf unserem Wege hierher einmal stehenblieb und Meldred Hall durch das Fernrohr betrachtete. Wie ich vermutet hatte, stand das Fenster ihres Zimmers wieder offen, und ich wußte, daß meine Anweisung von Braithwaite ausgeführt und von Alice Fleming geglaubt worden war.«

Braithwaite und seine Schwester luden uns ein, auf Meldred Hall zu bleiben, solange wir wünschten, aber Holmes beharrte darauf, sofort nach London zurückkehren zu müssen.

»Dieser Fall hat dazu geführt, daß ich andere dringende Dinge nicht weiter verfolgen konnte«, teilte er ihnen mit. »Während meiner Abwesenheit wird ein mir bekannter Professor nicht untätig geblieben sein.«

Er sagte dies leichthin, doch jetzt, da ich meinen engsten Freund und einen der bemerkenswertesten Männer betrauere, die England je hervorgebracht hat, muß ich mir immer wieder vorwerfen, die Gefahr, der er sich aussetzte, nicht ernst genug genommen zu haben. Am vierundzwanzigsten des folgenden Monats bat er mich, ihn bei jener verhängnisvollen Reise auf das Festland zu begleiten. Das Geheimnis der *Feuerhexe von Attwater* war das letzte von ihm aufgeklärte Verbrechen vor dem abschließenden, tödlichen Treffen mit Moriarty an den Reichenbach-Fällen.

Achtes Kapitel

Es war halb zwei, Maltravers hatte das Licht ausgeschaltet und lag in der Dunkelheit. Allmählich schwand die Spannung der *Feuerhexe von Attwater* und machte wieder der leidvollen Wirklichkeit des Mordes an Charles Carrington Platz. Angesichts eines solchen Falles hätte Holmes irgend etwas Unergründliches über ein anscheinend belangloses Beweisstück geäußert, um später zu demonstrieren, wie sich damit alles löste: *»Darf ich Ihre Aufmerksamkeit auf den seltsamen Umstand lenken, daß ...«* Maltravers sagte sich, daß die Phantasie mit ihm durchging, und schlief ein.

Am Morgen kam er im Halbschlaf und noch nicht ganz bei klarem Bewußtsein auf eine Idee. Er starrte zur Schlafzimmerdecke und versuchte, sie wie die Bruchstücke eines Traumes genauer zu umreißen. Dann richtete er sich abrupt auf, griff nach dem Manuskript und blätterte hastig darin. Augenblicke später ließ er die Blätter sinken und lächelte.

Kann es wirklich so gewesen sein? Wenn ja, dann vielen Dank, Sherlock ... Er sprang aus dem Bett, warf den Morgenmantel über und eilte hinunter in die Küche, wo Lucinda das Frühstück zubereitete und Malcolm die Post öffnete.

»Wo ist Jennifer?« fragte Maltravers.

»Sie wird gleich herunterkommen«, antwortete Lucinda. »Was regt dich so auf?«

Maltravers hielt *Die Feuerhexe von Attwater* hoch. »Ich glaube, ich kenne den Code für den Safe!« Er drehte sich zu Malcolm um, der ihn mit einem halbgeöffneten Briefumschlag in der Hand staunend ansah. »Hast du das mal gelesen?«

»Nein, ich wollte es tun, wenn du damit fertig bist. Warum?«

»Schau her.« Maltravers legte die Fotokopien auf den Tisch, und Jennifer Carrington betrat den Raum. »Gut, dann muß ich es nicht zweimal erklären.«

Er deutete auf einen Abschnitt. »Eines der Indizien, die Holmes hier verfolgt, hat mit Ziffern zu tun. Es kommen insgesamt sechs vor, aber ist es nicht möglich, daß Charles die ersten vier für die Safe-Kombination verwendet hat? Irgend etwas mußte er ja nehmen.«

Sie betrachteten die Passage, auf die er zeigte.

»Wenn das stimmt, hieße das ...« Malcolm brach ab und versuchte, es sich selbst klarzumachen.

»Es hieße, daß nur jemand, der das Buch gelesen hat, in der Lage war, diese Zahlen auszuprobieren.« Maltravers wartete, damit sie ihm folgen konnten.

»Ich verstehe nicht. Ist das wichtig?« Jennifer Carrington wirkte verwirrt.

»Es könnte entscheidend sein«, meinte Maltravers zu ihr. »Falls ich recht habe, wäre das ein sehr schwerwiegender Beweis gegen Duggie Lydden. An dem Abend, als mir Charles das Buch zeigte, bestätigte Lydden, daß er es auch gelesen habe. Dies bedeutet, er könnte die Kombination erraten und ausprobiert haben.«

»Was sollen wir tun?« fragte Jennifer und schaute weiter auf die Ziffern, als sei sie außerstande, deren Bedeutung zu erfassen.

»Ich dachte erst daran, nach Carwelton Hall zu fahren und sie selbst auszuprobieren«, sagte Maltravers. »Aber wenn ich mich geirrt haben sollte, geht der Alarm los, jemand ruft die Polizei, und die wird ungemütlich. So verlockend es wäre, ich glaube, ich gehe lieber gleich damit zur Polizei.«

»Kann ich mitkommen?«

»Ich brauche noch fünf Minuten zum Anziehen.«

Auf dem Polizeirevier in Kendal geleitete man sie gleich zu Moore, nachdem Maltravers ihr Anliegen erklärt hatte. Der Sergeant hörte aufmerksam zu und bat dann darum, die Fotokopien selbst überprüfen zu dürfen.

»Wie sind Sie darauf gekommen?« fragte er.

»Sie sehen ein Genie vor sich«, erwiderte Maltravers. »Aber es kann auch sein, daß ich mich als kompletter Idiot erweise, wenn Sie es auf einen Versuch ankommen lassen.«

»Einen Versuch ist es allemal wert.« Moore sah ihn an und lächelte. »Könnte mir denken, daß Sie gern zusehen würden.«

»Sehr gern sogar.« Maltravers hatte alles noch einmal überdacht und war entschlossen, unbedingt dabeizusein, wenn die Polizei die Zahlen eingab; er wollte Jennifer Carringtons Reaktion sehen. Moore fuhr mit seinem eigenen Wagen hinter ihnen nach Carwelton Hall.

»Ich habe bei der Safe-Firma Bescheid gesagt, daß sie in der nächsten halben Stunde jeden Alarm von hier ignorieren sollen«, sagte Moore und sah in der Bibliothek noch einmal die Fotokopien durch. »Wir wollen keine unnötige Aufregung. Also, die ersten vier Zahlen!«

Er griff nach dem Einstellknopf und begann ihn zu drehen. »Eins ... zwei ... neunzehn ... und neun.«

Es war zu hören, wie der Schließmechanismus einrastete, dann drückte Moore den Griff herunter und zog die Tür auf. Jennifer Carrington streckte die Hand aus und berührte sie ungläubig. Maltravers hatte sich so hingestellt, daß er sehen konnte, wie ein Ausdruck des Triumphes über ihr Gesicht huschte und wieder verschwand. Wieso Triumph?

»Glückwunsch, Mr. Maltravers«, sagte Moore anerkennend. »Erst weisen Sie uns auf das Problem hin, dann lösen Sie es. Wir brauchen natürlich noch Ihre Aussage dazu.«

»Ich habe das erwartet.« Maltravers beobachtete noch immer Jennifer, doch deren Miene war jetzt reglos. »Aber es ergeben sich daraus wieder mehrere Möglichkeiten. Ich weiß, daß Duggie Lydden dieses Buch gelesen hat, nur trifft das auch auf andere zu.«

»Davon habe ich gehört. Wissen Sie, wer noch, Mrs. Carrington?«

»Bitte?« Moores Frage schien sie aufgeschreckt zu haben. »Ich bin nicht ganz sicher. Stephen Campbell und Dr. Bryant und ein paar andere, aber ich kenne nicht alle beim Namen.«

»Ich kann Ihnen noch einen nennen«, sagte Maltravers. »Alan Morris, der Vikar von Attwater. Er hat es mir erzählt.«

»Alan?« Jennifer Carrington schüttelte abweisend den Kopf. »Der ist doch wie Stephen und Dr. Bryant. Kein Mensch würde ihm so etwas zutrauen. Der springende Punkt ist bestimmt Duggie Lydden.«

»Wir brauchen jeden, an den Sie sich erinnern können«, erklärte ihr Moore. »Damit wir wissen, wer ausscheidet. Könnten Sie bitte beide mit mir zurück zum Revier fahren?«

Er schloß den Safe, und sie gingen wieder zu den Autos. Während sie auf der Hauptstraße nach Kendal fuhren, warf Jennifer einen kurzen Blick zu der schmalen Abzweigung nach Attwater.

»Er kann doch nicht im Ernst Leute wie Alan Morris meinen, nicht wahr? Oder Stephen. Das ist lächerlich.«

»In dem Netz zappeln außer Lydden noch andere Fische«, sagte Maltravers. »Sie alle müssen überprüft werden.«

Keiner von beiden wußte zu diesem Zeitpunkt, daß sich der Verdacht gegen Lydden erhärtet hatte. Den ganzen Freitag über waren Polizisten mit seinem Haus befaßt gewesen, das inmitten einer noch nicht fertiggestellten Siedlung am Stadtrand von Kendal lag. Sie hatten unter losen Dielenbrettern und zwischen den Sparren auf dem Boden gesucht, sich im Garten nach frisch gegrabener Erde umgesehen, die Garage kopfgestellt und sogar das Wasser aus dem Tank unter dem Dach abgelassen, nur gefunden hatten sie nichts. Danach kamen Männer mit Hunden, um den Rest des Geländes zu durchkämmen.

Am späten Nachmittag begann eines der Tiere aufgeregt an dem noch im Bau befindlichen Fußboden eines Hauses zu schnuppern, das knapp zweihundert Meter von Lyddens Grundstück entfernt stand. Im Liegen konnte der Hundeführer mit ausgestrecktem Arm darunter etwas Bewegliches ertasten. Man entfernte mehrere Bohlen und entdeckte eine doppelläufige Flinte, deren Schaft auf einem Messingschild die gravierten Initialen D K L trug. Lydden identifizierte die Waffe als sein Eigentum. Weil es mehrere Beweise für Jennifer Carringtons Behauptung gab, sie sei den ganzen Tag in Manchester gewesen, hatte Lambert ihre Freilassung angeordnet und die Genehmigung beantragt, Lydden für weitere zwölf Stunden festhalten zu dürfen. Wenn die ersten vierundzwanzig abgelaufen waren, würde das bis ein Uhr am Samstagnachmittag reichen.

Die gerichtsmedizinische Untersuchung ergab, daß Charles Carrington mit dem versteckten Gewehr getötet worden war. Lyddens Fingerabdrücke befanden sich als einzige auf der Waffe, aber er leugnete weiterhin, den Mord begangen zu haben, ebensowenig wisse er, wie die Flinte dorthin gelangt sei, wo die Polizei sie gefunden hatte. Das Hauptproblem, mit dem sich Lambert und sein Team herumschlug, war die Safe-Kombination, und nun servierte ihnen Maltravers die Lösung auf dem Silbertablett. Nachdem ihm Moore Bericht erstattet hatte, ging Lambert hinüber, um selbst mit Maltravers und Jennifer Carrington zu sprechen. Er bombardierte sie mit einer Ladung scharfer Fragen, und dann sah Maltravers, wie er mit zufriedener Miene den Raum verließ. Sein massiger Körper paßte gerade noch durch die Tür.

»Normalerweise verschwende ich meine Zeit nicht mit Amateuren«, stellte Lambert fest, als er wieder bei Moore war. »Die sind ungefähr so hilfreich wie ein Migräneanfall. Aber dieser Maltravers hat bedeutend mehr Grips als die gewöhnlichen Londoner. Ich glaube, er hat uns gerade das geliefert, was wir brauchen.«

»Wollen wir Anklage gegen Lydden erheben? Das müßte doch reichen.«

Lambert rieb sich den Mund und schob dabei seine wulstigen Lippen zu einer Grimasse zusammen.

»Noch nicht«, sagte er bedächtig. »Ich werde beim Sonderschiedsgericht den Antrag auf Haftverlängerung für weitere sechzig Stunden stellen. Dadurch gewinnen wir Zeit, um mit allen anderen zu sprechen, die das Buch noch gelesen haben. Inzwischen lassen wir Lydden schmoren. Aber falls noch etwas Unvorhergesehenes passiert, können wir ihn wohl am Montag zum ordentlichen Gericht schleppen, damit er angeklagt werden kann. Schreiben Sie sich die Namen aus ihrer Aussage ab und nehmen Sie sich die Leute mal vor.«

Lamberts Gesicht legte sich in zufriedene Falten, und Moore ging hinaus. Seine leisen Zweifel an Lyddens Schuld wegen dessen wiederholten und empörten Leugnens schwanden zusehends. Es hatte sich keinerlei Bestätigung für seine Version vom Tag des Mordes ergeben, sondern im Gegenteil ein Haufen Indizien für seine Täterschaft. Zugegeben, Maltravers' Erklärung der Safe-Kombination bedeutete, daß auch andere davon gewußt haben konnten – aber denen gehörte nicht die Mordwaffe, und das Diebesgut war nicht in ihrem Haus gefunden worden. Lambert rief den Gerichtssekretär in Kendal an und kam um einen Sitzungstermin ein, damit er den Verdächtigen in Gewahrsam behalten konnte. Er fand die letzten Ermittlungen zwar akademisch, aber die Polizei mußte nun einmal die Form wahren.

»Sehet den genialsten Detektiv aller Zeiten!« Maltravers grinste Malcolm und Lucinda von der Küchentreppe aus an. Er drehte den Kopf nach beiden Seiten und beugte ihn dann herunter, um ihnen die Oberseite zu zeigen. »Frontansicht, im Profil und von oben.«

»Soll heißen, die Kombination war richtig«, stellte Malcolm trocken fest.

»O Ihr Kleingläubigen.« Maltravers ging hinüber zu den Müsli-Schachteln, die noch auf dem Tisch standen. Sein Frühstück war bereits abgeräumt, Malcolm und Lucinda hatten schon gegessen. »Es war eine brillante Auflösung, ausgeführt in der Bibliothek, ganz nach Tradition.«

»Und was meinte die Polizei?« fragte Lucinda.

Maltravers füllte sich eine Schale, dann gab er Milch und braunen Zucker hinzu. »Die Antwort steht vielleicht morgen in der Zeitung. Ich habe den Eindruck, gegen Lydden liegt noch mehr vor, als sie durchblicken lassen. Die Kombination macht die Sache perfekt, allerdings bleibt noch die Frage, wie weit Jennifer mit ihm gemeinsam drinhängt.«

»Hältst du das immer noch für möglich?«

»Ja.« Er kaute nachdenklich. »Irgend etwas an ihrer Reaktion hat nicht gestimmt, als Moore den Safe öffnete. Sie wirkte so zufrieden.«

»Das konnte sie auch sein«, argumentierte Malcolm. »Es war bewiesen, daß ihn Duggie Lydden geöffnet haben konnte, und darin bestand das Problem.«

»Aber es bedeutet auch, daß es ein anderer gewesen sein kann. Jemand, der dieses Buch gelesen hat – und das sind nicht viele. Ich weiß, Lydden ist kein heller Kopf, aber wenn Jennifer mit ihm gemeinsame Sache machen wollte, warum hat er das Ganze nicht einfach auffliegen lassen, als sie ihn hereinlegte? Vielleicht wäre er nicht in der Lage gewesen, alles zu beweisen, aber er könnte ihr das Leben schwermachen. Statt dessen erzählt er diese Geschichte, daß er sich über Mittag mit ihr getroffen habe. Er mag ja blöd sein, aber je mehr ich über all das erfahre, desto stärker bin ich überzeugt, daß dahinter irgendein ganz Schlauer steckt.«

»Jemand wie du natürlich.« Lucinda lächelte. »Wir sind sehr beeindruckt von der Safe-Kombination.«

»Zügelt eure Bewunderung. Mich beschleicht das unangenehme Gefühl, ich könnte etwas übersehen haben.«

Im Wohnzimmer bemerkte Malcolm, daß *Die Feuerhexe von Attwater* noch immer auf der Couch lag, wo sie Maltravers nach seiner Rückkehr hingeworfen hatte.

»Wollte die Polizei das nicht behalten?« fragte er und hob die Blätter auf.

»Sie verfügen über die Bücher, deshalb brauchen sie die Fotokopien nicht. Ich habe Moore erzählt, daß ich damit noch nicht fertig bin. Du wolltest es doch lesen.«

Maltravers setzte sich auf das Chesterfield-Sofa und vertiefte sich in die aktuelle Wochenausgabe des »Cumbrian Chronicle«. Nach ein paar Minuten sah er hinüber zu Malcolm, der zu lesen begonnen hatte. Eine unklare Vermutung ging ihm durch den Kopf, und das seltsamste daran war, daß er immer noch an Sherlock Holmes dachte. Aber als er genauer darüber nachgrübelte, löste sich das Ganze in nichts auf, und er widmete sich wieder seinen Zeitungsstudien des Viehmarktes in Lakeland.

Am Nachmittag erstattete Moore Bericht bei Lambert. »Dieser Zusammenhang zwischen der Safe-Kombination und dem Buch, Sir ... Mrs. Carrington kennt außer Lydden nur fünf Leute, die es gelesen haben. Einer ist Carringtons Teilhaber, ein renommierter Anwalt, der den ganzen Donnerstagnachmittag im Gericht war. Ein anderer Bursche hat die Woche über mit neununddreißig Fieber im Bett gelegen. Bleiben ...« Er blätterte die Seite des Notizbuches um. »Charlotte Quinn, die den Toten gefunden hat, und Reverend Morris aus Attwater. Der fünfte ist ein Mitglied der Conan-Doyle-Gesellschaft, der das Manuskript diese Woche zurückgebracht hat. Er war den ganzen Tag auf einer Versammlung in Norwich. Carrington hat es danach Maltravers gegeben, und der las es zur Tatzeit.«

Lamberts Unterlippe schob sich nach vorn wie ein Stück roher Leber, das vom Teller rutscht.

»Kann mir nicht vorstellen, daß es Mrs. Quinn oder der Vikar waren«, stellte er fest.

»Und Sie?«

»Auch nicht, Sir«, erwiderte Moore. »Mrs. Quinn war seit Jahren mit Carrington befreundet – es heißt sogar, sie hat ihn geliebt. Drover ist gerade bei Morris, aber der sieht auch nicht danach aus. Er ist schon ewig als Vikar in Attwater und hat kein erkennbares Motiv. Und keiner von beiden macht den Eindruck, als ob er plötzlich zum Mörder werden und die Sache gleichzeitig einem Unschuldigen anhängen könnte.«

Lambert grunzte zustimmend. »Bleiben Sie dran. Die Sekretärin hat uns die Namen von Carringtons Freunden und Kollegen gegeben, außerdem haben wir sein privates Adressenverzeichnis. Ein paar davon könnten das Buch gelesen haben. Aber falls wir nicht ganz schnell auf jemanden stoßen, wird unser Mr. Lydden am Montag angeklagt, ganz egal, was für ein Theater er und sein Anwalt auch machen!«

Als Moore sich anschickte zu gehen, hielt ihn Lambert zurück und wühlte dann in den Notizen auf seinem Schreibtisch.

»Moment noch«, sagte er und griff nach einem Zettel. »Was ist mit den Leuten auf der Dinnerparty bei Carrington? Es könnte sein, daß einer von ihnen gesehen hat, wie der Safe geöffnet wurde. Wer war dabei? Lydden, Morris, dieser Knabe Maltravers, Stapelton, der Herausgeber des ›Chronicle‹, und jemand, der Howard heißt.«

»Haut nicht hin«, entgegnete Moore und schüttelte den Kopf. »Maltravers war absolut sicher, daß niemand im Raum etwas sehen konnte. Wir haben es selbst ausprobiert, und wenn alle da standen, wo er sagt, gab es keine Möglichkeit. Jemand hätte während des Öffnens auf Armeslänge hinter Carrington stehen müssen, und das war nicht der Fall. Es scheint, als hätte Maltravers recht damit, daß man die Kombination nur aus dem Buch erraten konnte. Und dies schließt zur damaligen Zeit Stapelton und Maltravers aus sowie Howard, der offenbar gerade erst aus Afrika zurückgekommen war. Es bleiben uns Morris und Lydden. Und wenn wir uns nichts vormachen, bleibt tatsächlich nur Lydden.«

Alan Morris öffnete die Tür und lächelte, als er die Person auf der Treppe erkannte.

»Ian Drover!« rief er aus. »Wir haben uns nicht gesehen, seit ... na, seit langer Zeit. Komm rein, komm rein.«

Der Beamte fühlte sich unbehaglich, als er das Pfarrhaus betrat. »Tut mir leid, Sie behelligen zu müssen, Mr. Morris, aber Sie wissen ja, daß ich jetzt beim Kriminalamt bin und ...«

»Deine Mutter hat es mir gerade erst vor ein paar Wochen erzählt.« Morris führte Drover in sein Arbeitszimmer. »Sie ist sehr stolz auf dich – wie wir alle in Attwater.

Es ist noch gar nicht lange her, da bist du hier zur Bibelstunde gegangen, und ich kann mich noch an deine Konfirmation erinnern, als ob es gestern gewesen wäre. Aber du bist nicht hier, um über vergangene Zeiten zu reden. Was kann ich für dich tun?«

Er setzte sich an den Schreibtisch und lächelte sanft, während Drover, der im Sessel vor ihm saß, immer unglücklicher wirkte.

»Entschuldigen Sie, Herr Pfarrer, aber ich gehöre zu dem Team, das den Mord an Mr. Carrington aufklärt, und als der Sergeant sagte, daß mit Ihnen gesprochen werden soll, habe ich mich angeboten.« Er war unsicher und machte eine Pause. »Tut mir leid, aber es gibt da ein paar Fragen, die ich Ihnen stellen muß.«

Alan Morris beugte sich mit ernstem Gesicht vor. »Fragen, Ian? Worüber?«

»Über den Nachmittag, an dem der Mord passiert ist. Wir überprüfen, wo sich Leute aufgehalten haben. Verzeihen Sie, aber ...«

»Hör auf, dich zu entschuldigen«, sagte Morris streng. »Das ist das vierte Mal, seit du gekommen bist. Du machst hier deine Arbeit, und die Tatsache, daß ich dich dein Leben lang kenne, hat damit nichts zu tun. Du möchtest also wissen, was ich an dem Tag gemacht habe, als Mr. Carrington auf so tragische Weise ums Leben kam. Nun, gleich nach dem Mittagessen bin ich ...«

Nachdem er berichtet hatte, wo er am Donnerstagnachmittag gewesen war, winkte Morris dem davonfahrenden Wagen des Polizisten mit einem Anflug von Erleichterung nach; ein anderer Beamter hätte sich vielleicht weniger umgänglich gezeigt. Zehn Minuten später war er in Carwelton Hall.

»Tut mir leid, daß ich nicht früher kommen konnte«, sagte er, während Jennifer Carrington die Tür freigab, um ihn einzulassen. »Die Polizei ist gerade wegen Donnerstag nachmittag bei mir gewesen.« Er umarmte sie. »Du mußt sehr tapfer sein.«

Neuntes Kapitel

Am Sonntagmorgen fuhr Maltravers nach Attwater, um eine Zeitung zu kaufen. Danach kurvte er durch enge Seitengassen, bis er in der Nähe von Carwelton Hall wieder auf die Hauptstraße stieß. Er parkte vor der Kurve und stellte sich hinter eine Mauer. Von dort starrte er über die hügeligen Felder, die im feuchtlastenden Oktoberdunst kühl, düster und abweisend wirkten. Er versuchte zu erraten, ob der Vogel, den er in einiger Entfernung ausmachen konnte, ein Rabe oder eine Saatkrähe war. In diesem Landstrich gab es einen Aberglauben, demzufolge sich alles immer als das andere erwies, sobald man sich für eines entschieden hatte. Außerdem war er im Erkennen von Vogelarten nicht viel besser als im Unterscheiden von Autotypen. Ein Rabe konnte es nicht sein, denn weit und breit war keine Pallas-Büste zu sehen. Gedankenverloren und beiläufig rezitierte er das Gedicht »Der Rabe« vor sich hin, stockte aber in der zwölften Strophe.

»Reihte wilde Theorien an Theorien«, wiederholte er ärgerlich. »Nein, Phantasien. Oder hieß es ...? Ach Scheiße.«

Er war nicht nur frustriert, weil er sich im ausgeklügelten und unerbittlichen Metrum von Poe verrannt hatte. Seine eigene sprunghafte und launische Vorstellungskraft setzte ihm zu und stichelte, daß er etwas übersehen hatte, was ganz und gar offensichtlich war. Als er verdrossen wieder zum Auto schritt, flog die Dohle quer über die Felder davon.

Im Haus nahm er sich noch einmal *Die Feuerhexe von Attwater* vor. Alles was mit der Safe-Kombination zusammenhing, stimmte – aber das wußte er bereits –, und sonst ließ sich nichts weiter entnehmen. Es war sowieso absurd, sich vorzustellen, daß Conan Doyles Phantasie hundert Jahre später einen richtigen Mord aufhellen könnte. Warum nur glaubte er immer weiter daran? Er legte das Buch hin und begann, die »Sunday Times« zu lesen. Ein Kritiker schrieb über Tess' Stück in Chester und zeigte sich verwundert, daß eine Schauspielerin von ihren Fähigkeiten in so einem zweitklassigen Stück auftrat. Maltravers wußte, daß der betreffende Mann seit Jahren ohne Erfolg versuchte, ein eigenes Stück inszenieren zu lassen, und dachte sich seinen Teil.

»Es ist dir gesagt, Mensch, was gut ist und was der Herr von dir fordert, nämlich Gottes Wort halten und Liebe üben und demütig sein vor deinem Gott.«

Der Pfarrer von Attwater wiederholte die Worte des Frühgebetes aus dem achten Vers des sechsten Kapitels Micha, schloß die Bibel und schaute die Gemeinde einen Augenblick lang mit stummem Ernst an.

»Seit dem schrecklichen Ereignis am Donnerstag in unserem Ort muß ich immer an diese Worte denken«, sagte er. »Ein teurer Freund dieser Kirche – ein lieber Freund von vielen unter uns hier – ist grausam ermordet worden, und in unserer Trauer und Verzweiflung ist es begreiflich, daß wir großen Zorn empfinden gegen jenen, der verantwortlich ist für seinen Tod.« Er richtete sich hoch. »Aber in solchen Augenblicken müssen wir daran denken, daß Gott uns ein um das andere Mal aufgetragen hat, unsere Gefühle zu zügeln. Das Verlangen nach Rache muß dem Entschluß zur Gerechtigkeit weichen. Vergebung und Barmherzigkeit gemahnen uns zur Milde. Anstelle der Überheblichkeit unseres Urteils muß die demütige Einsicht stehen, daß es uns nicht zukommt zu urteilen. Die Liebe muß über den Haß obsiegen, so schwer es auch fallen mag.«

Alan Morris beugte sich nach vorn und legte seine Arme im Talar auf die Einfassung der Kanzel. »Denn wenn uns die Sünde eines anderen abstößt, müssen wir uns darauf besinnen, daß wir alle Sünder sind. Jeder von uns, ich selbst nicht weniger als alle anderen. Und wenn unsere Herzen nicht bereit sind, dem Sündigen zu vergeben, dann wird es uns schlecht ergehen an jenem furchtbaren Tage, da wir Vergebung für uns selbst suchen vor dem allmächtigen Richter.«

Es war eine gleichförmige, altmodische Predigt, voller biblischer Ermahnungen und gehalten von einem Mann, über dessen eigene heimliche Sünden seine Herde entsetzt gewesen wäre. In der vorderen Bank saß Jennifer Carrington. Die anderen Kirchgänger bemühten sich, sie nicht zu unverhohlen zu mustern, während ihr undurchdringlicher Blick nicht von Morris' Gesicht wich.

Lambert sah an diesem Morgen den polizeilichen Abschlußbericht aus Manchester durch. Drei der Verkäuferinnen in Timperley bestätigten, daß Mrs. Carrington am späten Nachmittag gekommen war; eine meinte, es müsse kurz vor fünf gewesen sein, denn sie war schon eine Weile im Geschäft, bevor auf Radio One die Musik wegen der Nachrichten zur vollen Stunde unterbrochen wurde. Den Aussagen des Ehepaares zufolge, das sie am Abend besucht hatte, war sie dort gleich nach sechs eingetroffen und über zwei Stunden geblieben. Lambert zwängte seine rundliche Hand in die Innentasche des Jacketts, holte einen Kugelschreiber hervor und begann, Notizen zu machen.

Carrington hatte sein Büro in Lancaster um Viertel nach drei verlassen; in Carwelton Hall müßte er spätestens eine halbe Stunde danach eingetroffen sein. Charlotte Quinn verständigte die Polizei um sechzehn Uhr fünfundzwanzig, nachdem sie den Toten ungefähr zehn Minuten vorher gefunden hatte. Das hieße – Lambert überschlug mehrere Möglichkeiten –, theoretisch hätte Jennifer Carrington am Vormittag aus Manchester nach Carwelton Hall zurückkehren und sich mit Lydden treffen können, wie er behauptete, um dann auf ihren Mann zu warten und ihn mit Lyddens Gewehr zu töten, das sie vorher gestohlen hatte. Danach konnte sie sich noch davonmachen, bevor Charlotte Quinn kam, und in Timperley sein ... Lambert strich die Zahlen durch. Abgesehen von der Zeit, die sie gebraucht hätte, um das Gewehr zu verstecken und die Bücher in Lyddens Haus zu bringen, wären das hundertdreißig Kilometer in weniger als einer Stunde gewesen. Um das zu schaffen, müßte sie einen Formel-Eins-Rennwagen haben und sich über alle Geschwindigkeitsvorschriften hinwegsetzen. Außerdem hätte sie den Safe öffnen müssen. Von Carringtons Partner Campbell war aber bestätigt worden, daß Carrington in dem Gespräch erklärt hatte, er kenne als einziger die Kombination. Und Maltravers' Aussage zufolge – ebenfalls bekräftigt durch Campbell – hatte sie *Die Feuerhexe von Attwater* nicht gelesen.

Lambert verwarf die Variante als abwegig und wandte sich Drovers Bericht über seinen Besuch bei Alan Morris zu. Der Pfarrer war den ganzen Nachmittag mit Gemeindeangelegenheiten beschäftigt gewesen, und sein Aufenthalt wurde durch mehrere Zeugen im großen und ganzen bestätigt. Wenn die Polizei nicht noch plötzlich Hinweise auf einen anderen Verdächtigen erhielt, der das Buch gelesen hatte, war der Umstand, daß er die Safe-Kombination erraten konnte, ein vernichtender Beweis gegen Duggie Lydden, und es gab davon noch mehr, so hartnäckig er auch leugnete.

Tess Davy war der einzige Fahrgast, der am Sonntagnachmittag um halb fünf in Oxenholme aus dem Zug stieg. Auf dem Bahnsteig stand kein Maltravers, und so trug sie ihre Tasche durch die Unterführung und ging auf der anderen Seite des Gleises durch den Ausgang hinaus. Der kleine Parkplatz war leer, und auf der gegenüberliegenden Seite bot sich ihr nur der trostlose Anblick einer hohen schwarzen Steinmauer. Nach der langweiligen Reise fühlte sie sich erschöpft und gereizt. Das verschwommene Licht einer Straßenlaterne erhellte die einsetzende dunstige Dämmerung und tauchte ihren halblangen dunkelroten Ledermantel und die darunter hervorlugenden hochhackigen schwarzen Stiefel in einen matten Glanz. Das Gesicht, umrahmt von einem kreisrunden Hut aus unechtem Pelz, hätte Raffael als Vorbild einer sehr weltlichen Madonna dienen können. Allerdings wären seine künstlerischen Fähigkeiten mit der Farbmischung für ihre erstaunlich grünen Augen auf das äußerste beansprucht worden. Ein paar Minuten später holte sie ihr Portemonnaie hervor und begann nach Kleingeld für die Telefonzelle am Eingang zu suchen. Im gleichen Augenblick kam Maltravers' Wagen um die Ecke.

»Tut mir leid«, sagte er beim Aussteigen. »Unheimliche Begegnung mit einer streunenden Kuh auf der Landstraße. Ich gebe keinen guten Cowboy ab. Wartest du schon lange?«

»Fünf Minuten von insgesamt drei Stunden«, antwortete sie, als er ihr einen Kuß gab. »Der Zug war eiskalt, und die Warterei auf den Anschluß in Warrington hat die Sache auch nicht angenehmer gemacht.«

»Das ist nicht gerade der Amüsierpark von Westeuropa«, stimmte Maltravers zu. »Aber ich bin mal an einem regnerischen Februarabend in Slough gewesen, und das war wirklich zum In-die-Luft-Sprengen. Na komm, ich bringe dich nach Brook Cottage.«

Tess nahm auf dem Beifahrersitz Platz und zog sorgfältig ihren Mantel hoch, damit er nicht in der Tür eingeklemmt wurde.

»Was ist das für eine Geschichte mit dem Mord hier?« fragte sie, während Maltravers wendete. »In der Zeitung war heute früh eine Notiz, aus der ich wenig entnehmen konnte, außer daß es ziemlich in der Nähe passiert sein muß.«

»Sehr in der Nähe«, bestätigte er. »Und ich habe sogar in gewisser Weise damit zu tun.«

Sie fuhren zurück, Tess hörte ihm zu, und ihr Gesicht nahm einen besorgten Ausdruck an. Als sie in die Auffahrt zum Haus einbogen, war er mit seiner Schilderung fertig.

»Du bist unzufrieden, nicht wahr?« fragte sie.

»Ganz recht, Frau Königin«, erwiderte er. »Du wirst langsam zu gut im Gedankenlesen. Es gibt da etwas ...«

Maltravers ging alles noch einmal von Beginn an durch, und im tiefsten Grunde seiner Seele bohrte erneut der Zweifel. Unvermittelt fühlte er sich niedergeschlagen. Tess sah ihn erschreckt an, als er mit der Faust auf das Lenkrad schlug.

»Herrgott, was ist es nur? Irgendeine dumme Kleinigkeit ergibt keinen Sinn. Ich weiß, daß es sie gibt, aber ich kann sie verdammt noch mal nicht erkennen!«

»Meine Güte, das macht dir ganz schön zu schaffen, was?« Tess klang besorgt. »Ist es so schlimm?«

»Ja, weil ...« Maltravers hielt inne und versuchte, sich etwas klarzumachen. »Weil ich mir auch nicht einreden kann, daß es unwichtig ist, solange ich es nicht gefunden habe.«

»Aber du bist auf die Safe-Kombination gekommen«, argumentierte Tess. »Reicht dir das nicht?«

»Eigentlich sollte es das. Malcolm und Lucinda waren sehr beeindruckt, und die Polizei hält es für bedeutsam. Ich war hier überall der Held des Tages.« Maltravers schaltete den Motor ab, und sie stiegen aus. Er sah sie über das Wagendach hinweg an. »Aber das war, als hätte es nur darauf gewartet, von jemandem entdeckt zu werden.«

»Wie absichtlich zurechtgelegt?« meinte Tess.

Maltravers starrte sie einen Augenblick an und nickte dann. »Ich frage mich, ob es das ist. Im Weibe steckt Weisheit, wie der Dichter sagt.«

»Glaubst du, es ist gar nicht wichtig, die Kombination zu kennen?«

Er schüttelte den Kopf. »Nein, das ist schon wichtig. Aber vielleicht nicht in der Weise, wie wir alle denken.«

Tess wurde begrüßt, dann ging sie nach oben, um sich umzuziehen. Im Schlafzimmer sah sie *Die Feuerhexe von Attwater* und blätterte kurz darin. Daß der Text hier lag, unterstrich Maltravers' Bedenken. Als sie wieder herunterkam, trug sie ein Greenpeace-T-Shirt, Jeans und weiße Ledersandalen. Befreit von dem eng sitzenden Hut, war nun ihr langes, gewelltes Haar sichtbar, das wie Honig im Sonnenlicht schimmerte. Malcolm und Lucinda befanden sich in der Küche, Maltravers saß in dem Kapitänsstuhl und hatte ein Bein über die hölzerne Armlehne gelegt. Er schien in jene Art von Entrücktheit versunken, die ihn normalerweise befiel, wenn er eine neue Idee zum Schreiben ausbrütete.

»Einen Sechser für deine Gedanken«, sagte Tess scherzhaft.

»Sind sie nicht wert«, antwortete er geistesabwesend. »Nicht einmal bei der Inflation.«

»Laß es sein«, forderte sie ihn auf. »Du verrennst dich nur.«

»Ich weiß«, seufzte er und stand auf. »Der Whisky ist schon unterwegs.«

»Dein Problem besteht darin, daß du einen Sherlock-Holmes-Komplex hast«, sagte Tess, als er zum Wandschrank ging und die Flasche herausnahm. »Der ist nicht ...«

»Natürlich!« Maltravers stand wie erstarrt, seine Hand hielt noch immer die halbgeschlossene Tür. »Der Hund hat in der Nacht nicht angeschlagen!«

Tess sah ihn verblüfft an. »Du hast überhaupt nichts von einem Hund gesagt.«

Maltravers wandte sich ihr zu und schüttelte unwirsch den Kopf. »Es ist genau dasselbe Prinzip. Und das heißt ... Moment. Ich muß mir das alles noch mal durch den Kopf gehen lassen.«

Tess beobachtete, wie in seinem Gesicht neue, einander überstürzende Gedanken spielten. Dann lächelte er, ähnlich einem Sonnenstrahl, der durch die Wolken fällt.

»Was ist es?« fragte sie.

»Ich habe gerade die Nadel gefunden«, verkündete er. »Es war immer der falsche Heuhaufen. Genau wie bei Sherlock Holmes.«

»Der falsche Heuhaufen?« wiederholte Tess vorsichtig. »Liebling, wovon redest du?«

»Er spricht über die *Feuerhexe von Attwater.*« Malcolm war aus der Küche hereingekommen und hatte ihre Unterhaltung gehört. »Ich weiß das auch nur, weil ich sie selbst gelesen habe. Aber er wird es uns schon erklären müssen.«

Sie warteten eine Weile, während Maltravers am Barschrank stand und mit seinen Gedanken kämpfte. Dann lächelte er wieder.

»Aber danach *hat* der Hund natürlich in der Nacht gebellt ... als er es gar nicht sollte.« Er sprach mit sich selbst. »Das heißt ... ja, was heißt es?«

Lyddens Anwalt sah man das Unbehagen an, als er Moore in der Polizeistation von Kendal begegnete.

»Die Polizei muß selbstverständlich tun, was sie für richtig hält, aber gibt es denn wirklich ausreichende Gründe, um gegen meinen Klienten Anklage zu erheben?«

»Mr. Lambert ist damit zufrieden«, teilte ihm Moore

mit. »Es liegen massive Beweise gegen ihn vor, und wir haben keine anderen Verdächtigen.«

»Im Augenblick nicht«, korrigierte ihn der Anwalt. »Mein Klient beharrt weiter darauf, daß er unschuldig ist.«

»Dann werden wir abwarten müssen, wie das Gericht entscheidet, nicht wahr?« stellte Moore fest. »Was die Polizei betrifft, so hat sie einen Fall, der zur Verhandlung gebracht werden muß.«

»Er beruht nur auf Indizien, soweit ich sehe. Ich werde die umgehende Freilassung beantragen, und falls dies fehlschlägt, um Festlegung einer Kaution ersuchen.«

»Und die Polizei wird dagegen Widerspruch einlegen.« Moore zuckte die Schultern. »Wir müssen beide unsere Arbeit machen. Wollen wir sehen, wem das Gericht folgt.«

Der Anwalt verließ den Raum und ging wieder in die Zelle. Als er eintrat, sprang Lydden voller Erwartung auf.

»Na?« sagte er ungeduldig. »Haben Sie denen auf die Sprünge geholfen?«

»Man wird Sie morgen dem Gericht vorführen und Anklage wegen Mordes und anderer Straftaten erheben.«

Lydden sah ihn wütend an. »Die Scheißkerle! Herrgott, dafür kriege ich sie dran, wenn diese verdammte Sache vorbei ist! Diesem Lambert werde ich die Karriere versauen. Der soll Staub fressen. Ich werde ...«

»Duggie«, unterbrach ihn der Anwalt warnend. »Alles was ich im Augenblick von Ihnen will, ist ein Beweis – irgendein Beweis –, den ich morgen bei Gericht vorbringen kann. Und halten Sie den Mund, wenn Sie dort auftreten. Sie haben schon genug Schwierigkeiten, ohne daß Sie überall Drohungen ausstoßen.«

Lydden betrachtete ihn angewidert. »Dann können Sie sich verpissen. Sie nützen mir einen Dreck, wenn Sie mich auch für schuldig halten. Und das tun Sie doch, oder?«

»Sie haben mir gesagt, daß Sie es nicht waren, Duggie«, entgegnete der Anwalt. »Ich werde Ihren Fall so gut wie möglich darstellen, aber ich brauche dafür Munition.«

»Was zum Beispiel?«

»Offen gesagt – überhaupt irgendwas«, sagte er lustlos. »Ich glaube nicht, daß die im Augenblick genug haben, um einen absoluten Beweis erbringen zu können. Aber wenn es ihnen gelingt, Zweifel daran zu säen, daß Sie sich am Donnerstag mit Jennifer Carrington in Carwelton Hall getroffen haben – und davon sind die überzeugt –, wird es sehr schwierig. Und daß Sie die Safe-Kombination kennen ...«

»Aber ich kenne sie nicht!« protestierte Lydden. »Ich habe dieses Buch vor langer, langer Zeit gelesen, und Charles hat mir nie erzählt, daß er die Zahlen daraus verwenden würde.«

»Also lassen Sie es mich anders ausdrücken, Duggie. Es hat den Anschein, als ob demjenigen, der den Safe öffnete, die Kombination bekannt war. Und die konnte man dem Buch entnehmen. Die Polizei sagt, daß sie jeden überprüft hat, von dem sie weiß, daß er es gelesen hat, und keiner ist verdächtig. Irgendeine Erklärung dafür?«

Lydden wandte sich ab. Die Erklärung, die er am liebsten herausgeschrien hätte, bestand darin, daß Jennifer

Carrington praktisch dafür gewesen war, die Bücher zu stehlen, vorausgesetzt, es gelang ihnen, den Safe zu öffnen. Aber Lydden hatte nie einen Mord im Schilde geführt. Jetzt verstand er nicht, was geschah, und er schreckte davor zurück, etwas zu gestehen, woraus sich angesichts ihrer Lügen vielleicht noch weitere Beweise gegen ihn konstruieren ließen. Schon ein einziger Zeuge – irgendwer –, der ihn an jenem Nachmittag im Geschäft gesehen hatte, konnte ihn entlasten. Bis der gefunden war, blieb ihm nur, in dem Netz zu zappeln, das man um ihn gesponnen hatte. Er verspürte einen glühenden Haß gegen Jennifer Carrington, als erste Frau war sie zu clever für ihn gewesen, und er begriff nicht, wie sie das angestellt hatte.

Als Maltravers fertig war, blieben Tess, Malcolm und Lucinda stumm. Er schaute sie reihum an. Sie schienen Zweifel zu hegen.

»Na los«, forderte er sie auf. »Ihr müßt nicht applaudieren, aber Geld könnt ihr werfen.«

»Es klingt brillant, Gus«, räumte Malcolm unsicher ein. »Aber du hast einen ganzen Mordplan nur aus einem winzigen Anhaltspunkt entwickelt. Das ist äußerst halsbrecherisch.«

»Schon möglich – hast du eine andere Erklärung?«

»Aber es gibt überall Lücken«, widersprach Lucinda. »Und lauter Fragen, auf die du noch Antworten finden mußt. Wie willst du das anstellen?«

»Ich habe vor über einem Jahr auf einer Party einen gewissen Jack Bradshaw kennengelernt«, erwiderte er. »Früher war er mal Polizist, jetzt betreibt er eine Agentur als Privatdetektiv. Ich habe mich eine ganze Weile mit ihm unterhalten, und er schien sehr gut zu sein. Morgen früh rufe ich ihn an.«

»Aber es könnte sein, daß er überhaupt nichts herausfindet«, wandte Tess ein. »Du stocherst nur mit einer Stange im Nebel herum und hast kaum etwas in der Hand.«

»Ein Versuch kann nicht schaden«, argumentierte Maltravers. »Es stimmt, im Augenblick kann ich nur Vermutungen anstellen, aber wir wollen doch mal sehen, ob Bradshaw irgendwas anbringt, und dann sehen wir weiter.«

»Gus, warum erzählst du nicht einfach alles der Polizei?« fragte Lucinda. »Die können das doch viel leichter überprüfen als du.«

Maltravers schüttelte entschieden den Kopf. »Noch nicht. Ich habe das Gefühl, daß ich vielleicht an etwas dran bin, aber ich kann nicht mit absoluter Sicherheit sagen, ob es ein Mörder ist. Es könnte auch eine andere Erklärung geben. Wenn ich genug weiß und die Sache perfekt ist, werde ich ihnen alles übergeben. Und wenn ich es nicht schaffe, irgendwelche Beweise vorzulegen, kann ich es vergessen.«

»Du wirst dafür eine ganze Zeit brauchen«, stellte Malcolm fest. »Meinst du wirklich, es sei ungefährlich, abzuwarten und der Polizei nichts zu sagen? Wenn du recht hast ...«

»Auf ein paar Tage mehr oder weniger kommt es nicht an«, sagte Maltravers gleichmütig. »Der Mord ist geschehen, und der einzige, der im Augenblick leidet, ist Lydden. Nach allem, was ich über ihn gehört habe, kann er ruhig ein bißchen schwitzen.«

In Carwelton Hall saß Jennifer Carrington vor ihrer Frisierkommode mit dem Glasoberteil. Vor ihr stand eine geöffnete Juwelenkassette aus graviertem Silber. Sie nahm eine Kette mit Rubinen und Smaragden heraus, die von Carringtons erster Frau stammte. Ihre Hand spürte den harten und beruhigenden Schliff, sie hatte die Steine noch nie getragen. Der Wunsch nach dieser Berührung war intensiv, und sie genoß das Gefühl von Wert und Verläßlichkeit, als der Gedanke wieder auf sie einstürzte, daß seit dem Augenblick von Charles' Tod alles schiefgegangen war. Es nützte wenig, wenn man ihr sagte, sie solle sich keine Sorgen machen, solange Duggie bei der Polizei saß. Charlotte Quinn war am Donnerstagnachmittag hier gewesen – weiß der Teufel warum –, und das konnte alles verderben. Jennifer Carringtons Finger schlossen sich fester um die Kette. Erneut sah sie die schreckliche Möglichkeit vor sich, allein und schutzlos dazustehen, die Lügen in sich zusammengebrochen, ihre Schuld offenkundig. Aber sie konnte beweisen, daß noch jemand anders gelogen hatte.

Das Mädchen, das am nächsten Morgen den Anruf entgegennahm, klangt gelangweilt und leicht gereizt, weil sie arbeiten mußte.

»Bradshaw's Ermittlungsagentur.«

»Ist Mr. Bradshaw da?« fragte Maltravers.

»Ja. Wollen Sie ihn sprechen?«

»Nein. Ich verschwende nur Zeit und Geld für ein Ferngespräch, um zu hören, wo er ist.«

»Was machen Sie?«

»Unwichtig, verbinden Sie mich bloß ... Hallo? Gus Maltravers. Wir haben uns letztes Jahr auf Laura Mazurs

Party am Lancaster Gate kennengelernt. Erinnern Sie sich? Genau. Ich habe einen Auftrag für Sie. Wenn ich Ihnen eine Autonummer nenne, können Sie den Namen und die Anschrift des Halters ermitteln?«

»Falls die Zulassungsstelle in Swansea nicht gerade streikt«, erwiderte Bradshaw. »Aber das kostet was.«

»Das ist egal. Und wenn Sie ihn haben, möchte ich noch ein paar mehr Informationen über den Halter. Wie lange würde das dauern?«

»Kommt drauf an, wieviel Sie wissen wollen. Es gibt viele Computer. Seine Kreditwürdigkeit kann ich Ihnen gleich mitgeben, aber wenn Sie seine Lebensgeschichte von der ersten Masernimpfung bis zum Einkommen im jetzigen Job und der Höhe seiner Hypotheken wissen wollen, dauert es länger. Vierundzwanzig Stunden, um ganz sicher zu sein.«

»Das reicht aus, aber verschonen Sie mich mit zu vielen Einzelheiten. Ich will nur wissen, wie lange er schon unter seiner gegenwärtigen Adresse wohnt, wo er vorher war und womit er seinen Lebensunterhalt bestreitet.«

»Wie lautet die Autonummer?« Bradshaw klang enttäuscht darüber, daß der Auftrag keine größeren Anforderungen stellte.

»TVN 345 X«, gab Maltravers durch. »Den Typ weiß ich nicht.«

»Das macht nichts. Wo kann ich Sie erreichen? Verstanden. Ich rufe Sie morgen früh an.«

Lucinda schaute Tess mit hochgezogenen Augenbrauen an, als Maltravers das Gespräch beendet hatte.

»Und dieser Mann behauptet, von Autos keine Ahnung zu haben? Wie um alles in der Welt hast du dir die Nummer gemerkt?

»Reiner Zufall«, antwortete er. »Auf langen Fahrten vertreibe ich mir oft die Zeit mit dem alten Spiel, aus den Buchstaben von Autonummern Wörter zu bilden. Als Regel gilt, daß sie in der gleichen Reihenfolge vorkommen müssen, aber nicht unbedingt hintereinander. Die Kombination ist mir aufgefallen, weil sie so schwierig war, und ihr erinnert euch vielleicht noch, wie ich ›Testamentsvollstreckerin‹ sagte, als wir neulich nacht von Carwelton Hall losfuhren. Die 345 und das X dahinter waren dann einfach und . . .«

Er wurde vom Klingeln des Telefons unterbrochen. Es war Malcolm mit der Nachricht, daß Duggie Lydden an diesem Morgen dem Gericht vorgeführt wurde.

»Sie erheben Anklage gegen ihn.« Maltravers legte auf. »Es kann sich nur um Indizienbeweise handeln, aber die müssen verdammt massiv sein, und sie können nicht riskieren, ihn laufenzulassen. Das Ding ist ganz raffiniert gegen ihn eingefädelt worden.«

Er schaute in die klare Herbstsonne, die durch das Wohnzimmerfenster schien, dann drehte er sich zu Tess um. »Nun gut, ich kann in der Zwischenzeit nichts weiter tun, und es ist ein wunderbarer Tag für eine Fahrt zu den Seen. Außerdem gibt es da einen Laden in Kendal, den ich dir zeigen wollte.«

Als eine halbe Stunde später die Ladenglocke klingelte, wurde Charlotte Quinn von bohrender Unruhe befallen. Sie nahm allen Mut zusammen, um dem neuen Kunden so gleichmütig wie möglich gegenüberzutreten, bis sie sah, daß es Maltravers war, in dessen Begleitung sich eine Frau befand, die sie nicht kannte.

»Hallo«, sagte er. »Ich habe Ihnen versprochen, daß ich noch einmal mit Tess wiederkommen würde.« Charlotte lächelte erleichtert. Wenigstens ihm gegenüber mußte sie ihre Gefühle nicht in eine Zwangsjacke stekken.

»Natürlich, stimmt. Interessieren Sie sich für etwas Bestimmtes?«

»Das möchte ich meinen«, antwortete Tess, während sie sich im Laden umsah. »Ich glaube, ich kann hier meinen halben Weihnachtseinkauf erledigen.«

Sie und Maltravers schlenderten herum, und Charlotte Quinn bediente andere Kunden, aber als sie die von Tess ausgesuchten Dinge bezahlen wollten, war der Laden wieder leer.

»Das macht einhundertvierundfünfzig Pfund vierzig.« Charlotte lächelte flüchtig. »Sagen wir hundertfünfzig.«

»Bei Ihren Preisen auch noch Rabatt?« bemerkte Tess überrascht und reichte ihre Kreditkarte hinüber. »Ich habe schon ein kleines Vermögen gespart. Wissen Sie, wieviel so etwas in London kostet?«

»Das könnte ich hier oben nie verlangen.« Charlotte sah Maltravers an. »Ich stehe ohnehin in Ihrer Schuld. Wie ich den Donnerstagnachmittag ohne Sie hätte überstehen sollen, weiß ich gar nicht.« Ihr Gesicht wurde verbittert. »Es ist nur schade, daß ich Sie nicht schon früher kennengelernt habe und Sie mich auffordern konnten, mit Charles zu sprechen. Wenn ich beizeiten den Mut dazu aufgebracht hätte, wäre es vielleicht nie passiert. Es ist furchtbar. Ich sage mir immerzu ...«

»Dann tun Sie es doch nicht«, fiel ihr Maltravers entschlossen ins Wort. »Es gibt nichts, wofür Sie sich Vorwürfe machen müßten.«

»Doch«, erwiderte sie drastisch. »Sie wissen nicht, wie sehr. Niemand weiß das. Da ist etwas, das ich ... Wissen

Sie, was mir nicht aus dem Kopf geht? Was Sherlock Holmes ziemlich am Ende von Charles' Buch sagt. ›Liebe zerstört ebensooft, wie sie bereichert.‹ Zeilen wie diese erwartet man nicht in einer Detektivgeschichte.«

Während sie sprach, hatte Charlotte Quinn gedankenverloren mit Tess' Kreditkarte in der Hand gespielt; nun griff sie automatisch nach der Maschine für die Quittung. Maltravers und Tess sahen mit Unbehagen, daß ihr Tränen über das Gesicht liefen, während sie die Karte hineinschob und dann die Einkäufe in grüngoldene Quintessence-Tüten steckte. Als sie die beiden wieder ansah, war ihr Blick leer, und sie wirkte erheblich älter.

»Hat mich gefreut, Sie kennenzulernen«, sagte sie zu Tess. »Tut mir leid, daß ich ...« Sie machte eine hilflose Bewegung, um eine Träne wegzuwischen, und verschmierte dabei ihr Make-up.

»Sie müssen sich nicht entschuldigen«, sagte Tess sanft. »Gus hat mir von Ihnen und Charles erzählt. Es gibt dafür keine passenden Worte, nicht wahr?«

»Nein.« Charlotte straffte sich. »Vielen Dank, daß Sie gar nicht erst danach gesucht haben. Die Leute meinen immer, etwas sagen zu müssen, wenn sie einfach den Mund halten sollten. Dies ist mein Problem, und ich werde damit auf meine Art fertig. Auf Wiedersehen.«

Sie verließen das Geschäft. Stricklandgate war erfüllt vom Alltagsbetrieb der Hauptstraße eines Marktstädtchens im Lakeland. Fahrzeuge krochen lärmend den Hügel hinauf, Menschen drängten sich auf dem Bürgersteig, und im Kinderwagen vor einem Supermarkt schrie ein Baby. Der Mord war zwar ein dramatisches Ereignis, aber hier litt niemand darunter. Sie gingen zurück zum Parkplatz, und Tess sah betroffen aus.

»Eine sehr unglückliche Frau«, sagte sie. »Warum hast du ihr nichts von deinen Vermutungen erzählt?«

»Einerseits könnte ich mich irren«, erwiderte Maltravers. »Aber es steckt noch mehr dahinter. Als ich Charlotte zum erstenmal traf, war sie nur ärgerlich, jetzt ist sie verbittert. Wenn es sich erweisen sollte, daß ich recht habe, bin ich nicht besonders versessen darauf, es ihr zu erzählen, denn sie wird dann furchtbar wütend werden.«

Sie aßen in Keswick Mittag und fuhren dann aus der Stadt hinaus am Derwent Water vorbei nach Borrowdale. Maltravers hielt in dem düsteren Schatten, den der massige Great Gable warf, und sie stiegen hinauf, bis sie unter sich das weite Tal liegen sahen. Gesprenkelte Rasenflächen und brauner Adlerfarn wurden im Wechsel von der Sonne beleuchtet oder unter schnell vorüberziehenden Wolken verdunkelt. Tess legte sich unterhalb eines Felsens in das kurze, harte, von Schafen abgeweidete Gras, Maltravers setzte sich neben sie.

»Was wird Charlotte tun, wenn deine Annahme stimmt?«

»Was würdest du tun?«

Tess schwieg einen Augenblick. »Zuerst würde ich weinen. Dann warten, bis Jennifer Carrington entlassen wird. Egal, wie viele Jahre das wären.«

Maltravers drehte den Kopf um und sah sie von oben herab an. »Und dann?«

»Dann würde ich sie wohl umbringen.«

»Da müßtest du deinen Haß eine lange Zeit im Herzen tragen.«

»Er wäre groß genug.«

Am späten Nachmittag stand Charlotte Quinn im Nieselregen vor einem Zeitungsladen am Stricklandgate. Im Licht des Schaufensters las sie den Bericht der »Lancashire Evening Post« über Lyddens Auftritt vor Gericht. Passanten schoben sich an ihr vorbei, doch sie bemerkte nichts davon. Neben dem Hauseingang war ein Werbeplakat mit der Schlagzeile »Mann aus Kendal unter Mordanklage« aufgestellt. Sie fühlte sich benommen, denn es hatte etwas Unwirkliches, in der Zeitung schlimme Nachrichten über jemanden zu lesen, den man kannte. Die »Post« war mit ihrem Report bis an die Grenzen der vom Gesetz für Journalisten erlaubten Einzelheiten gegangen.

Vor dem Kreisgericht Kendal wurde heute Anklage gegen den Geschäftsinhaber Douglas Keith Lydden, 44, wegen Mordes an dem Anwalt Charles Carrington aus Lancaster erhoben.

Der Beschuldigte erschien in blauem Anzug mit offenem Hemdkragen und nahm auf der Anklagebank zwischen zwei Polizeibeamten Platz. Es wurden keine Erklärungen abgegeben, aber vom Vorsitzenden Richter Colonel Brian Harrison danach befragt, ob er etwas zu sagen wünsche, antwortete Lydden mit klarer Stimme: »Ich habe es nicht getan.«

Lydden, wohnhaft Ruskin Close 27 in Kendal, ist Eigentümer eines Kleinbetriebes für Innenausstattungen am Stricklandgate. Ihm wird vorgeworfen, auch zehn Bücher und verschiedene Unterlagen aus dem Hause von Mr. Carrington in Carwelton Hall gestohlen zu haben sowie im Besitz einer Schrotflinte gewesen zu sein, ohne über einen gültigen Waffenschein zu verfügen.

Ein Antrag auf Kaution wurde abgelehnt. Der Beschuldigte bleibt für weitere sieben Tage in Gewahrsam, da die polizeilichen Ermittlungen noch fortgeführt werden, wie der Vertreter der

Anklage, Mr. Michael Imeson, das Gericht informierte. Die Aufnahme einer Voruntersuchung am Kriminalgericht des Bezirks wird für nächste Woche erwartet.

Mr. Carrington, 61, wurde am vergangenen Donnerstag durch Schußverletzungen getötet in seinem Haus aufgefunden. Er hatte seit über 30 Jahren eine Anwaltspraxis in Lancaster betrieben. Seine Frau Jennifer ist von der Polizei vernommen, später jedoch wieder auf freien Fuß gesetzt worden.

Der Bericht war mit einem Foto Charles Carringtons illustriert, das man aus einem Gruppenbild vom vorjährigen Festessen des Juristenvereins in Lancashire vergrößert hatte. Charlotte Quinn konnte sich noch an das Originalbild erinnern, auf dem ein gutgelaunter Charles neben einer strahlenden Jennifer inmitten einer festlich gekleideten Gesellschaft stand. Jetzt war er von irgendeinem Hilfsredakteur brutal herausgeschnitten worden, getrennt von allen anderen, so wie die Toten von den Lebenden getrennt wurden. Während sie begann, den Artikel noch einmal zu lesen, als müsse sie sich davon überzeugen, daß er auch stimmte, trat ein Ehepaar aus dem Geschäft hinter ihr.

»Nicht zu fassen, daß dieser nette Mr. Lydden unter Mordanklage steht!« sagte die Frau. »Wir haben erst vor ein paar Wochen die Gardinen bei ihm gekauft. Gehen wir uns mal den Laden ansehen. Er ist gleich hier entlang.«

Charlotte Quinn bebte vor Zorn, als sie sah, wie die beiden unter einer Laterne vor der geschlossenen Tür des Geschäfts stehenblieben und durch das dunkle Fenster lugten. Sie wollte am liebsten zu ihnen rennen, sie durchschütteln und anschreien, daß es der »nette Mr. Lydden« nicht einmal verdiente, angespuckt zu werden. Ohne Skrupel war er mit diesem Flittchen von einer Ehefrau ins Bett gestiegen, um damit den Mann zu hintergehen, der sein Geschäft gerettet hatte. Darüber sollten sie einmal nachdenken, wenn sie ihren Bekannten erzählten, von wem die verdammten und möglicherweise geschmacklosen Gardinen waren. Als das Ehepaar, angestachelt von der Faszination einer fremden Tragödie, begeistert auf irgend etwas in der Auslage zeigte, wäre sie beinahe auf die beiden losgegangen.

»Verzeihen Sie, geht es Ihnen nicht gut?«

Ein anderer Mann war aus dem Zeitungsladen gekommen und hatte gesehen, wie sie mit wutverzerrtem Gesicht von ihrer Erregung hin und her gerissen wurde. Sie warf ihm einen zornigen Blick zu und rannte über die Straße zurück in ihren Laden. Die Verkäuferin blickte erschreckt auf, als sie hereinstürzte, im Laufen einen Kunden beiseite stieß und die Treppe zur Wohnung hinaufhastete. Sie warf die Tür zu und lehnte sich dagegen. In der Hand hielt sie die zerknüllte Zeitung. Als ein Würgen in ihrem Hals aufstieg, warf sie das Papier wie etwas Unsauberes fort und lief dann mit zugehaltenem Mund ins Bad. Sie mußte sich übergeben.

Mit bleichem Gesicht kam sie ins Wohnzimmer zurück und goß sich einen Drink ein. Während sie wieder zu sich kam, stürmten lauter ausufernde Gefühle auf sie ein. Sie richteten sich nicht gegen Duggie Lydden; mit dem würde sich das Gericht befassen. Es war das Bild von Jennifer Carrington, das sie mit seiner Unentrinnbarkeit quälte und ihren Zorn zum Überlaufen brachte. Diese Frau hatte sich warmherzig bei einem Mann eingeschlichen, den sie dann eiskalt betrog, und sie würde nun Besitzerin von Carwelton

Hall werden. Charlotte Quinns bohrender Groll begann in unversöhnlichen Haß umzuschlagen.

Sie blieb in der Wohnung, bis die Verkäuferin heraufkam und ihr sagte, daß sie den Laden geschlossen hatte. Ohne auf ihre Fragen, was los sei, zu antworten, schickte Charlotte das Mädchen nach Hause und ging hinunter in den Verkaufsraum. In einem Regal lag eine Kollektion von Jagdmessern. Sie wollte dieses Sortiment ursprünglich nicht führen, aber auf wiederholte Nachfragen von Touristen hin hatte sie wenigstens die besten im Angebot. Das von ihr ausgewählte war in der Schweiz hergestellt, seine halbmondförmig gebogene Klinge endete in einer scharfen Spize. Geraume Zeit starrte sie das fünfzehn Zentimeter lange, leicht ölig glänzende Stück Edelstahl an und fuhr mit dem Daumen über die scharf geschliffene Schneide. Jenes Gefühl, erstmals geweckt beim Anblick von Charles' Leiche, war jetzt voll ausgeprägt und hatte ganz und gar von ihr Besitz ergriffen. Sie stieß das Messer in das bestickte Lederfutteral zurück und nahm es mit nach oben.

Zehntes Kapitel

Maltravers hielt das Telefon zwischen Kinn und Schulter eingeklemmt und machte sich eilig Notizen, als er am Donnerstagmorgen Bradshaw zuhörte.

»Geoffrey, Martin Howard, Alter dreiundfünfzig, Anschrift Palatine Road 307 b, Didsbury, Manchester«, sagte er. »Wohnt dort seit sechs Jahren, unmittelbare vorherige Adresse war sein Elternhaus in Stockport, Cheshire. Hat am Institut für Naturwissenschaft und Technik an der Universität Manchester Hoch- und Tiefbau studiert, aber das Studium abgebrochen. War ein Jahr in Afrika – riecht mir sehr nach Schmuggel – und kam dann zurück. Mehrere Teilzeitjobs als Tankwart und Barmann, aber seit 1983 arbeitslos gemeldet.«

»Arbeitslos?« fragte Maltravers zweifelnd. »Als ich ihm begegnet bin, sah er ziemlich wohlhabend aus.«

»Kein Wunder«, sagte Bradshaw bissig. »Ist ein böser Bursche, Ihr Mr. Howard, mit ’ner netten kleinen Geldquelle. Der braucht sein Arbeitslosengeld nicht.«

»Was macht er?«

»Drogenhandel. Aber mein Mann bei der Verbrecherkartei meint, er sei clever genug, sich nicht erwischen zu lassen. Mit den Junkies auf der Straße gibt er sich nicht mehr ab – dafür ist er zu gerissen. Er beliefert den respektablen Mittelstand, wo man so etwas für furchtbar waghalsig und amüsant hält. Die blöden Arschlöcher!«

»Er hat also solche Kunden, die sich auch um ihn kümmern, falls nötig«, stellte Maltravers fest.

»Sie haben es erfaßt«, sagte Bradshaw. »Einmal hatten sie ihn beinahe, aber irgendein einflußreicher Stadtrat – der rein zufällig auch Richter ist – hat die Sache mit ein paar Worten ins richtige Ohr zum Stehen gebracht. Howard versorgt ihn und seine Frau seit acht Jahren mit Stoff. Jedenfalls ist das die Quintessenz. Mit seiner Gesundheit und ähnlichem habe ich mich nicht beschäftigt, aber wenn Sie das wollen ...«

»Nein«, unterbrach Maltravers. »Sie haben mir schon mehr als genug geliefert. Schicken Sie mir die Rechnung nach London. Vielen Dank.«

Er gab Bradshaw die Adresse, legte auf und blieb neben dem Telefon stehen, um seine Notizen noch einmal zu überfliegen. Tess versuchte, über seine Schulter hinweg mitzulesen, aber sie scheiterte an der Stenohandschrift.

»Na?« fragte sie.

»Das ist ein ausgekochter Lügner. Er nimmt Dinge, die er wirklich erlebt hat, und zimmert sich daraus eine Geschichte als Tarnung zurecht. Und Bradshaw hat mir eben noch etwas erzählt, das ich nicht erwartet habe, nämlich ...« Maltravers korrigierte unnützerweise ein Schriftzeichen und drehte sich zu Lucinda um. »Wann ist Charles' Tochter gestorben?«

»Gillian? Vor fünf oder sechs Jahren.«

»Das ist zu ungenau. Ich brauche das Jahr, den Monat und möglichst auch den Tag. Wer könnte das wissen?«

Lucinda war unsicher. »Leute, die länger mit Charles befreundet sind als wir, aber ich kenne nicht viele. Außer Charlotte natürlich. Sie wird sich bestimmt daran erinnern.«

»Sie möchte ich lieber nicht fragen. Wie ist es mit Alan Morris, eurem Pfarrer? Er kannte Charles seit Jahren, oder?«

»Ja, und ...« Lucinda hielt inne und gab zu erkennen, daß ihr etwas eingefallen war. »Du brauchst niemanden zu fragen. Du kannst es selbst auf dem Grabstein lesen. Gillian ist auf dem Friedhof in Attwater begraben.«

»Begraben? Ich dachte, heutzutage wären all diese alten Dorffriedhöfe voll.«

»Die Carringtons haben dort eine Familienstelle«, erklärte Lucinda. »Da ist mindestens noch Platz für zwei weitere Tote.«

»Wo ungefähr liegt die auf dem Friedhof?« erkundigte sich Maltravers.

»An der Mauer auf der Nordseite«, erklärte Lucinda. »Gleich neben so einem Monstrum mit weinenden Engeln. Das kannst du nicht verfehlen. Aber was willst du damit anfangen?«

»Wenn ich das Datum habe, werden Tess und ich nach Manchester fahren, um etwas nachzusehen«, antwortete er. »Ich bin nicht sicher, ob es klappt, aber den Versuch ist es wert.«

»Du willst es immer noch nicht der Polizei sagen?« fragte Lucinda.

Er schüttelte den Kopf. »Noch nicht. Gegen Lydden ist Anklage erhoben worden. Das heißt, die Polizei muß sich ihrer Sache ziemlich sicher sein, und über eine neue Theorie von mir, die obendrein unvollständig ist, wird sie kaum in Freude ausbrechen. Sie müßten ihr nachgehen, aber auf dem Dienstweg dürfte das seine Zeit dauern. Ich habe vielleicht bis heute nachmittag alles beisammen und kann ihnen dann die ganze Sache übergeben.«

»Aber hältst du damit nicht Beweise zurück oder so was?« gab Lucinda zu bedenken.

»Wenn ja, so wären sie wacklig«, entgegnete Maltravers. »Heute abend könnten sie feststehen. Mit ein paar Erkundigungen in Manchester läßt sich das klären, und in der Zwischenzeit kann nichts passieren. Solange die Polizei diese Bücher hat, wird niemand davonlaufen.«

Lambert hockte mißmutig im Büro der Polizeistation in Kendal. Sein Körper quoll über den Stuhlrand.

»Ich kenne Typen wie Lydden«, meinte er zu Moore. »Schuldig wie Old Harry, aber von Unschuld krakeelen, in der Hoffnung, daß ihn irgendein forscher Verteidiger wegen eines Formfehlers rauspaukt.«

»Sein Anwalt macht weiterhin geltend, daß es sich nur um Indizienbeweise handelt, Sir.«

Lambert grunzte. »Es gab auch nur Indizien dafür, daß Nixon von Watergate wußte. Aber wir müssen uns wenigstens den Anschein geben, als ob wir auch jemand anders in Erwägung ziehen könnten. Allerdings weiß nur der liebe Gott, wer das sein soll. Wie geht es denn voran?«

»Unsere Jungs überprüfen die Namen und Anschriften aller Freunde und Bekannten Carringtons, von denen wir wissen. Wir haben sie aus seinem privaten Adreßbuch, von der Sekretärin und der Frau. Sie sollen besonders auf alle achten, die sagen, sie hätten dieses Sherlock-Holmes-Buch gelesen. Ich weiß nicht, was wir sonst noch tun könnten.«

»Verdammte Zeitverschwendung. Je eher wir damit Schluß machen und mehr Leute auf die Vergewaltigung in Penrith ansetzen können, desto besser.«

Detektive Constable Ian Drover war einer von sechs Beamten, die mit weiteren Ermittlungen über Charles Carringtons Freunde befaßt waren. Während er zu der ersten Adresse fuhr, mußte er immer wieder an das Gespräch mit Reverend Morris denken. An diesem Morgen hätte er beinahe Moore gefragt, ob er ihn sprechen könne, und erklärt, daß ... Drover schüttelte widerstrebend den Kopf. Das war undenkbar. Die Teestunden im Pfarrhaus gehörten zu seinen frühesten Kindheitserinnerungen, und wenn seine Mutter einmal krank war, hatte Mr. Morris fast täglich vorbeigeschaut. Es war nicht wichtig ... Drover war angekommen und schob seine Bedenken beiseite. Die aber verfolgten ihn den ganzen Tag lang weiter.

Auf dem kleinen Kirchhof in Attwater lagen sechs Generationen der Carringtons für die Ewigkeit zu mehreren Sargschichten aufgestapelt. Es war ein Doppelgrab, das an der Granitmauer unter einem windzerzausten Schwarzdornbaum lag. Irgendwo ganz unten lag Emily Faith, gestorben bei ihrer Geburt im Jahr der ersten Weltausstellung, ziemlich weit oben ruhte Gillian Zoe, die mehr als hundert Jahre danach auf andere Weise ums Leben gekommen war. Die Aufreihung der Toten wirkte wie ein stummer Beleg für den sozialen Wandel. Ihre Namen veränderten sich wie die Lebensart. Direkt über Gillian stand der Name ihres Bruders David und wiederum darüber der ihrer Mutter. Das Grab war gut gepflegt, und Maltravers vermutete, daß es in Carringtons Auftrag von irgend jemandem aus dem Dorf in Ordnung gehalten wurde. Es mußte schmerzlich für ihn gewesen sein, hierher zu kommen, wo so viele beigesetzt waren, die er geliebt hatte, mit Erinnerungen an ihr gemeinsames Leben, auf die der düstere Schatten der eingemeißelten tragischen Todesdaten fiel.

»Gillian ist am Tage ihrer Geburt gestorben«, sagte er, als er sich gemeinsam mit Tess den Grabstein besah. »Sie wäre jetzt vierundzwanzig – das heißt, sie war älter als Jennifer.«

»Vermutlich wird Charles auch hier beigesetzt.« Tess schauderte. »Mein Gott, ist das deprimierend. Laß uns gehen.«

Während sie zu dem Feldweg zurückkehrten, wo Maltravers geparkt hatte, wurden sie von Alan Morris aus dem Vorderzimmer des Pfarrhauses heraus beobachtet. Er erkannte Maltravers, aber Tess hatte er noch nie gesehen, und er überlegte, warum sie sich ausgerechnet für dieses Grab interessierten.

»Wohin zuerst?« fragte Tess, als Maltravers in die Auffahrt zur Autobahn M 6 in Richtung Süden einbog.

»Nach Deansgate«, antwortete er. »Zum Büro der ›Evening News‹. Mal sehen, was wir dort finden, und dann zu Sherratt & Hughes.«

Sie brauchten nicht ganz anderthalb Stunden bis ins Stadtzentrum. Maltravers stellte den Wagen in einem mehrstöckigen Parkhaus am Bezirksgericht ab. Sie gingen an den alten Nord-Büros der »Daily Mail« vorbei, die jetzt geschlossen waren, weil die Buchhaltung und das Computerzeitalter eine Produktion in London verlangten. Bei den »Manchester Evening News« fragte Maltravers nach Peter Harris, einem Kollegen aus frühen Reportertagen, jetzt medizinischer Korrespondent des Blattes. Wenn man jemanden kannte, vereinfachte dies manches, und sie wurden gleich ins Archiv der Redaktion geführt. Ein Assistent legte ihnen die Mikrofilme von Juli und August 1984 ins Lesegerät ein.

»Sie ist am 22. Juli gestorben, und die gerichtliche Untersuchung der Todesursache sollte in den nächsten Wochen danach stattfinden«, erklärte Maltravers, während er die Kurbel drehte und die Bilder über den Schirm huschten. »Sieh nicht hin.«

Er mußte nur eine Ausgabe genauer durchgehen, um das Aufbauschema zu erkennen. Die In- und Auslandsnachrichten übersprang er ebenso wie den Sport und das Feuilleton, bis er zu den Berichten aus dem Norden kam. Der erste Hinweis bestand in einer kleinen Notiz, derzufolge die Untersuchung im Falle Gillian Carrington eröffnet und vertagt worden war. Der ausführliche Bericht folgte drei Wochen später. Maltravers warf instinktiv einen Blick auf den letzten Satz; das Abschlußurteil kam immer zum Schluß.

»Tod durch Unglücksfall«, sagte er und fuhr dann zurück an den Anfang. Tess lehnte sich vor, um auf eine Stelle in der Mitte der Spalte zu zeigen.

»Da ist er.« Eine Weile lasen sie schweigend.

»Die gleiche Adresse, die mir Bradshaw gegeben hat«, bemerkte Maltravers. »Bezeichnet sich als arbeitslosen Barkeeper und hat Gillian das letzte Mal zwei Wochen, bevor man ihre Leiche fand, gesehen. Er wußte, daß sie seit mehreren Jahren süchtig war.«

»Das wär's dann«, sagte Tess.

»So gut wie«, stimmte Maltravers zu. »Wir wollen noch Sherratt & Hughes überprüfen.«

Im Geschäft war es voll. Sie gingen hinein, nahmen Bücher aus den Regalen und blätterten gedankenlos darin. Maltravers beobachtete gleichzeitig das Treiben an der Kasse. Er entschied sich für den neuesten Titel von Mary Wesley und bezahlte mit seiner Kreditkarte.

»Was meinst du?« fragte Tess, nachdem sie gegangen waren.

»Natürlich ist es nur ein negativer Beweis«, antwortete er. »Aber mehr habe ich auch nicht erwartet. Wenn wir die Verbindung beweisen können, reicht es.«

»Damit käme also mein großer Auftritt«, sagte Tess. »Laß uns vorher noch irgendwo Mittag essen.«

Sie fuhren aus dem Stadtzentrum hinaus zu einem Restaurant in Didsbury, das Maltravers noch aus seinen Tagen in Manchester kannte. Nach dem Essen ging Tess auf die Damentoilette, und als sie wiederkam, lächelte Maltravers anerkennend. Sie hatte ihr Haar zu einem Knoten hochgesteckt, wie sie es sonst nie tat, und ihre Gesichtszüge wirkten dank des geschickt aufgebrachten Make-ups flacher. Noch im Gehen sprach sie mit dem Ober, und ihr Londoner Akzent hatte sich völlig verändert. Es war nicht die leicht erkennbare breite Mundart des Nordens, sondern eine Aussprache, wie sie in Cheshire vorkam, mit kunstvoll gedehnten Vokalen und einem kaum hörbaren »g« am Ende der Präsenspartizipien.

»Die Probe ist gelungen«, fand Maltravers und nickte dem Ober zu, während sie sich wieder setzte. »Er zerbricht sich gerade den Kopf darüber, warum ich mit zwei verschiedenen Frauen Mittag esse.«

»Du glaubst also nicht, daß mich irgend jemand erkennen wird?« fragte Tess.

»Liebling, *ich* erkenne dich ja nicht einmal«, entgegnete er. »Komm, fahren wir in die Palatine Road.«

Wie Maltravers schon der Adresse entnommen und

vermutet hatte, handelte es sich bei dem Einzelhaus um eine typische Unternehmervilla aus der Zeit der industriellen Revolution. Früher groß genug für eine ganze viktorianische Familie mit ihren Dienstboten, war es jetzt, wie die Nachbargebäude auch, in Wohnungen aufgeteilt. Den Vorgarten hatte man als Parkplatz zubetoniert, aber der Rest des Anwesens war gut erhalten. Die Holzteile leuchteten in frischer kastanienbrauner Farbe, und das Bleiglas der Vordertür wies noch ein unversehrtes Blumenmuster auf.

»Wohnungen für den gehobenen Bedarf«, stellte er fest, während sie sich das Haus von der gegenüberliegenden Straßenseite aus besahen. »Um die meisten Bauten dieser Art hat sich keiner richtig gekümmert. Na gut, kennst du deinen Text?«

»Selbstverständlich«, erwiderte Tess. »Ich suche eine alte Freundin, die Jennifer Davenport heißt, und das ist die letzte Anschrift, die ich von ihr habe. Wenn er sagt, daß er sie nicht kennt, frage ich ihn, ob er nicht von irgendeiner Jennifer weiß, die hier gewohnt hat, denn sie könnte geheiratet haben und einen anderen Nachnamen tragen. Danach hoffe ich das beste.«

»Es gibt keine Garantie dafür, daß der Plan gelingt, aber es könnte ihm etwas herausrutschen, und wenn wir schon hier sind, sollten wir einen Versuch wagen«, sagte Maltravers. »Ich warte um die Ecke hinter der Ampel. Ich möchte nicht das Risiko eingehen, daß er mich sieht. Viel Glück.«

Tess stieg aus und hörte, wie Maltravers davonfuhr. Sie überquerte die Straße und ging zum Haus. An der Wechselsprechanlage neben der Tür befanden sich fünf Klingelknöpfe, und sie drückte den, der auf einem Pappstreifen mit Howards Namen bezeichnet war. Es kam keine Antwort. Sie versuchte es noch zweimal ohne Erfolg und ging dann die restlichen Namen durch. Eines der Schilder sah erheblich älter aus als die anderen, und als sie den Knopf drückte, hallte eine Stimme aus dem Lautsprecher.

»Wer ist da?« Trotz der blechernen Verzerrung klang die Stimme noch freundlich. Tess beugte sich vor.

»Tut mir leid, Sie zu behelligen, aber ...«

Mehr als anderthalb Stunden später sah der zunehmend besorgte Maltravers, wie sie um die Ecke bog. Als sie näherkam, lehnte er sich zur Seite und öffnete die Beifahrertür.

»Sie wissen hoffentlich, daß die Aufforderung zur Unzucht eine Straftat ist, Sir?« Sie beugte sich mit strenger Miene herunter und starrte ihn an. »Ich bin eine Zivilstreife, und ...«

»Hör auf herumzublödeln. Ich habe mir Sorgen gemacht.«

Tess stieg ein, und er sah sie fragend an.

»Ich habe mich mit einer pensionierten Schuldirektorin namens Miss Ashton unterhalten«, erklärte sie. »Sie ist dreiundachtzig Jahre alt, hat einen Pekinesen, der Loo-Che heißt, raucht den stärksten Capstan, ob du's glaubst oder nicht, und serviert wildfremden Leuten Bath Olivers und Earl Grey. Sie ist fabelhaft.«

»Beeindruckend«, sagte Maltravers bissig. »Freut mich, daß du dich gut amüsiert hast. Konntest du zufällig auch etwas in Erfahrung bringen?«

»O ja«, verkündete Tess mit gespielter Lässigkeit. »Sie weiß, daß Geoffrey Howard für ein paar Tage nach London gefahren ist, denn er hat sie gebeten, seine Post entgegenzunehmen ... und sie erinnert sich sehr genau an seine Freundin. Aber sie glaubt nicht, daß sie Jennifer Davenport hieß. So was wie Boyd ist es gewesen, meint sie.«

»Lloyd«, sagte Maltravers triumphierend. »Wir haben die Nuß geknackt. Aber wozu ist er nach London gefahren?«

»Miss Ashton zufolge fährt er oft geschäftlich dorthin. Er hat irgendwie mit Fernost-Importen zu tun.«

»Mit dem Import von weißem Pulver in Plastiktüten!« Maltravers warf ihr einen Blick zu. »Meinst du, deine Miss Ashton durchschaut das?«

»Nein«, sagte Tess bestimmt. »Sie hält ihn für einen sehr netten jungen Mann. Er muß ihr ordentlich was vorspielen.«

»Ganz sicher«, bestätigte Maltravers. »Ich habe es selbst erlebt.«

Tess beugte sich hinüber und küßte ihn auf die Wange. »Na gut, bist ein schlaues Kerlchen. Und jetzt hör auf, mich so verdammt selbstzufrieden anzusehen. Fahren wir zurück und erzählen alles der Polizei, die können dir dann einen Papporden verleihen.«

»Ich finde, wir sollten vorher noch einen letzten Besuch machen«, erwiderte er. »Nur so aus Spaß.«

Tess blickte ihn scharf an. »Wovon sprichst du?«

»Ich erzähle es dir auf der Rückfahrt.

Als Maltravers über die hochaufragende Brücke am Schiffahrtskanal von Manchester fuhr, hörten sie im Verkehrsfunk, daß ein Lastwagen südlich von Preston seine Ladung verloren hatte und sich vor ihnen ein langer Stau zusammenschob. Sie rollten durch gewundene, einander gegenseitig überschneidende Straßen am

Rande der Innenstadt, bis sie in einen endlosen Verkehrsstrom einmündeten, der quälend langsam vorankroch, um dann ganz stehenzubleiben. Im Radio wurde bekanntgegeben, daß die Schlange schon zehn Kilometer lang sei und man möglichst eine andere Route nehmen solle. Maltravers fluchte.

»An der nächsten Ausfahrt biegen wir ab, vorausgesetzt, wir kommen jemals dort an«, sagte er. »Durch die Städte geht es zwar langsamer, aber wir bleiben wenigstens in Bewegung.«

»Wie lange wird das dauern?« fragte Tess.

Maltravers stieg aus und versuchte, so gut es ging, an den vor ihnen haltenden Fahrzeugen vorbei etwas zu erkennen. Als er sich wieder hingesetzt hatte, schaute er auf die Uhr.

»Mit ein bißchen Glück müßten wir es bis acht Uhr geschafft haben«, meinte er. »Nur gut, daß es keine Panik gibt.«

Ian Drover stand vor Aufmerksamkeit wie versteinert. Hinter dem Schreibtisch thronte Lambert wie ein grübelnder Buddha und ließ sich schweigend all das durch den Kopf gehen, was ihm soeben über die Befragung von Alan Morris berichtet worden war. Donald Moore stand neben seinem Chef und schaute grimmig drein.

»Über eine ganze Stunde ab halb vier will er uns nichts erzählen?« wiederholte Lambert. Er klang wie jemand, der gerade erfahren hatte, daß Margaret Thatcher nach einem Geheimflug in Moskau aufgetaucht war und gestanden hatte, zeitlebens KGB-Agentin gewesen zu sein. »Er sagt, es ist vertraulich? Und Sie haben das so hingenommen?«

»Es war eine Privatangelegenheit, die ein Mitglied der Gemeinde betraf«, erklärte Drover. In seiner Aufregung erkannte er nicht, wie trügerisch Lamberts vordergründige Ruhe war. »Er sagte, daß er sein Wort gegeben hat, mit niemandem darüber zu sprechen, Sir.«

Lambert sah den jungen Polizisten an, als könne er nicht fassen, daß dieser existierte. »Irgendwer ist damit herausgekommen, daß er AIDS hat, was? Oder treibt es Reverend Morris mit der Alten vom Küster? Oder mit einem von den verdammten Chorknaben?« Seine Stimme klang schneidend vor ungläubiger Wut, daß ein Mitarbeiter des Kriminalamtes so naiv und pflichtvergessen sein konnte.

»Mr. Morris ist ...« Drover schaute hilfesuchend zu Moore, aber der Sergeant blickte eisig zurück. »Sie sind nicht von hier, Sir. Jeder wird Ihnen sagen, was für ein Mensch er ist. Er würde niemals etwas tun, was ... Er ist Mitglied im Rotary Club!«

»Es wäre mir sogar scheißegal, wenn er die Prinzessin von Wales beim Vornamen nennen würde!« bellte Lambert. »In seinem Alibi zur Mordzeit klafft ein Riesenloch! Und Sie lassen sich mit dem Beichtgeheimnis abspeisen! Warum zum Teufel haben Sie nicht schon früher Bericht erstattet?«

Lamberts finsterer Gesichtsausdruck ähnelte dem eines wilden Stiers, der Kräfte für einen neuen Angriff sammelt. Drover starrte auf seine Schuhspitzen.

»Ich habe es nicht für wichtig gehalten«, murmelte er.

»Sie haben es nicht für wichtig gehalten!« Lambert ließ jedes Wort einzeln fallen wie Ziegelsteine auf ein Blech. Drover zuckte zusammen und ging rückwärts, während sich der Superintendent erhob wie der Zorn Gottes. Einen Augenblick lang dachte er, sein Vorgesetzter würde ihn körperlich angreifen.

»Da sitzt ein Mann im Loch, gegen den die Polizei Anklage führt, und ich erfahre hier, daß es noch einen anderen Verdächtigen geben könnte.« Lamberts Stimme ähnelte einer Zündschnur, deren Flamme sich zur Dynamitladung durchfraß. »Aber weil Mr. Morris Ihnen als Kind nach der Kirche immer über das Haar gestrichen hat, sind Sie zu dem Beschluß gelangt, daß er unschuldig sein muß. Sie haben wissentlich Beweise ignoriert, weil Sie nicht daran glauben wollten. Wie um alles in der Welt hat man Sie bloß beim Kriminalamt nehmen können, Drover?« Der Frage folgte eine sehr kurze Pause, dann explodierte das Dynamit. »Denn Sie werden hier nicht bleiben, verdammt noch mal! Sie sind suspendiert! Und falls man Sie jemals zurücknimmt, können Sie von Glück reden, wenn Sie sonntags Schulkinder über die Straße bringen dürfen. Jetzt scheren Sie sich raus!«

Der Detective Constable wirkte so niedergeschmettert, als hätte ihn ein zusammenstürzendes Haus begraben. Er salutierte instinktiv und ging, von panischer Angst ergriffen, hinaus. Als die Tür wieder geschlossen war, ließ sich Lambert auf seinen Stuhl zurücksacken und nahm den Kopf in beide Hände.

»Warum haben Sie ihn zu Morris geschickt?« fragte er betrübt.

»Tut mir leid, Sir.« Moore sah unbehaglich aus. »Er meldete sich freiwillig, und ich dachte, jemand aus dem Ort wäre am besten geeignet. Er ist noch ziemlich neu im Amt, aber seine bisherigen Leistungen waren gut, und ich hätte nie gedacht, daß ...«

»Dann denken Sie das nächste Mal!« Lamberts Gesicht

schaute müde zwischen den fleischigen Händen hindurch. »Man schickt keinen Dorfbewohner ins Dorf. Und wenn uns dieser kleine Trottel mit seiner Frömmigkeit in einen Schlamassel gebracht hat, dann wird ihn der Heilige Michael mitsamt seinen verdammten Engeln nicht vor mir bewahren.«

»Aber was für ein Motiv sollte Morris haben?« argumentierte Moore. »Er kannte Carrington seit Jahren, und Geld kann es nicht gewesen sein, denn ...«

»Wir werden dafür bezahlt, so etwas herauszufinden, Sergeant«, unterbrach ihn Lambert. »Und mit Sprüchen wie denen von Morris kommt nicht einmal der Erzbischof von Canterbury durch. Er wird noch einmal befragt – und dieses Mal gehen Sie. Entweder er liefert eine vollständige Erklärung, was er in dieser Stunde gemacht hat, oder er kommt hierher zu einem kleinen Plausch mit mir. Ich erwarte Sie in einer Stunde zurück, mit ihm oder mit einer überzeugenden Geschichte!«

Als Moore schon im Gehen war, fügte Lambert noch etwas hinzu.

»Ich glaube nach wie vor, daß es Lydden war«, sagte er. »Und ich möchte da keinen Fehler gemacht haben, der ihm die Möglichkeit gibt, uns wegen Freiheitsberaubung zu belangen.«

Charlotte Quinn saß in ihrer Wohnung am Stricklandgate und blätterte langsam in einem Fotoalbum vor ihr auf dem Tisch. Das Jagdmesser lag neben einer Schiffskaraffe mit breitem Boden, aus der sie immer wieder puren Wodka trank. Da waren Bilder von ihr und der Familie im Urlaub mit den Carringtons an der Algarve vor fünfzehn Jahren; die Kinder im Swimmingpool; sie selbst mit ihrem Mann und Margaret am Strand; Charles, der in die Kamera lachte, als er in einem unbeobachteten Augenblick auf der Terrasse des Hauses eine Wassermelone essen wollte. Sechs Menschen auf diesen Fotos waren mittlerweile tot, sie hatte jeden von ihnen auf andere Weise geliebt. Aber Jennifer Carrington war noch am Leben, jung, glücklich und auf dem besten Wege, sehr reich zu werden. Es würde für sie ebenso gleichgültig sein, daß man ihren Liebhaber lebenslänglich einsperrte, wie es ihr gleichgültig gewesen war, daß er ihren Mann umgebracht hatte. Lydden erwies sich als belangloses Sexualobjekt, und sie war als Ehefrau von Charlotte Quinn nie akzeptiert worden.

Die bitteren Erinnerungen und ihr brennender Zorn wurden unerträglich, sie schlug das Album heftig zu. Gepeinigt und verwirrt von einem alles verzehrenden Haß, stöhnte sie, beugte sich vornüber und schlang die Arme um den Oberkörper.

»Charles«, flüsterte sie. »O mein lieber, lieber Charles.«

Unter Tränen schaute sie dorthin, wo die blanke Klinge des Jagdmessers wie ein Opferdolch auf dem Altar unersättlicher Götter schimmerte.

Elftes Kapitel

»Reverend ... Morris.« Lamberts Stimme senkte sich zwischen dem Titel und dem Namen um eine Oktave. Er las Moores Bericht, ohne aufzublicken. »Als ich noch zur Schule ging, hat man uns von einer alten Sache erzählt, die sich Vorzug der Geistlichkeit nannte. War sehr nützlich, diese Art der Straffreiheit. Wer lesen konnte, wurde nicht gehängt.«

Lambert hob sein fragendes Gesicht. Es ähnelte einem Ochsenfrosch, die Augäpfel quollen hervor, und der Blick war bohrend.

»Aber ich entsinne mich zufällig, daß der Lehrer sagte, sie wurde 1827 abgeschafft, deshalb trifft sie hier nicht zu. Was haben Sie am letzten Donnerstag nachmittags zwischen halb vier und halb fünf gemacht?«

»Ich habe schon Ihrem Sergeanten gegenüber erklärt, daß ich keinen Grund sehe, Ihnen dies mitzuteilen, Superintendent.« Morris hielt Lamberts Blick stand, ohne mit der Wimper zu zucken. »Ich kann Ihnen versichern, daß es nichts mit dem Mord an Charles Carrington zu tun hatte. Das muß genügen.«

Lambert neigte sich mit gefalteten Händen über den Schreibtisch.

»Für manchen vielleicht. Detective Drover war damit zufrieden.« Morris wandte sich ab. »Aber ich bin Methodist, müssen Sie wissen. Uns bleiben nun mehrere Möglichkeiten. Ich könnte Sie als Verdächtigen festnehmen und dem Gericht vorführen lassen. Wir können Ihren Anwalt rufen, damit er Ihnen die Rechtslage erklärt. Ich könnte auch meine Zeit damit vertun, in Attwater Nachforschungen anzustellen … Oder Sie könnten es mir erzählen.« Lambert lächelte. »Und so sollten wir es machen.«

Morris seufzte und schloß die Augen. Diesen Augenblick hatte er in seinen Alpträumen vorausgesehen.

Das industrielle Lancashire eines Lowry mit qualmenden Fabriken, Kaldaunengeschäften an der Ecke und dichtgedrängten Reihenhäusern, deren Vorderzimmer als »gute Stube« oder für bescheidene Mahlzeiten dienten, gab es kaum noch. Sie fuhren durch die alten Textilarbeiterstädte, und Maltravers fand die funktionellen Punkthochhäuser und endlosen Siedlungsgebiete mit ihrer vorgetäuschten Begrünung und dem mostrichfarbenen Laternenlicht in mancherlei Hinsicht bedrückender als das, was vorher dort gestanden hatte. Der ortstypische Klang von George Formbys Ukulele und Gracie Fields' Sopran war längst verhallt, davongeschwemmt von elektronischer Disko-Musik aus vielfarbig strahlenden Neonhöhlen, die sich durch nichts von Tausenden anderer Städte unterschieden. Die greifbare Individualität des nördlichen Landstrichs hatte sich in austauschbaren Einkaufszentren mit gleichartigen Supermärkten verloren und in kalten neuen Kneipen, wo irgendein Sound hinter der Velourtapete hervorplätscherte. Von den Holzschuhen, die über das Kopfsteinpflaster der Seitenstraßen klapperten, war eine rauhe, harte Romantik ausgegangen. Und die Blechbadewannen vor dem schwarzen

Feuerrost in der Küche, so kalt es auch war, sie hatten Charakter. Jetzt gab es heißes und kaltes Wasser aus billigen Chromhähnen, man hatte Farbfernsehen, und die Enkeltöchter der Textilarbeiterinnen spielten Bingo auf Mallorca.

»Charles Carringtons letzte Reise«, sagte er, als sie hinter Lancaster wieder auf die M 6 fuhren. »Natürlich sollte die Leiche nicht gefunden werden, bevor Jennifer am Abend nach Hause kam, aber Charlotte ist nur wenige Minuten, nachdem es passiert war, dort gewesen. Das muß ihnen einiges Kopfzerbrechen bereitet haben. Die Idee bestand darin, daß Duggie Lydden ein Alibi für mehrere Stunden gebraucht hätte, was nahezu unmöglich gewesen wäre. Da die Tatzeit jetzt auf eine halbe Stunde eingegrenzt ist, sieht die Sache anders aus.«

»Ein Alibi kann er trotzdem nicht haben.«

»Offenkundig nicht, aber Mordpläne, die von Anfang an danebengehen, tragen nicht zum Seelenfrieden bei.«

»Meinst du, es ist richtig, was du tun willst, wenn wir zurück sind?« fragte Tess unsicher. »Du hast alles, was du brauchst, um zur Polizei zu gehen.«

»Selbstverständlich gehe ich zur Polizei«, sagte er. »Zum Schluß. Aber nach allem, was ich herausgefunden habe, verdiene ich es wohl, das Geständnis als erster zu hören. Es gibt kein Risiko. Glaube mir.«

Als sie an Carwelton Hall vorbeifuhren, war Licht zu sehen, und in der Einfahrt stand Jennifer Carringtons Wagen.

»Malcolm und Lucinda werden wissen wollen, wie wir vorangekommen sind. Wir erzählen es ihnen erst und kommen dann wieder«, sagte Maltravers. »Danach kann die Polizei alles haben, mit meinen besten Empfehlungen.«

Malcolm war gerade von ein paar Überstunden im Büro nach Hause gekommen, und er hörte gemeinsam mit Lucinda fasziniert zu, wie Maltravers und Tess die letzten Teile der Geschichte bestätigt gefunden hatten.

»Das wird einen Wahnsinnsprozeß geben!« Malcolm schüttelte den Kopf, nachdem Maltravers geendet hatte. »Würdest du einen Hintergrundartikel für den ›Chronicle‹ schreiben, wenn er vorbei ist?«

»Gern«, erklärte sich Maltravers einverstanden. »Und mit einer letzten Zutat werde ich wohl das Lesevergnügen noch steigern können. Jennifer ist immer noch auf Carwelton Hall, und ich werde zu ihr fahren.«

»Was?« Malcolm klang beunruhigt. »Du willst sie doch nicht etwa damit konfrontieren, oder?«

»Natürlich nicht, das kann die Polizei machen«, beruhigte ihn Maltravers mit unbewegter Miene. »Aber es könnte interessant sein, mal herauszufinden, ob ein gemütlicher Plausch nicht irgendein fehlendes Mosaiksteinchen zum Vorschein bringt.«

»Aber was willst du denn zum Vorwand nehmen?« gab Malcolm zu bedenken. »Sie wird Verdacht schöpfen, wenn du einfach so auftauchst.«

»Meine Begründung ist perfekt. Ich habe Charles Carrington versprochen, daß ich *Die Feuerhexe von Attwater* zurückbringe, und ich gebe sie der Witwe. Sie ist jetzt vermutlich die Eigentümerin. Tess kann mich begleiten, und wir werden sehen, was geschieht ... wenn überhaupt.«

Eine halbe Stunde später parkte Maltravers an der Straßenkurve vor Carwelton Hall.

»Es lohnt sich nicht, mit dem Auto hineinzufahren, wir bleiben nicht lange«, meinte er, als sie zurückliefen.

»Zum letzten Mal – ich glaube, du bist verrückt«, sagte Tess warnend, während er das Tor öffnete und beide die Auffahrt betraten. Vor ihnen waren mehrere Lampen im Erdgeschoß eingeschaltet, und hinter den Vorhängen an einem der Schlafzimmerfenster schimmerte Licht. »Wir sollten sofort zur Polizei gehen. Dein Hang zur Theatralik wird dich noch mal in große Schwierigkeiten bringen.«

»Aber nicht heute abend«, sagte er selbstsicher. »Howard ist in London, vielleicht um eine neue Drogenlieferung abzuholen, und Jennifer wartet darauf, daß Duggie Lydden verurteilt wird, dann machen sie sich mit der Beute davon. Ich glaube, heute abend habe ich was Besonderes verdient.«

Jennifer Carrington sah nervös aus, als sie die Vordertür öffnete und dann beide einließ, um sie ins Wohnzimmer zu führen.

»Wir fahren am Wochenende nach London zurück«, erklärte Maltravers, nachdem er Tess vorgestellt hatte. »Ich wußte nicht genau, wie lange Sie noch da sind, deshalb wollte ich Ihnen das hier lieber wiedergeben, solange ich die Möglichkeit dazu habe. Ich hatte Charles versprochen, es zurückzubringen.«

»Ach, natürlich. Ich hatte ganz vergessen, daß Sie es haben.« Jennifer Carrington nahm den Umschlag, in dem sich die Conan-Doyle-Fotokopien befanden. »Die Bücher sind immer noch bei der Polizei, aber mein

Anwalt sagt, ich müßte sie bald wiederbekommen ... möchten Sie einen Drink?«

»Ja, danke.« Maltravers beobachtete, wie sie zum Schrank mit den Getränken ging. »Einer von Malcolms Reportern hat gehört, daß Duggie Lyddens Gewehr gefunden worden ist. Wußten Sie das?«

Jennifer Carrington blieb kurz stehen, drehte sich aber nicht um. »Nein. Wo war es denn?«

»Offenbar irgendwo in der Nähe seines Hauses versteckt. Die Anklage gegen ihn bedeutet faktisch, sie müssen Beweise dafür haben, daß es die Mordwaffe ist ...« Maltravers zuckte die Schultern. »Vielleicht sagt er endlich die Wahrheit.«

»Das hoffe ich.« Sie goß die Drinks ein und gab beiden ihre Gläser. »Ich wußte nicht, daß jemand zu solchem Haß fähig sein könnte wie er. Er scheint fest entschlossen, mich da irgendwie mit hineinzuziehen.«

»Was werden Sie machen?« fragte Tess. »Wenn das alles vorbei ist. Bleiben Sie hier?«

»Im Augenblick weiß ich es noch nicht. Mit diesem Haus verbinden sich für mich viele schöne Erinnerungen, aber ...« Sie machte eine hilflose Gebärde. »Ich muß noch darüber nachdenken.«

»Ich hatte überlegt, ob Sie nicht vielleicht nach Manchester zurückgehen würden«, sagte Maltravers. »Sie müssen doch dort Freunde haben.«

»Nicht viele ... und keine besonders engen.« Jennifer Carrington wandte sich zur Seite, um ihr Glas abzustellen, bevor sie antwortete. »Es könnte sein, daß ich ganz aus England weggehe und versuche, noch einmal von vorn anzufangen.«

Während die zwanglose Unterhaltung noch ein paar

Minuten weiterging, wirkte sie reserviert. Dann leerte Maltravers sein Glas und stand auf.

»Wir müssen gehen«, sagte er. »Wir waren nur gekommen, um das Manuskript zurückzubringen, solange Sie noch da sind, und um uns zu verabschieden.« Er streckte ihr die Hand entgegen. »Ich hatte noch keine Möglichkeit, Ihnen zu sagen, wie leid es mir tut, was geschehen ist. Ich kannte Charles kaum, aber ich mochte ihn.«

Jennifer Carrington senkte den Kopf, als sie seine Hand ergriff. Sie berührte nur die Fingerspitzen.

»Er war ein wunderbarer Mann«, sagte sie leise. »Ich habe ihn sehr geliebt.«

»Kann ich Sie noch um etwas bitten, bevor wir gehen?« fragte Tess. »Gus hat mir erzählt, wie er auf die Kombination für den Safe gekommen ist. Dürfte ich ihn einmal sehen?«

Sie sah unschlüssig aus. »Nein, tut mir leid. Das wird Sie aufregen und ...«

»Schon gut«, unterbrach sie Jennifer Carrington. »Ich bin ihm sehr dankbar dafür. Es ist etwas, das ich nicht wissen konnte. Kommen Sie hier durch.«

Sie folgten ihr durch die Diele in die Bibliothek, wo Maltravers vorführte, wie das Schloß mit den Zahlen aus der Sherlock-Holmes-Geschichte geöffnet worden war. Aber diesmal funktionierte es nicht.

»Ich muß eine von den Zahlen falsch eingestellt haben«, sagte er. »Könnten Sie das Manuskript holen? Sie haben es auf dem Tisch im anderen Zimmer liegenlassen. Wenn ich ihn schnell genug öffne, geht der Alarm nicht los.«

Nachdem Jennifer Carrington hinausgegangen war, drehte er schnell die Wählscheibe und öffnete den Safe.

Aus seiner Tasche legte er etwas in das Fach und verschloß ihn wieder. Als sie zurückkam, spielte er Pantomime, so als würde er das Manuskript zu Rate ziehen und dann den Versuch wiederholen.

»Quod erat demonstrandum«, sagte er zu Tess und öffnete die Tür noch einmal. »Was bedeutet, daß Duggie Lydden das Buch gelesen ... Hallo, was ist das?«

Er griff in den Safe und holte den Umschlag heraus, den er Augenblicke zuvor hineingetan hatte. Fragend drehte er sich zu Jennifer Carrington um.

»Die Polizei hätte dies doch sicherlich bemerkt«, sagte er. »Oder haben Sie es selbst erst danach hineingelegt? Es steht ihr Name darauf.«

»Was? Aber er war leer, als ... lassen Sie es mich sehen.«

Sie entriß ihm den Umschlag und öffnete ihn, dann las sie das darinliegende einzelne Blatt.

»Was steht drauf?« fragte Maltravers leise.

»Es ist seit langem mein Axiom, daß die kleinen Dinge am uneingeschränkt wichtigsten sind.« Jennifer Carrington starrte ihn verwirrt an. »Was bedeutet das? Wie ist das dorthin gekommen?«

»Ich habe es hineingelegt«, sagte er. »Das Zitat stammt von Conan Doyle – er läßt uns einfach nicht los.«

Jennifer Carringtons Gesicht zeigte plötzlich Erregung.

»Wovon reden Sie?« wollte sie wissen.

»Von Mord natürlich«, erwiderte Maltravers ruhig. »Und obendrein von einem besonders cleveren. Wer ist zuerst auf die Idee gekommen?« – »Was meinen Sie damit, wer auf die Idee gekommen ist?«

Jennifer Carringtons Aufregung steigerte sich zur Panik. »Sie wissen, daß Duggie Charles umgebracht hat. Mein Gott, Sie haben doch selbst geholfen, ihn zu überführen.«

»Das stimmt, was?« pflichtete er ihr bei. »Mit meiner glänzenden Entdeckung dieser Safe-Kombination. Darauf hatten Sie unter anderem gehofft, nicht wahr? Wenn ich nicht dahinter gekommen wäre, hätten Sie sich etwas anderes einfallen lassen müssen, damit sie herauskommt. Aber ich habe jetzt meinen Fehler erkannt.«

Jennifer Carrington mußte sich sichtlich beherrschen.

»Schauen Sie, ich weiß nicht, was Sie damit bezwecken. Aber ich habe in den letzten Tagen auch ohne geschmacklose Scherze mehr als genug Gemeinheiten von Leuten erdulden müssen. Und jetzt scheren Sie sich raus und lassen mich allein. Alle beide!«

Sie schritt steif zur Tür der Bibliothek und blieb daneben stehen, um sie zum Gehen zu bewegen. Niemand rührte sich.

»Es hat keinen Zweck, Jennifer«, sagte Maltravers zu ihr. »Wir wissen, daß Duggie Lydden Charles nicht umgebracht hat ... und wir wissen auch, wer es war.«

Einen Augenblick lang starrte sie ihn eisig an, dann wandte sie sich an Tess.

»Würden Sie ihn dazu bringen, daß er geht?«

»Das wird nichts nützen«, sagte Tess. »Wir wissen sehr viel.«

»Sogar, daß alles schon vor langer Zeit angefangen hat, als Geoffrey Howard Gillian Carrington begegnet ist«, fügte Maltravers hinzu.

Jennifer Carrington blickte ihn entsetzt an, dann verfärbte sich ihr Gesicht vor Wut.

»Sie sind wahnsinnig!« schrie sie. »Jetzt machen Sie, daß Sie rauskommen!«

Maltravers warf Tess einen Blick zu und griff dann nach dem Telefon auf dem Schreibtisch neben ihm. »Wir verschwenden unsere Zeit. Ich werde die Polizei von hier aus anrufen.« Als er den Hörer abnahm, schrie Jennifer Carrington.

»Geoffrey!«

In das Geräusch von Schritten, die die Treppe herunterhasteten, mischte sich das Scheppern des Telefonapparates, den Maltravers fallengelassen hatte.

»Mir war, als hätten Sie gesagt, er sei in London!«

Er schob Jennifer Carrington grob beiseite, sprang hinüber zur Haustür und versuchte, sie zuzuschlagen. Aber sie flog auf, er stolperte rücklings, und Howard platzte herein. Jennifer Carrington lief an seine Seite und umschlang ihn mit den Armen. Als Maltravers sah, was er in der Hand hielt, ging er zu Tess und blieb bei ihr stehen.

»Was ist hier los?« wollte Howard wissen.

»Wir haben gerade ein bißchen über Mord geplaudert«, erwiderte Maltravers, so ruhig er es vermochte. »Ich wünschte, ich hätte gewußt, daß Sie hier sind, oder ich wäre vorsichtiger gewesen.«

»Wovon spricht er?« fragte Howard Jennifer.

»Irgendwie hat er was erraten«, schluchzte sie in panischer Angst. »Er wollte gerade die Polizei anrufen.«

»Um Gottes willen, ich habe dich gewarnt, daß wir nicht hierhergehen sollen«, murmelte Tess. Das Ding sieht echt aus.«

Neben Jennifer Carringtons zierlicher Gestalt wirkte Howards Körper übertrieben groß, und die Bedrohung wurde durch den Revolver in seiner Hand noch verstärkt. Maltravers war noch nie mit einer Waffe bedroht worden – er konnte sich nicht einmal erinnern, jemals eine gesehen zu haben –, und er fand, daß der blauschwarze Lauf eine hypnotische Faszination ausübte. Es wäre erheblich sicherer und vernünftiger gewesen, wenn sie einfach auf dem kürzesten Wege zur Polizei gegangen wären. Geoffrey Howard und Jennifer Carrington hatten schon einen sorgfältig geplanten und vorsätzlichen Mord begangen, und jetzt waren sie in einem abgelegenen Haus ohne Zeugen, wo sie noch einmal töten und davonlaufen konnten. Wäre es nicht so erschreckend real gewesen, hätte man es für die absurde Inszenierung eines uralten Klischees halten können.

»Wieviel wissen Sie?« fragte ihn Howard.

»Genug.« Maltravers' Sinne waren in Aufruhr, als der Revolver auf ihn zielte. »Und der wird Ihnen nichts nützen. Ich habe Malcolm und Lucinda Stapelton davon erzählt, und sie wissen, daß wir heute abend hier sind. Wenn die Polizei noch zwei Tote in diesem Hause findet, werden Sie die nicht mehr durch Erklärungen aus der Welt schaffen.«

Während er angsterfüllt wartete, ging ihm durch den Kopf, daß auch dies wie eine althergebrachte Phrase klang. Howard schwieg. Es könnte eine Stunde oder länger dauern, bis Malcolm und Lucinda anfingen, sich Sorgen zu machen. Nachdem Howard dies innerlich überschlagen hatte, gab er sich einen Ruck.

»Wir werden nicht mehr hier sein.« Er wandte sich an Jennifer Carrington. »Los, pack zusammen, wir nehmen einen Nachtflug von Manchester. Bis sie die beiden finden, sind wir schon meilenweit weg. Beeile dich!«

»Und die Bücher lassen Sie da?« Maltravers klammerte sich verzweifelt an jedes Argument, das ihm einfiel. »Die waren doch der Zweck des Ganzen.«

»Ja, natürlich.« Howard zuckte die Schultern. »Aber daran können wir jetzt nichts mehr ändern, nicht wahr? Wir halten uns an den Schmuck. Der ist wertvoll genug.«

Maltravers fühlte, wie Tess seine Hand ergriff und sie sehr fest drückte; er stellte fest, daß die Handflächen feucht waren. Während er nachzudenken versuchte, dröhnte es wie verrückt in seinem Kopf: Nur wenige Minuten, und sie würden beide tot sein. Der Gedanke ließ ihn nicht los, daß die Situation das Ergebnis seiner Selbstüberschätzung war und er allein die Schuld daran trug. Aber Tess, die versucht hatte, ihn davon abzuhalten, würde ebenfalls sterben, und dies war unerträglich.

»Überlegen Sie einen Moment«, sagte er eindringlich. »Sie haben den Mord an Charles nach Plan ausgeführt, und Sie können noch immer entkommen – wir sind nicht in der Lage, Sie aufzuhalten. Aber wollen Sie wirklich noch zwei weitere Morde riskieren? Sie könnten uns irgendwo hier im Haus einschließen, und es bliebe Ihnen noch immer genügend Zeit, um zu fliehen.«

Howard sah ihn an, und der Augenblick schien kein Ende zu nehmen, dann fragte er Jennifer Carrington. »Gibt es da irgendwas?«

»Aus dem Keller kommen sie nicht heraus«, sagte sie. »Und wir könnten sie fesseln.«

Mit etwas mehr Zeit und Abstand hätte es Maltravers erstaunlich gefunden, daß einem Agnostiker unter solchen Umständen groteskerweise der Name der Heiligen Barbara in den Sinn kommen konnte, Schutzpatronin aller, die von einem plötzlichen Tod bedroht sind. Er führte es auf eine gewisse innerliche Hysterie zurück, während er darauf wartete, daß Howard eine Entscheidung traf, aber dann verfiel er in eine Art wirres Gebet.

»Also gut«, sagte Howard schließlich und sah Jennifer Carrington an. »Aber wir gehen auf Nummer Sicher. Hol mein Zeug von oben.«

»Welches Zeug?« Maltravers, der bei Howards Zustimmung erleichtert aufgeatmet hatte, wurde von dem unguten Gefühl befallen, daß er es wußte.

»Heroin. Nicht so viel, um Sie zu töten, aber Sie werden für lange Zeit außerstande sein, mit irgend jemandem zu sprechen. Keine Sorge.« Howard lächelte säuerlich. »Ich weiß, was ich tue. Sie werden es schon überstehen – letzten Endes.«

»O Gott«, flüsterte Tess.

Maltravers konnte sich das grauenhafte Bild ausmalen, wie Howard den Revolver an Tess' Kopf setzte, während ihm Jennifer Carrington die erste Injektion in seinen Arm verabreichte. Was danach kommen würde, ließ sich nicht erahnen, aber er stellte fest, daß man im Angesicht des Todes nach jeder Möglichkeit greift, die ein Überleben in Aussicht stellt. Verzweifelt suchte er nach einer Begründung, mit der sich Howard umstimmen ließ, als es an der Tür klingelte.

»Nicht aufmachen!« sagte Howard in scharfem Ton zu Jennifer Carrington. »Die gehen wieder.«

»Das bezweifle ich«, warf Maltravers hastig ein. »Ihr Wagen steht in der Einfahrt, und im ganzen Haus brennt Licht.«

»Die gehen wieder«, wiederholte Howard überzeugt.

Zumindest gewannen sie dadurch Zeit; Howard würde mit Sicherheit nicht schießen, solange jemand draußen war, der es hören könnte. Während sie schweigend warteten, bewegte sich Maltravers ein wenig, bis sich Tess links von ihm befand. Wenn es gelänge, sie zur Seite zu stoßen und dann vor Howards Füßen abzutauchen, würde die Kugel vielleicht danebengehen, und er konnte ... Howard bedeutete ihnen durch eine leichte Bewegung mit der Waffe, daß sie auseinandergehen sollten, und trat zurück, wodurch sich zwischen ihm und Maltravers ein unüberwindlicher Abstand auftat. Es klingelte noch einmal.

»Erwartest du irgendwen?« fragte Howard leise. Jennifer Carrington schüttelte den Kopf. »Na schön, letztendlich werden sie's mal satt bekommen.«

Maltravers fing an zu überlegen. Wie ruhig war Howard wirklich? Die Hand, in der er die Waffe hielt, hatte beim zweiten Klingeln leicht gezuckt. Wer immer dort draußen war – konnten sie es hören, wenn er laut genug schrie? Mit großer Sicherheit würde Howard dann auf ihn schießen, aber in dem anschließenden Durcheinander hätte Tess vielleicht eine Chance zu entkommen. Fieberhaft kombinierte sein Verstand die verschiedenen Möglichkeiten. Würde Howard sie sofort erschießen und dann hinausrennen, um dasselbe mit dem Besucher zu tun? Oder würde er zuerst an die Haustür stürzen? Howard hob den Revolver und hielt ihn mit ausgestreckten, fest verschränkten Händen auf sie gerichtet. Er wirkte plötzlich auf beunruhigende Weise beherrscht.

Stille breitete sich in dem Raum aus. Dann wurde sie erneut von der Klingel unterbrochen, dieses Mal aber läutete sie endlos. Der schrille Ton ging einem durch und durch, er schien immer lauter und beharrlicher zu werden, bis er in den letzten Winkel des Hauses gedrungen war. Nach einer halben Minute verlor Howard die Fassung.

»Himmelarsch, sieh zu, daß du sie abwimmelst!« bellte er. »Mach schon!«

Jennifer Carrington ging aus der Bibliothek und schloß die Tür. Die Klingel läutete weiter. Howard sah Maltravers an und formte tonlos mit den Lippen »ruhig bleiben«, dann drehte er die Pistole in leichtem Bogen zu Tess. Er würde sie zuerst erschießen ... In der Diele brach der erbarmungslose Lärm unvermittelt ab, und dem Nachhall folgte Lautlosigkeit. Sie hörten Stimmen, aber die Worte waren gedämpft, dann schrie eine Frau, und es klang, als fiele etwas herunter. Jennifer Carrington rief erneut nach Howard.

Maltravers straffte sich, als Howards Kopf herumfuhr, aber der hielt die Waffe weiter im Anschlag. Unmittelbar danach gab es noch einen Schrei, diesmal vor Schmerz. Howard griff nach der Tür und öffnete sie; Jennifer Carrington lag am Boden der Diele und versuchte, sich einer anderen Gestalt zu entwinden. Eine Sekunde lang zögerte Howard, dann rannte er hinzu. Maltravers stürzte ihm durch die Tür der Bibliothek nach und streckte das Bein vor, um ihn zu Fall zu bringen. Mit einem Auge nahm er noch wahr, wie die Pistole scheppernd über das Parkett rutschte und Tess hinter ihm her hastete, dann krallte er sich an Howard und versuchte verzweifelt, ihn festzuhalten. Es gab einen dröhnenden Knall, aus dem Rahmen eines Porträtbildes an der Wand klirrten riesige Glasscherben zu Boden. Mit einem Einschußloch im Genick starrte Friedensrichter Sir Francis Carrington unbewegt auf die Szenerie aus bestürzten und schreckgelähmten Menschen. Maltravers rappelte sich auf und rannte hinüber zu Tess.

»Laut, aber wirkungsvoll«, meinte er verstehend, indem er gleichzeitig das Porträt ansah und ihr den Revolver aus der schlaffen, zitternden Hand nahm. »Guter Schuß.«

»Red keinen Blödsinn!« Ihre Stimme bebte. »Das verdammte Ding ist von selbst losgegangen!«

Maltravers wirbelte herum und richtete die Pistole auf Howard, denn er hörte, daß dieser begann, sich zu bewegen.

»Ich habe nicht viel Ahnung davon, wie solche Dinger funktionieren, aber auf diese Entfernung stehen Ihre Chancen schlecht«, sagte er warnend und hoffte zugleich inständig, daß es Howard nicht darauf ankommen lassen würde. Wenn er zu schießen gezwungen war, konnte das damit enden, daß er alles und jeden traf, einschließlich sich selbst. »Tess, ruf die Polizei an, außerdem brauchen wir einen Krankenwagen!«

Während Tess wieder in die Bibliothek ging, lief Maltravers hinüber zu Charlotte Quinn, die benommen gleich hinter der Haustür lag. Er bückte sich und nahm ihr das Jagdmesser aus den kraftlosen Fingern. Neben ihr am Boden stöhnte Jennifer Carrington, die mit zusammengepreßten Händen versuchte, die Blutung an ihrem Oberschenkel zu stillen. Maltravers behielt Howard fest im Auge und half Charlotte in einen Sessel. Sie starrte ihn zornig an.

»Warum haben Sie mich gehindert, sie umzubringen? Sie wird alles bekommen.«

»Nein, keineswegs«, versicherte er. »Sie wird weder Carwelton Hall noch irgend etwas darin bekommen!«

Howard war zu Jennifer gekrochen und wiegte ihren Kopf in seinem Arm. Das Taschentuch, das er auf ihre Wunde hielt, färbte sich leuchtend rot. Tess kam zurück in die Diele.

»Sieh zu, ob du irgendwelches Verbandzeug findest«, sagte Maltravers zu ihr. »Versuch es im Bad.« Als Tess nach oben ging, blickte Howard voller Abscheu zu ihm auf.

»Na gut, Sie gerissener Hund. Wie sind Sie uns auf die Schliche gekommen?«

»Nur zwei kleine Fehler«, teilte ihm Maltravers mit. »Und Sie haben beide gemacht. Sherlock Holmes hat mir geholfen, sie zu erkennen.«

»Ich bin nicht zum Scherzen aufgelegt«, schnauzte Howard.

»Keiner von uns ist das«, sagte Maltravers geradeheraus. »Aber ich mache auch keine Scherze. Es war neulich abend nach dem Essen, obwohl es mir damals nicht auffiel. Als Sie vor mir durch diese Tür in die Bibliothek gingen, haben Sie sich nicht wie ich den Kopf gestoßen, und Sie sind größer als ich. Wie konnten Sie wissen, daß Sie sich ducken müssen, wenn Sie nicht schon einmal hier waren? Charles kann Sie nicht gewarnt haben, sonst hätte er es bei mir ja auch getan. Dann, beim Abfahren, sind Sie vom Tor aus links abgebogen anstatt nach rechts Richtung Autobahn. Man kann in Nigeria innerhalb von zehn Jahren eine Menge lernen, aber nicht die wegen der Kurve sicherste Art, aus Carwelton Hall herauszufahren.

Die Tür war wie der Hund in Conan Doyles Geschichte *Silver Blaze*, wo Holmes die berühmte Beobachtung macht, daß er in der Nacht nicht gebellt hat – etwas, das geschehen sollte, aber nicht geschieht. Als Sie abfuhren, war es umgekehrt. Sie haben etwas getan, was Sie nicht tun sollten.«

Tess kam mit einer Verbandrolle die Treppe herunter und gab sie Howard. Jennifer Carrington war ohnmächtig geworden. Howard riß ihr Kleid von dem Schnitt an auf, den das Messer hinterlassen hatte, und begann die Binde um die Wunde zu wickeln. Tess ging durch die Diele und legte den Arm um Charlotte Quinn. Howard riß das Ende der Binde auseinander und band es fest, dann hob er den Blick herausfordernd zu Maltravers.

»Ist das alles, was Sie haben?« fragte er höhnisch. »Sie beschuldigen mich eines Mordes, weil ich mir den Kopf nicht gestoßen habe und wegen der Art, in der ich aus dem Tor gefahren bin? Sie sind nicht bei Trost.«

»Glauben Sie das ruhig, wenn Sie wollen«, erwiderte Maltravers gleichmütig. »Sie werden zum Schluß merken, was ich noch alles weiß. In der Zwischenzeit fangen Sie mal lieber an, sich eine Erklärung dafür zu überlegen, daß Sie eben damit gedroht haben, uns umzubringen, und daß Sie da oben Heroin haben.«

Er drehte sich zu Charlotte Quinn um. »Sie hätten heute abend nicht herkommen sollen.« – »Wäre dadurch etwas gebessert worden?«

»Für Sie schon«, sagte Tess in scharfem Ton zu ihm. »Bis jetzt habe ich aus richtigem Grund etwas Falsches gemacht. Aber egal, sie hat uns das Leben gerettet. Wir hätten auch nicht herkommen sollen.«

»Ich weiß«, pflichtete ihr Maltravers bei. »Aber in dem Falle hätte Howard sie umgebracht.«

Zwölftes Kapitel

Alan Morris hatte festgestellt, daß sein tiefverwurzelter, aus vergessenen Kindertagen stammender Begriff von Sünde ihn daran hinderte, sich hinter Unwahrheiten zu verschanzen. Wozu er sonst auch imstande sein mochte, er erwies sich endgültig als unfähig zu lügen. Lamberts professionellen Instinkten war diese Schwäche nicht verborgen geblieben, und er nutzte sie erbarmungslos, indem er jeden Weg einer Ausflucht oder eines Rückzuges verbaute, bis das müde Eingeständnis der Niederlage kam. Als die ganze Geschichte mit zunehmender Bereitwilligkeit und einem perversen Gefühl der Erleichterung hervorsprudelte, hatte sich der Raum in einen Beichtstuhl verwandelt.

Nunmehr, da die Dämme gebrochen waren, sah sich Morris veranlaßt, alles zu gestehen. Seine Augen glänzten vor ständig steigender Erregung, und er begann mit den vier Pferden, auf die er in einer Sammelwette am Nachmittag des Mordes gesetzt hatte, wobei der Gewinn des einen gleich auf das nächste überging. Der erste war ein Sieg bei 100:8, danach noch einer mit doppeltem Einsatz zurück, gefolgt von einem fürchterlich knappen mit einer halben Länge bei 15:4. Und dann war dieser 20:1-Außenseiter mit Mühe und Not auf den fünften Platz gezuckelt, wie Morris dem Bericht in einem Wettbüro entnommen hatte. Fünftausend Pfund, dringend benötigt und durch die Aussicht auf Befreiung von allen Sorgen wertvoller denn je, waren im Schlamm von Doncaster versunken. Während Morris erzählte, hatte ihn der alles verzehrende Nervenkitzel noch einmal gepackt, dieses zwanghafte Auskosten eines Rausches, dem man sich vielleicht nicht entziehen konnte. Noch eine ganze Stunde lang sprach er über die zurückliegenden Jahre und den heimlichen Wechsel zwischen der Hochstimmung des Gewinnens und der wachsenden Verzweiflung des Verlierens. Abrupt hatte er abgebrochen und Lambert ungläubig angestarrt, als könne er nicht begreifen, was geschehen war. Es hatte erst eines Mordverdachts bedurft, um ihm das Geständnis abzuringen, daß er ein zwanghafter Spieler, daß der angesehene, korrekte Pfarrer hilfloses Opfer einer furchtbaren Krankheit war. Nach dem Zusammenbruch der Fassade aus Wohlanständigkeit sah sich Lambert nun einem verwirrten Mann gegenüber, der seinen guten Ruf verloren hatte, zerstört durch die eigene Schwäche. Der Pfarrer schaute seinen Beichtvater flehentlich an, aber es gab keine Absolution.

»Wem gehörte das Geld, Mr. Morris?«

Es herrschte für lange Zeit Stille.

»Ich würde gern eine Aussage machen.«

Lambert, der die Situation augenblicklich erfaßt hatte, brachte mit seiner leise gestellten Frage die letzten Reste von Alan Morris' trügerischem Wahngebäude zum Einsturz; seine müde Antwort war ein Eingeständnis der eigenen Vernichtung.

Mit der Warnung, daß noch weitere polizeiliche Ermittlungen folgten, wurde er wieder auf freien Fuß gesetzt. In Lamberts Skepsis mischte sich die überwältigende Erleichterung, daß Duggie Lydden noch immer sein Mann war. Als er von den Ereignissen auf Carwelton Hall erfuhr, begann er zu grollen wie ein Vulkan. Jennifer Carrington war ins Krankenhaus gebracht worden, wo die Polizei darauf wartete, daß sie vernommen werden konnte. Die anderen machten ihre Aussagen, und das Schreckgespenst einer ungerechtfertigten Festnahme stand erneut im Raum.

»Schon wieder dieser Scheißkerl?« explodierte er, nachdem Maltravers' Name gefallen war. »Erst erzählt er uns, daß er Lyddens Wagen gesehen hat, dann kommt er mit dieser Geschichte von der Safe-Kombination an. Und jetzt das. Ist er Privatdektiv, oder was?«

»Nein Sir. Er ist Schriftsteller«, erklärte ihm Moore.

»Was für einer? Schreibt er Märchen, verdammt noch mal?« Lamberts riesige, unansehnliche Koboldfigur krümmte sich vor schrecklicher Wut. »Wo ist er?«

Wie ein Panzer rollte er durch die Flure zu dem Verhörraum, wo Maltravers soeben seine Aussage fertiggestellt hatte. Der ungeheure Beamte nahm das Blatt, las es durch und sah ihn dann voller Widerwillen an.

»Sie bringen sich ein bißchen sehr ins Gerede, was?« sagte er. »Wie sind Sie auf all das gekommen?«

»Inspiration, Vermutungen und Glück«, erwiderte Maltravers. »Ein paar Einzelheiten müssen Sie sich noch bei Geoffrey Howard und Jennifer Carrington besorgen, aber ich habe so viele Lücken gefüllt, wie ich konnte.«

»Und Sie behaupten, die haben Charles Carrington umgebracht?« Lamberts Tonfall klang nicht nach Zustimmung.

»Ja. Und vorher wurde Duggie Lydden von ihnen als Sündenbock aufgebaut. Ich habe ungewollt den Verdacht gegen ihn noch erhärtet, als ich den Zusammenhang zwischen der Safe-Kombination und dem Sherlock-Holmes-Buch erkannte.«

Lambert plumpste in einen Sessel wie eine halbfeste Sülze. »Sie haben eine Begabung für Theorien, mein Freund. Wiederholen Sie diese Kleinigkeit für mich noch mal. Wir haben die ganze Nacht Zeit, falls nötig.«

»So lange wird es nicht dauern«, versicherte ihm Maltravers. »Es fing an, als Howard in Manchester Gillian Carrington begegnete. Möglicherweise hat er ihr den Stoff geliefert. Sie muß ihm von den Conan-Doyle-Büchern und der Safe-Kombination erzählt haben. Nachdem sie tot war, beschloß Howard, sich die Bücher zu holen.

Ich weiß nicht, wie lange er Jennifer schon kannte, aber er war mit Sicherheit schon ihr Freund, bevor sie als Sekretärin in Carringtons Praxis anfing. Offenbar bestand der erste Teil ihres Planes darin, daß sie ihn möglichst heiraten sollte, was sich als einfacher erwies, als sie erwartet hatten. Danach fing sie ein Verhältnis mit Lydden an, weil der für ihre Zwecke dumm genug war.«

Lambert verharrte in der schläfrigen Reglosigkeit eines Gorillas, aber seine scharfen Augen blieben beim Zuhören hellwach.

»Der Mord war sehr kompliziert«, fuhr Maltravers fort. »Jennifer brach zwar nach Manchester auf, aber sie kam wenig später zurück. Kann sein, daß sie bis zur Tankstelle von Forton an der M 6 gefahren ist, von wo aus Howard sie – für den Fall, daß jemand ihren roten Fiesta gesehen hat – mit seinem Wagen abgeholt und zurückgebracht haben könnte. Zu Beginn des Vormittags war er in der Stadt gewesen und hatte in belebten Geschäften eingekauft. Bei der Bank benutzte er auch ihre Geldkarte, um die Geschichte zu untermauern, daß sie den ganzen Tag dort gewesen sei.

Als Lydden mittags in Carwelton Hall ankam, war sie da, genau wie er behauptet, und sie gingen ins Bett. Dadurch gewann Howard Zeit, zu Lyddens Haus zu fahren und das Gewehr zu stehlen – es war offenkundig eine Lüge Jennifers, daß sie die von ihm erhaltenen Schlüssel verloren habe. Zugleich könnte er die Conan-Doyle-Bücher dort versteckt haben.«

»Moment mal«, unterbrach ihn Lambert. »Woher wissen Sie, wo die Polizei die Bücher gefunden hat? Wir haben das nicht bekanntgegeben.«

»Jennifer Carrington hat es mir erzählt. Als sie in Brook Cottage war, nachdem Sie sie freigelassen hatten, kam alles mögliche heraus, höchstwahrscheinlich um sie damit reinzuwaschen und die Dinge für Lydden zu erschweren.«

Lambert grunzte und hielt sich vorübergehend zurück, während Maltravers weitersprach.

»Nachdem Lydden Carwelton Hall verlassen hatte, brachte Howard Jennifer Carrington dorthin zurück, wo ihr Wagen stand, und sie fuhr wirklich nach Manchester. Auf dem Wege nach Timperley ging sie bei Sherratt & Hughes vorbei und kaufte mit ihrer Kreditkarte das Buch für Charles. Sie behauptet, daß sie direkt von der Bank dorthin gegangen sei, wo sie am Morgen das Geld abgehoben hatte, nicht wahr? Ich war heute in dem Geschäft. Es ist so belebt, daß die Möglichkeiten des Personals, sich daran zu erinnern, ob ein Kunde vormittags oder nachmittags da war, nur gering sind. Sie ging ein Risiko ein, aber waren

Sie in der Lage, exakt nachzuweisen, um welche Zeit sie tatsächlich dort war?«

Lambert gab keine Antwort, und Maltravers zuckte die Schultern. »Na gut, es steht mir nicht an, Ihnen Fragen zu stellen. Trotzdem, Howard wartete in Carwelton Hall auf Carringtons Heimkehr und tötete ihn mit Lyddens Gewehr. Ich weiß nicht genau, wo die Polizei es später gefunden hat, aber ich wette, es war an irgendeinem höchst verdächtigen Ort, wo er es selbst hätte versteckt haben können. Als Jennifer Ihnen gegenüber die Andeutung Richtung Lydden machte, beharrte er darauf, sie an diesem Mittag auf Carwelton Hall getroffen zu haben, obwohl sie anscheinend beweisen konnte, daß sie den ganzen Tag in Manchester war. Darf ich?«

Lamberts Kürbiskopf schwabbelte bejahend, während Maltravers seine Zigaretten hervorholte. Der Superintendent lehnte selbst eine ab und entzündete statt dessen eine Pfeife, deren Qualmausstoß eine schwerwiegende Verletzung der Abgasumweltgesetze darstellte.

»Dann bin ich darauf gekommen, daß Lydden die Safe-Kombination aus der Lektüre der *Feuerhexe von Attwater* erraten haben konnte.« Maltravers schaute sein Gegenüber entschuldigend an. »Ich fürchte, das hat Sie in die Irre geführt, aber es erschien mir damals als sehr guter Einfall. Im Kalkül der beiden muß das der letzte Beweis gegen ihn gewesen sein, und außerdem lenkte es jeden Verdacht von ihnen ab. Charles hatte mir selbst erzählt, daß Jennifer das Buch nie gelesen hat, und ein alter Freund von ihr, der angeblich vor diesem Abendessen nie auf Carwelton Hall gewesen war, konnte es auch nicht, oder? Wenn nicht mir die Bedeutung des Umstandes aufgefallen wäre, daß der Mörder das Buch kannte, hätten sie sicher sein können, daß es die Polizei schließlich selbst herausfinden würde. Oder sie wären auf etwas anderes verfallen, um sie darauf aufmerksam zu machen.«

Maltravers tippte die Zigarettenasche auf eine Untertasse. »Das ist alles, was ich weiß, aber Sie können den Rest selbst ermitteln. Was heute abend auf Carwelton Hall passiert ist, beweist auf alle Fälle, daß ich recht habe.«

Lambert stand auf und bat Maltravers zu warten. Nach etwa zehn Minuten kam er zurück.

»Mr. Howards Aussage zufolge sind Sie und Miss Davy heute abend auf Carwelton Hall gewesen und haben Mrs. Carrington ohne jeden Beweis des Mordes beschuldigt«, sagte er. »Er konnte sich ihrer nur unter Androhung der Schußwaffe erwehren und wollte ursprünglich selbst die Polizei rufen. Durch das Eintreffen von Mrs. Quinn entstand jedoch einige Verwirrung, und Sie konnten ihn überwältigen.«

»Schwachsinn.« Maltravers winkte geringschätzig ab. »Das ist ein Akt der Verzweiflung. Hören Sie sich Jennifers Version an, die hatten keine Zeit, sich abzustimmen. Und fragen Sie ihn nach seiner Tätigkeit als Bauingenieur in Nigeria während der letzten zehn Jahre, das war seine Story bei dem Abendessen. Ich habe in meiner Aussage den Namen und die Anschrift einer pensionierten Schuldirektorin angegeben, die in Manchester im gleichen Haus wohnt wie er. Und sie erinnert sich daran, während der letzten drei Jahre mehr als einmal Jennifer Lloyd gesehen zu haben, so hieß sie damals. Lassen Sie ihn den Haufen mal ›wegerklären‹, damit er einen Vorgeschmack bekommt.«

»Sie sind sehr eifrig gewesen, Mr. Maltravers.« Aus Lamberts kellertiefer Stimme klang ein scharfer Vorwurf. »Warum sind Sie mit all dem nicht sofort zur Polizei gekommen, anstatt Amateurdetektiv zu spielen?«

Maltravers sah ihn bedauernd an. »Dafür habe ich keine Entschuldigung. Ich wollte beweisen, daß ich recht habe, aber wenn ich die Absichten von Mrs. Quinn gekannt hätte, wäre ich gleich zu Ihnen gekommen. Nun mußte ich eine Aussage als Zeuge einer Körperverletzung machen und eine über die Beweise für einen Mord. Tut mir leid.«

»Nicht nur Körperverletzung«, korrigierte ihn Lambert ernst. »Es kann sein, daß Mrs. Quinn wegen versuchten Mordes angeklagt wird, und auf Sie könnte ebenfalls eine Anzeige zukommen. Es ist eine schwerwiegende Straftat, der Polizei Informationen vorzuenthalten, die zur Aufklärung eines Mordes beitragen.«

Maltravers schaute in das gleichmütige, unerbittliche Gesicht des Gesetzes und seufzte. »Darf ich darum bitten, daß meine Anwesenheit auf Carwelton Hall heute abend berücksichtigt wird? Wenn ich nicht dort gewesen wäre, hätte Howard möglicherweise Charlotte Quinn getötet, als sie auf Jennifer losging, und beide wären davongelaufen. Vielleicht habe ich einen zweiten Mord verhindert.«

»Das ist Sache des Polizeichefs«, erwiderte Lambert mit versteinerter Miene und ging hinaus. In seinem Büro las er die Aussagen, und seine Resignation wuchs. Es gab für die Polizei noch eine ganze Menge zu überprüfen, aber Maltravers' Geschichte war auf bizarre Weise überzeugend, und der Superintendent mußte sich widerwillig eingestehen, daß sie tatsächlich stimmen konnte.

»Verdammt noch mal!« stöhnte er, während ihm die Aussicht, Duggie Lydden freilassen zu müssen, mit allen Konsequenzen durch den Kopf ging.

Als Maltravers und Tess das Polizeirevier in Kendal verließen, erhellte eine bleiche, feuchte Morgendämmerung widerstrebend den Himmel. Die Luft war rauh, und die Stadt lag still und leer. Über dem Fluß Kent, den sie auf ihrem Weg zurück nach Brook Cottage auf der grauen Steinbrücke überquerten, hing niedriger Nebel. Sie fuhren an dem Krankenhaus vorbei, in dem sich Jennifer Carrington so weit erholt hatte, daß die Polizei mit ihrer Befragung beginnen konnte. Sie versuchte, Howard die Schuld an dem Mord zuzuschieben, indem sie behauptete, er habe gesagt, daß er nur die Bücher stehlen wolle. Charlotte Quinn wurde der schweren Körperverletzung beschuldigt, um sie festhalten zu können. Lambert meinte, die Anklage wegen versuchten Mordes könne warten.

»Glückwunsch!« Malcolm hob sein Glas. Sie saßen an diesem Abend am Kamin in der Halle des Hodge Hill Hotels bei Newby Bridge. Maltravers hatte sie alle zum Essen in dieses Herrenhaus aus dem fünfzehnten Jahrhundert eingeladen, das er für das beste Restaurant in Cumbria hielt. »Aber ihr hättet gestern abend beide ums Leben kommen können, Hergott noch mal.«

»Erinnere mich nicht daran«, gab ihm Maltravers verdrießlich recht. »Ich weiß nicht, ob mir Tess das jemals verzeihen kann. Und wenn ich nicht auf die Idee gekommen wäre, die Sache auf eigene Faust zu lösen, hätte Charlotte vielleicht nicht versucht, Jennifer umzubringen. Jetzt könnte es damit enden, daß ich geholfen habe, sie ins Gefängnis zu bringen. Das kann ich mir selbst nicht verzeihen.«

Lucinda beugte sich aus ihrem Sessel herüber und drückte seine Hand. »Vielleicht ein Verbrechen aus Leidenschaft? Kann sein, daß man nicht zu hart mit ihr ins Gericht gehen wird. Hör auf, dir Vorwürfe zu machen, du konntest das nicht wissen.« Er sah alles andere als überzeugt aus.

»Lucinda hat recht«, fiel auch Tess ein. »Wir haben es überlebt, und wenn du nicht alles herausgefunden hättest, wären sie vielleicht ungeschoren davongekommen. Ich dachte, du bist verrückt geworden, als du anfingst, von Hunden zu reden, die nachts nicht bellen.«

»Aber das war nur der Anfang«, meinte Maltravers. »Richtig klar erkannt habe ich es mit Hilfe der *Feuerhexe von Attwater*.«

»Wie das?« fragte Malcolm.

»Du hast es gelesen. Erinnere dich, wie sich Holmes von diesem vermeintlichen Code in die Irre führen läßt und zur wilden Jagd nach Kirkby Lonsdale rennt. Als er seinen Irrtum erkennt, sagt er zu Watson etwas über das Ignorieren der einfachen Wahrheit zugunsten einer genialen Schlußfolgerung, die so glänzend ist, daß man sich davon blenden läßt.

Mir ist es genauso ergangen. Ich war so selbstzufrieden, als ich Carringtons Safe-Zahlen herausfand und Lydden damit festnageln konnte, daß ich gar nicht genauer darüber nachdachte. Wenn er die Bücher wirklich gestohlen hätte, konnte er den Safe hinterher wieder schließen, und vor dem nächsten Öffnen wäre niemand auf einen Diebstahl gekommen. Aber dann hätte man unmöglich sagen können, wann sie herausgenommen wurden, und der Verdacht wäre nicht automatisch auf Lydden gefallen. Und sicherlich hätte er nicht gewartet, bis Charles Carrington nach Hause kam, und ihn erschossen. Welchen Sinn hätte das gehabt?«

»Wenn man es so sieht, ist es offenkundig.«

»So offenkundig wie die Tatsache, daß es sich bei den Zahlen auf dem Zettel in der *Feuerhexe von Attwater* um Datumsangaben handelte«, stimmte Maltravers zu. »Aber genau wie Holmes habe ich im falschen Heuhaufen gesucht.«

»Was ich nicht verstehe, ist, warum Howard an dem Abend zum Essen dort war«, meinte Tess. »Charles hätte ihn doch sicherlich durch die gerichtliche Untersuchung des Todes von Gillian kennen müssen.«

»Er hat an der Verhandlung nicht teilgenommen.« Maltravers reckte sich vor, um seinen trockenen Sherry wieder auf den niedrigen Tisch vor ihnen zu stellen. »Das haben mir Malcolm und Lucinda an dem Abend erzählt, als ich ankam. Was Charles betraf, so strich er den Gedanken, jemals eine Tochter gehabt zu haben, von dem Augenblick an aus seinem Gedächtnis, da er ihren Leichnam gesehen hatte. Für Howard bestand kein Risiko, erkannt zu werden, und ich glaube, er hat sich ausgerechnet, daß er nach Carwelton Hall fahren muß, um dort gesehen zu werden. Ihm wird klargewesen sein, daß die Polizei nach dem Mord in der Bibliothek das Unterste zuoberst kehren würde, und die Knaben können eine ganze Lebensgeschichte aus dem Dreck an deinen Schuhen ablesen. Mit großer Sicherheit hätten sie Indizien für die Anwesenheit eines jeden bei der Dinnerparty gefunden. Wenn sie auf etwas gestoßen wären, das speziell auf Howard hindeutete, hätte es sich damit erklären lassen, daß er unter den Gästen war.

Zudem muß es im ganzen Haus Anzeichen für Howards frühere Besuche bei Jennifer geben. Erinnert euch – er war es, der Charles fragte, ob er ihm das Haus zeigen könne; damit waren auch diese Spuren gedeckt.«

»Aber wenn die Polizei sich auf Howard konzentriert hätte, wäre sie auf all das gestoßen, was wir herausgefunden haben«, wandte Tess ein.

»Natürlich, aber so wie alles gegen Lydden sprach, hatten sie keinen Grund, irgendeinen anderen zu verdächtigen« entgegnete Maltravers. »Soweit ich weiß, haben sie sich für keinen von uns interessiert, die wir sonst noch an diesem Abend dort waren.«

»Von mir haben sie nicht einmal eine Aussage verlangt«, warf Malcolm ein.

»Genau«, sagte Maltravers. »Wenn sie nämlich andererseits von vornherein etwas zu finden versucht hätten, das auf einen Mann deutet, der noch nie in Carwelton Hall war, hätten sie sehr argwöhnisch sein müssen. Die Chance war nicht groß, aber sie existierte, und Howard war intelligent genug, sie zu erkennen. Gerissen wie ein Fuchs.«

Eine Kellnerin kam, um ihnen mitzuteilen, daß ihr Tisch fertig war, und sie gingen hinüber in den niedrigen, dunkel getäfelten Speiseraum mit seinen uralten geschwärzten Balken und Ölgemälden. In dem riesigen Kamin prasselte das Feuer.

»Was wird nun mit diesen Büchern?« überlegte Malcolm, als sie mit dem Essen begannen.

»Na, Jennifer wird sie bestimmt nicht in die Finger bekommen«, erwiderte Maltravers. »Man kann nicht Nutznießer vom Testament des Ehemannes sein, wenn man an seiner Ermordung beteiligt war. Hatte Charles noch andere Angehörige?«

»Keine, von denen wir wüßten.« Malcolm schaute zur Bestätigung zu Lucinda. »Er hatte einen älteren Bruder, aber der ist bei der Landung in der Normandie gefallen, und er war nicht verheiratet.«

»Viele Todesfälle in der Familie«, stellte Maltravers fest und stippte seine Gabel in den Cocktail aus Meeresfrüchten. »Dann könnte er Jennifer alles vermacht haben, aber sie bekommt es nicht. Vielleicht wird *Die Feuerhexe von Attwater* zum Schluß noch verlegt. Das wäre ein Happy-End mit Witz.«

Das Ende – wenn ein Lebensabschnitt, zu dem Liebe und Tod gehören, überhaupt so etwas hat – ergab sich im Verlauf der nächsten Wochen. Geoffrey Howard und Jennifer Carrington wurden zu Gefängnisstrafen verurteilt, und Charlotte Quinn erhielt zu Maltravers' großer Erleichterung eine Haftstrafe auf Bewährung. Ihr Verteidiger hatte mit seinem leidenschaftlichen Plädoyer einen verständnisvollen Richter gefunden. Maltravers erhielt seinerseits ein warnendes Schreiben vom stellvertretenden Polizeipräsidenten aus Cumbria. Man teilte ihm mit, daß die Polizei keine rechtlichen Schritte wegen seiner nicht sofort übermittelten Erkenntnisse gegen ihn einleiten würde. Aber er wurde darauf hingewiesen, daß es sich dabei um ein schwerwiegendes Vergehen handelte, und jegliche Wiederholung ... und so weiter. Der eingerahmte Brief kam in seine Sammlung von Verrissen und Manuskriptablehnungen an der Wand auf der Toilette. Dann schrieb Malcolm Stapleton.

»Es ist eine gute Woche für Neuigkeiten beim ›Chronicle‹«, las er. »Alan Morris – erinnerst du dich noch an unseren hiesigen Pfarrer? – ist zu zwölf Monaten verurteilt worden, weil er das Geld aus mehreren Wohltätigkeitssammlungen der Kirche an sich gebracht hat. Anscheinend war er schon seit Jahren in Pferdewetten verstrickt und bei jedem zweiten Buchmacher in Nordengland bis über beide Ohren verschuldet. Ist denn gar nichts mehr heilig? Mehrere Damen aus der Gemeinde kommen nicht darüber hinweg.

Die andere große Story ist Charles Carringtons Testament. Er hat alles Jennifer Carrington vermacht, bis auf ein paar Gemälde für seine alte Schule und ein Exemplar von Cranmers ›Anglikanischem Gebetbuch‹, das an die Kirche von Attwater geht. Zu den namentlich Begünstigten gehört Charlotte Quinn, sie bekommt den gesamten Schmuck seiner ersten Frau. Wie wir wissen, kann Jennifer ihre Erbschaft nicht antreten, aber es gab dafür noch eine Schutzklausel, derzufolge alles verkauft und der Erlös in einen Fonds für Drogenabhängige gehen solle, falls sie ihn nicht um achtundzwanzig Tage überlebt.

Aber mit der *Feuerhexe von Attwater* ist es eine Tragödie. Charles hat genaue Anweisungen hinterlassen, daß alle zehn Exemplare und die entsprechenden Briefe nach seinem Tod zu vernichten sind (ich zitiere aus dem Testament), ›um sicherzustellen, daß der Wunsch von Sir Arthur Conan Doyle, dieses Buch nie zu veröffentlichen, auf immer gewahrt bleibt.‹ Ich habe bei Campbell nachgefragt, der sein Testamentsvollstrecker war, und er sagt, es sei schon erledigt; er habe sie angemessenerweise verbrannt. Wenigstens konnten wir die Geschichte lesen.«

Maltravers lächelte nachdenklich und reichte Tess den Brief über den Frühstückstisch.

»Charles erzählte mir, er habe ›gewisse Vorkehrungen‹ getroffen«, sagte er, als sie mit dem Lesen fertig war und ihn mitfühlend ansah. »Er mißtraute Jennifer. Aber egal, es gab darin auch einen entsetzlichen Fehler.«

»Fehler? Was?«

»In Wirklichkeit haben Adler keinen Geruchssinn. Es wäre unmöglich gewesen, ein Exemplar so für die Jagd abzurichten, wie es im Buch geschieht. Aber Conan Doyle hat in anderen Geschichten auch Watsons Verwundung vom Arm ans Bein verlegt – oder umgekehrt, ich weiß es nicht mehr genau –, und auch das machte wohl nichts.«

»Und was ist mit der Fotokopie?« fragte Tess vorsichtig. »Kein Mensch weiß, daß du sie an dem Abend wieder in die Tasche gesteckt hast, oder? Abgesehen von mir.«

Überrascht zog Maltravers eine Augenbraue hoch. »Sie beobachten mich zu genau, Madam. Ich dachte nicht, daß das irgend jemand gemerkt hätte.«

»Ich hatte so eine Ahnung, daß du nicht davon lassen würdest. Dein Versprechen war, sie Charles zurückzugeben, nicht Jennifer.«

»Genau. Ich wollte ... ich bin mir nicht sicher. Es ging nicht einfach nur darum, sie zu haben, obwohl das natürlich eine Rolle dabei spielte, aber es sollte auch eine Erinnerung an einen Mann sein, der sich nicht kaufen ließ. Davon trifft man nicht viele.«

»Was willst du damit machen?«

»Charles hat sie mir geliehen, weil er mir vertraute. Ich

werde ganz gewiß niemals versuchen, das Buch zu veröffentlichen. Der Beweis für seine Echtheit ist ohnehin vernichtet worden.« Maltravers zuckte die Schultern. »Jetzt ist es bloß noch eine literarische Kuriosität ... vielleicht vermache ich es den Enkeln.«

»Enkel?« wiederholte Tess unschuldig. »Kommen nicht vorher Kinder? Und sollte nicht eine Heirat ...?«

Schlagartig wurde Maltravers klar, was er mit seiner Bemerkung heraufbeschworen hatte. Sein Benehmen glich dem ganzer Generationen von (üblicherweise lügenden) Zeitungsreportern, denen sexuelle Gefälligkeiten angeboten wurden, weil sie an einem Artikel über Halbweltsyndikate schrieben. Er entschuldigte sich und ging. Tess' Lachen klang ihm aus dem Zimmer nach.

Die Deutsche Bibliothek – CIP-Einheitsaufnahme
Richardson, Robert:
Sherlock Holmes im Tresor:
Kriminalroman / Robert Richardson.
Aus dem Engl. von Reinhard Ulbrich. – Berlin:
Verl. Volk und Welt, 1992
ISBN 3-353-00889-6

Lektorat: Hans Petersen
Redaktion: Wolfgang Witt
Schutzumschlag-/Einbandgestaltung: Lothar Reher
Gesetzt aus der Baskerville, Linotype
Satz: deutsch-türkischer fotosatz
Druck und Bindearbeiten:
Graphischer Großbetrieb Pößneck GmbH
Ein Mohndruck-Betrieb
Printed in Germany
ISBN 3-353-00889-6

Obligat für Intellektuelle, die in die Welt lesen.

Für Zeitmenschen, die wenig Zeit für Romane haben.

Und für wache Geister, die gern auch mal träumen:

»ad libitum«
Sammlung Zerstreuung

Der Almanach für internationale Literatur

ad libitum ist das literarische Fadenkreuz zwischen Ost und West, Nord und Süd. Das kompetente Medium für Geschichten, Gedichte und Gedanken, für das Wichtige, Aktuelle, Schöne, das nicht überhört werden darf. »ad libitum« macht Sinn und Spaß. Jede Ausgabe bietet Literatur- und Augenschmaus, Sammlung und Zerstreuung – ganz nach Belieben.

Nr. 22

Mit Zeichnungen von Kurt Halbritter und Texten u. a. von David Huddle, Momo Kapor, Hanif Kureishi, George Orwell, Juri Rost, Tina Stroheker, Paul Valéry, John Updike
Broschur · DM 10,00
ISBN 3-353-00815-2

Nr. 23

Mit Zeichnungen von Elisabeth Kmölniger und Texten u. a. von Mark Helprin, Fjodor Abramow, Paul Bowles, Koji Nakano, Hannah Arendt, Georg Simmel, Stefan Hertmans, Alain Nadaud, Oscar Wilde
Broschur · DM 10,00
ISBN 3-353-00886-1

Verlag Volk & Welt Berlin

»Wenn Sie noch nichts von Peter Corris gelesen haben, wird es höchste Zeit, damit anzufangen.« Daily Telegraph

Peter Corris
Tödliche Videos

Kriminalroman · Aus dem Englischen von Gisela Petersen
208 Seiten · Gebunden mit Schutzumschlag
ISBN 3-353-00831-4

Privatdetektiv Cliff Hardy ist ein australischer Phil Marlowe: eisenhart, aber gerecht, ein ironischer Beobachter seiner Umwelt, ein Mann mit messerscharfer Kombinationsgabe, der sich weder von Verbrechern noch von Ordnungshütern etwas vormachen läßt. Im vorliegenden Buch wird Hardy beauftragt, den Mord an der jungen Filmemacherin Carmel Wise aufzuklären. Als bei der Toten pornographische Videos gefunden werden, sind Polizei und Presse schnell davon überzeugt, daß Carmel in das lohnende Geschäft mit Sexfilmen verwickelt war. Doch Cliff Hardy ist mißtrauisch. Nach und nach bringt er Licht in den Fall . . .

Verlag Volk & Welt Berlin

»Peter Corris weiß den Leser zu packen – und das bereits mit dem ersten Satz.«
The National Times, Sydney

Peter Corris
Ein mörderisches Weihnachtsgeschenk

Kriminalroman · Aus dem Englischen von Gisela Petersen
264 Seiten · Gebunden mit Schutzumschlag
ISBN 3-353-00866-7

Witz und Verve, Speed und Spannung – das charakterisiert auch diesen Roman des australischen Erfolgsautors Peter Corris. Diesmal soll der Held, der symphatische Privatdetektiv Cliff Hardy, einen jungen Mann ausfindig machen. Die Nachforschungen führen ihn durch heruntergekommene Pensionen und Miethäuser, in die Schickeria-Kreise von Canberra und nebenbei in die Arme einer attraktiven Journalistin. Und weil die in den Fall verwickelten Personen vor keinem Verbrechen zurückschrecken, muß Cliff Hardy seine ganze Erfahrung und Härte in die Waagschale werfen, damit nicht der Falsche die Partie verliert.

Verlag Volk & Welt Berlin

Einer der besten russischen Krimis der letzten Jahre, aufgezeichnet nach authentischen Ereignissen in Usbekistan.

Georgi Wainer/Leonid Slowin
Mord und Opium

Kriminalroman · Aus dem Russischen von Helga Gutsche
328 Seiten · Gebunden mit Schutzumschlag
ISBN 3-353-00820-9

Mangelwirtschaft, bestimmte Traditionen und Gier nach Reichtum und Macht sind die Wurzeln, aus denen im sowjetischen Mittelasien das organisierte Verbrechen wächst. So, als läge Usbekistan »auf der dunklen Seite des Mondes«, vollziehen sich dort Gesetzesverletzungen ungeheuren Ausmaßes. Doch wer Korruption, Schieberei und Drogenhandel den Kampf ansagt, gerät selbst ins Visier – das bekommt Untersuchungsführer Chalmatow von der Mubeker Kripo am eigenen Leibe zu spüren. Doch Chalmatow gibt nicht auf. Zusammen mit seinem Partner gelingt es ihm, ein Knäuel von Verbrechen zu entfilzen, dessen Fäden bis in höchste Wirtschafts- und Regierungskreise reichen.

Verlag Volk & Welt Berlin

»Peter Corris weiß den Leser zu packen – und das bereits mit dem ersten Satz.«
The National Times, Sydney

Peter Corris
Ein mörderisches Weihnachtsgeschenk

Kriminalroman · Aus dem Englischen von Gisela Petersen
264 Seiten · Gebunden mit Schutzumschlag
ISBN 3-353-00866-7

Witz und Verve, Speed und Spannung – das charakterisiert auch diesen Roman des australischen Erfolgsautors Peter Corris. Diesmal soll der Held, der symphatische Privatdetektiv Cliff Hardy, einen jungen Mann ausfindig machen. Die Nachforschungen führen ihn durch heruntergekommene Pensionen und Miethäuser, in die Schickeria-Kreise von Canberra und nebenbei in die Arme einer attraktiven Journalistin. Und weil die in den Fall verwickelten Personen vor keinem Verbrechen zurückschrecken, muß Cliff Hardy seine ganze Erfahrung und Härte in die Waagschale werfen, damit nicht der Falsche die Partie verliert.

Verlag Volk & Welt Berlin